U0080912
總裁大人の求愛攻略
01
HER MR★RIGHT
每個成功的女人背後
都需要有一個好閨蜜
好基友
「朋友啦!!!
TOT

職業◆　noble服飾的總裁

生日◆　11月11日

星座◆　天蠍座

血型◆　A型

身高◆　170cm

收入◆　年收入以億為單位

興趣◆　工作

擅長的事◆　工作

不擅長的事◆　和小動物相處

穿著喜好◆　OL套裝

家庭成員◆　祖母伊莎貝拉和父母已逝，大哥霍以瑱。

喜歡的類型◆　像是言情小說女主角一樣的男孩子，溫柔，善良，堅韌，自立。

喜歡的食物◆　能快速吃掉，不影響工作的速食。

Tag◆　霸道總裁、工作狂。

角色簡介◆　人生贏家的究極體。

Name 霍以瑾

霍大小姐の六角分析圖

外貌……應該還算不錯吧！

家世……非常好！

工作狂熱……這叫敬業你懂不懂？

智力……妥妥的聰明人，懂唄～

表面功夫……沒有這種東西！

纏人程度……這叫女追男隔層紗！！

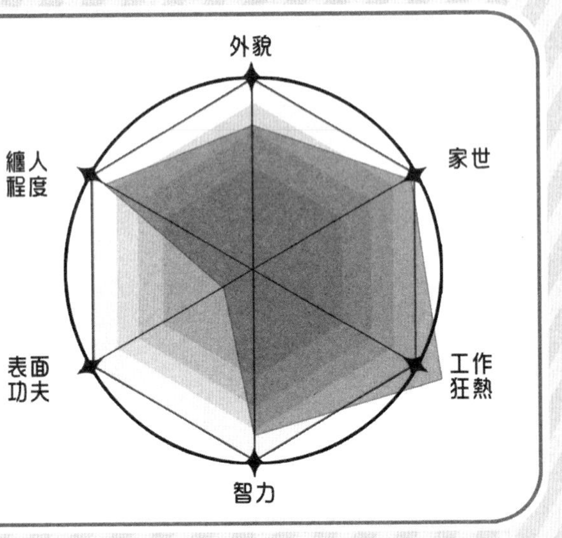

Have A Perfect Day!

Name
楚清讓

職業◆　國際巨星

生日◆　6月1日

星座◆　雙子座

血型◆　AB型

身高◆　185cm

收入◆　年收入以億為單位

興趣◆　霍以瑾

擅長的事◆　和霍以瑾秀恩愛

不擅長的事◆　討好霍以瑾

穿著喜好◆　霍以瑾喜歡就好

家庭成員◆　有等於沒有。糟糕的養父母，一對比養父母更糟糕的親生父母，以及毫無血緣關係的兄弟楚天賜。

喜歡的類型◆　霍以瑾是什麼樣的，他就喜歡什麼樣的。

喜歡的食物◆　以霍以瑾的喜好為標準。

Tag◆　痴漢、霍以瑾控。

角色簡介◆　我的瑾在哪裡，我就在哪裡。

楚大明星の六角分析圖

外貌..................
國民男神！

家世..................
嗯……

工作狂熱..............
還算敬業啦。

智力..................
還算聰明。

表面功夫..............
呵呵，你說呢？

神經程度..............
阿羅：我的藝人是神經病，急！在線等！

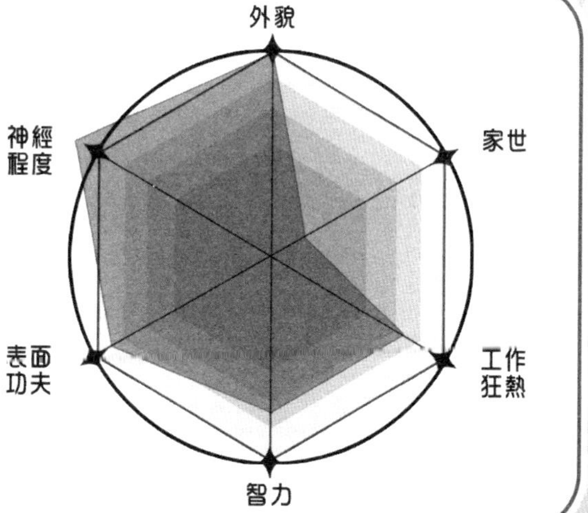

CONTENTS

對總裁的印象……

Q：對總裁的印象……？
第一印象
女的！

霍總裁和大多數從小就擁有信託基金的世家子弟一樣，含著金湯匙出生，一流名校畢業，年紀不大，擁有的公司倒是挺大。處女座，工作狂，性格嚴謹，家教良好，閒時喜歡極限運動和古典樂，忌菸不忌紅酒，從不出入聲色場所，高冷到只有隔壁副總一個朋友。

——霍總秘書團的秘書小姐，對友人如是介紹自己的上司。

友人只關心一個問題：「有未婚妻嗎？」

「……沒有。」秘書小姐遲疑了一下，搖了搖頭，「不是所有世家都有早早為他們的兒女拴一樁婚姻的奇怪癖好的。」

「女朋友呢？」友人雙眼一亮。

「根本不可能有。」秘書小姐果斷道。

「同性戀？」友人捂嘴驚呼。

「當然不是！妳怎麼會這麼想？」

「那妳為什麼不抓住身為秘書的大好機會釣上這個金龜婿？哪怕試試也好啊！」友人急切的就差直接搖著秘書小姐瘦弱的肩膀高聲大喊：這麼好的資源妳不要給我啊！

「因為我和她都是女的。」

「……」(╯`□´)╯︵┴─┴

※◆※◆※◆※◆※

Ｃ國，ＬＶ市，南山半坡富人區，六月仲夏的某日早上。

霍家的管家先生和往常一樣，正在奶白色的長條餐桌上為一天的開始做著準備：精緻營養的早餐，低咖啡因的黑咖啡，熨燙好已經全部翻到經濟版的當日早報，以及一捧還帶著晨露的嬌豔花朵。當咖啡放到溫度正好又香氣濃郁的時候，西裝筆挺的霍家家主正好從三樓的主臥室走了下來。伺候了霍家上下近四十年，管家先生對主人們時間安排的把握向來精準。

霍家家主霍以瑱，三十歲出頭，研究所還沒畢業就匆匆接手了霍家，至今差不多有十個年頭了。霍家父母給了霍以瑱一副冷峻的好面容，花費二十年的時間食不厭精、膾不厭細的把他養尊處優的帶大，最後卻用突兀的死亡並殘酷的現實磨礪了他如今殺伐果斷的上位者氣場。

哪怕是照顧霍以瑱長大的管家先生，無意中對上這位家主的眼神時都會有點小緊張。

霍大哥坐下展開報紙，開始流覽一天的時事要聞，順便等待一般和自己下樓前後時間不會相差幾分鐘的小妹霍以瑾。

霍以瑾，女，霍以瑱一母同胞的親妹妹，與霍以瑱同樣的樣貌俊美，同樣的性格強勢，這位二小姐大概是整個霍家唯一不懼怕霍以瑱的人了。

這天早上注定是一個與以往不同的日子，直至霍大哥把幾份不同的報紙都看完了，也沒能等到他一向準時的妹妹。

霍以瑱看了看手錶，不禁皺眉對老管家道：「以瑾今天晨跑還沒回來？」

霍以瑾自小就有晨跑的習慣，風雨無阻，霜雪不惰。往往她都會比霍大哥早起一小時，慢跑半小時，洗漱換衣半小時，然後在霍大哥起床差不多的時間重新下樓吃早餐。

「今天小姐沒出門晨跑。」老管家盡職盡責的回答道。

「生病了嗎?」沒等管家回答,霍大哥已經焦心起身,三步併作兩步,難掩擔心的去了樓上妹妹的房間。

霍以瑾有氣喘,身體一直都不算特別好——最起碼在霍大哥心中是這樣堅持認為的。

管家先生默默的看著人去樓空的餐桌,默默的立於原地耐心等待,順便默默的決定把嘴裡那句還沒出口的「小姐的氣喘已經是快二十年前的事情了吧?您以為小姐到底是為什麼會這麼執著於在餐桌上看見鮮花和晨跑健身的?」的話嚥回肚裡。在天上的老爺和夫人看到先生和小姐長大了也還是這麼親密,一定會很欣慰的。

於是,當霍大哥因著急而沒敲門就闖進自家小妹的房間時,他其實……並沒有找到他妹妹。

霍以瑾在隔壁的更衣室裡。

「妳沒事吧?」霍大哥快步走到隔壁,滿心滿眼的都是自家小妹。

纖細單薄的身體,白皙到像是蒼白如紙的皮膚,一頭顯得臉很小的中分長捲髮,沒有故意板起的臉和會讓人顯得很嚴肅的套裝襯托之下,霍家小妹此時看上去羸弱而又脆弱——還是來自霍家大哥自我修正後的腦補。

「什麼?」霍以瑾一愣,面對突然出現的大哥,她有點沒搞清楚狀況。

霍大哥這才注意到小妹與往常不同的裝扮——睡衣。

霍以瑾小時候因為氣喘嚴重到要打類固醇而胖得不忍直視,等氣喘好了終於能減肥瘦下來了,她就對外表產生了過分要求的心理偏執,哪怕是在自家人面前,她也絕對不會只穿著睡衣就出現的。

這很不對勁，相當不對勁！霍大哥更加肯定「妹妹生病了」的這個既定認知。

「哪裡不舒服？胸悶嗎？呼吸困難嗎？吃藥了嗎？呼吸器呢？不然去醫院吧？妳倒是說句話啊！妳想急死我嗎？沈醫生呢？對了，打急救電話！」

「……」你倒是給我一個說話的機會啊！

霍小妹對冰山一秒變話癆這事總是百看不厭，等霍大哥說完了，她才平心靜氣道：「我沒事，只是發現我沒衣服穿了。」

霍大哥挑眉看了一眼身側整整一個房間的衣服，按照季節、用途、顏色整齊排列，眼神裡傳達出一個精準的意思──沒有衣服穿了？妳在開我玩笑嗎？

「對於女性來說，『沒有衣服穿了』是說『沒有新衣服穿了』。」霍以瑾解釋道。

霍大哥沒說話，只是繼續面色平靜的看了看左側第一排前幾天送來的新一季度專門為霍以瑾量身訂做的衣服，一件都還沒拆封。

「好吧，我說實話，不是新不新的問題，而是我發現我以往喜歡的風格裡並沒有適合談戀愛穿的衣服。」霍以瑾根本不想承認這麼羞恥 PLAY 的事情，但為了避免自家大哥繼續擔心下去，她只能老實說了。

「妳談戀愛了？」

「還沒，正準備談。」

「有目標了？」

「也沒，正準備找。」

霍大哥直勾勾的盯著妹妹看了好幾秒鐘，然後才十分捧場又有違他冰山人設的笑道：「很好笑，妳的幽默感終於進步了呢。」

「我是認真的。」＝＝

「……」

這事，還要從霍以瑾終於學會了看朋友圈說起。

眾所周知的，「朋友圈」這等該被燒燒燒的邪物一旦解開封印，就會像潘朵拉的魔盒一樣，釋放出來自大宇宙的究極惡意——全世界都在曬男友、曬老公、曬孩子，只有妳孤家寡人。

多麼痛的領悟！

霍以瑾倒是不介意孤家寡人，在很多年前，她提早進入中二期後，她就已經明白了高處不勝寒的道理，而她愛死了這種站在二十八層高樓玻璃落地窗前俯瞰眾生的感覺。

只是……

她從小就是大人口中的「別家小孩」，在該玩的年紀提前進入中二期，打遍同齡世家無敵手；在該上學唸書的年紀長期制霸前三，大學聯考還得了一個理科的狀元；在該上班的年紀順利接手了母親的產業，成功的為自己冠上了總裁的頭銜；在該結婚的年紀……

……突然發現自己首先要有一個男！朋！友！

向來都是霍以瑾先人一步成為表率，她豈能容忍得了自己輸在區區「男朋友」這一項目上呢？那絕對不能！簡直逼死強迫症的好嗎！哪怕根本沒考慮過談戀愛這回事，霍以瑾也覺得自己很有必要找個結婚對象了。

嗯，就這麼愉快的決定了……

決定了……

了……

沉默三秒鐘，霍以瑾俐落的按下了辦公桌上公司的內部電話，通知秘書讓隔壁的副總來她辦公室一趟。

一通電話不到的工夫，精明幹練、戴著一副無框眼鏡的謝副總，就敲響了總裁辦公室的大門。這位年輕的副總是霍以瑾的青梅竹馬，也是她從小到大唯一的朋友。一雙桃花眼要笑不笑、風度翩翩，實則愛情觀渣得一塌糊塗，充分詮釋了「衣冠禽獸」這四個大字。

「我辦公室就在妳對面，相隔一條不到一公尺寬的走廊，妳找我的時候敢不敢自己來？或者直接打電話給我也行啊。叫秘書代辦是什麼意思？」

「不能。」霍以瑾理直氣壯。

「……Why!?」

「我懶——」依舊理直氣壯的不可思議。

「……」有錢就可以這麼任性嗎？

「——得和你再一次重複你我之間的上下級關係。」

「還記得除了副總這個身分以外，我同時還是妳的同窗好友嗎？一起蹺過課，一起分過贓的那種！」當初大學剛畢業信誓旦旦的對我說有妳一口肉就絕不讓我喝湯的霍以瑾妳出來，我保證不打死妳！

「絕對沒有。」霍以瑾感覺自己還是很遵紀守法的，蹺課分贓什麼的絕不可能會有。（畫錯重點）

「……找我什麼事？」謝副總單方面的休戰了，他不想因為「被氣死」這種理由與世長辭。

「我需要一個丈夫。」

謝副總眨了一下眼，又眨了一下眼，好一會兒才反應過來他沒聽錯，霍以瑾也沒說錯。

「妳有意識到妳的語氣就好像在說『我需要一枝鋼筆』，又或者『我需要一杯咖啡』一樣隨便嗎？」

霍以瑾想了想，嚴肅著一張臉重新開口：「我很認真的說，我需要一個丈夫。」

「這不是妳隨隨便便加一句『我很認真』的形容詞，就真的能認真起來啊渾蛋！」謝副總與霍總裁相處多年，成功的把「咆哮」和「吐槽」這兩項技能運用到了爐火純青。他覺得和霍以瑾這種人當朋友，一分鐘得原諒她八百回，這段友誼才能順利的繼續下去。

「切，好麻煩。」霍以瑾撇撇嘴，嫌棄極了。

「妳竟然還敢『切』！？」

「我沒有。」霍以瑾矢口否認，作為一個死要面子的完美主義，她怎麼可能允許自己有剛剛那麼不優雅的舉動呢？

「妳有！」謝副總堅持還原真相。

「沒有！」

「有！」

霍以瑾投降，為了她僅剩的友誼，「你怎麼能這麼幼稚？人也老大不小了，真是拿你沒辦法。」

「到底是誰幼稚！？」話說他當初到底是有多想不開才會和她做朋友？

謝副總今天也在很努力的懷疑著自己童年時的擇友標準。

「總之，我需要一個能在三個月後結婚的丈夫，就交給你來辦了，小副。」

「小副是個什麼鬼啊！老子有名字的好嗎？謝燮，《尚書》中燮友柔克的燮，和南朝知名文學家同名，《早梅》背過嗎！？」說著說著，謝副總自己先了閉嘴，因為他很小的時候就已經意識到了，無論他把謝燮這個名字解釋得多麼高尚，都跑不過燮字也讀「ㄒㄧㄝˋ」的悲劇，所以他的名字讀起來基本上等於「謝謝」……

謝副總決定轉移話題：「什麼叫就交給我來辦了？妳以為只是收購隔壁餐廳嗎？還三個月！話說，為什麼是三個月？」一波三轉的吐槽對於已經習慣了全身都是吐槽點的霍以瑾的謝副總來說，那根本不是什麼大事。

「因為我看過行程表了，我只有在三個月後的第一個週六中午有三個小時的空檔。」

「妳以為結婚這麼神聖的事情到底是什麼啊？早午餐會議嗎？可以隨隨便便對樓下員工說一句『我中午抽空去結個婚，你們照常工作，我們下午三點照常開會』？」謝副總真的要給霍以瑾跪下了，心中吶喊道：女人，妳的腦洞為何如此奇妙，tell！me！why！

霍以瑾面色凝重，似有所悟後慚愧的低下了頭。

謝副總環胸，哼了一聲：終於醒悟了嗎，凡人？

「沒想到結婚還要通知員工，好麻煩。」霍以瑾一邊嫌棄的自言自語，一邊提筆刷刷刷的在行程表上又添了幾筆。

謝副總表示他絕不會承認他真的看到霍以瑾一本正經的在三個月後的某一頁寫下了「通知員工婚訊」這六個大字，絕不！

「……結婚首先要有個結婚對象，妳對此有什麼要求嗎？」謝副總最終還是無奈妥協了。畢竟是這麼多年的朋友，他不可能說上一句霍以瑾這個朋友沒辦法要了就真的不要了。這位二小姐智商上肯定有富餘，但情商明顯嚴重不足！

霍以瑾閃著一雙有神又興奮的大眼睛，快速回答了謝副總的問題：「你以為我真的就這麼隨便嗎？我也是經過深思熟慮的，最起碼我知道我的結婚對象要是個男的。」

「然後呢？」

「什麼然後？男性不就是標準要求嗎？哦，對了，還有一條——活的。」霍以瑾用食指點了點下巴，無師自通了社群網站上已經玩爛了的擇偶梗，最後還神來一筆勉強的加了一條，「活多久都可以，只要能撐過三個月後的婚禮就好。」

「霍！以！瑾！再！管！妳！我！就！是！狗！」謝副總摔門而出。

霍以瑾怔怔的看著像旋風一樣旋出房間絕塵而去的謝副總，有點不明白她到底哪句話不對、踩了雷，能讓小副如此暴躁，明明都是很正常的對話啊。

十分鐘後，整理好情緒重出江湖的謝副總，很努力的以最平靜的態度坐到了霍以瑾的對面，微笑道：「誰讓我就是屬狗的呢。我相信妳剛剛一定是在和我開玩笑，妳是有更詳細的擇偶標準的，對吧？」

謝副總這與其說是詢問，不如說是威脅，很有一種「妳要是沒有一個正經答案，我就再也不管妳了」的潛臺詞。

「我想要個乖巧聽話的，在我忙的時候能自己在一邊玩，等我閒下來可以逗我開心。」

「……狗嗎！？」

「你聽我把話說完啊！最好沒有工作，能一直待在家裡，也不用他打掃家務做飯什麼的，這些都有傭人去做，我只是希望他能每天而且全天候隨時待機。還要對服飾有一定品味，我出席會議和晚宴都需要他來幫我提前準備好適合的衣服……」霍以瑾這次學聰明了，洋洋灑灑一大篇，她覺得謝副總肯定會滿意的。

「滿意妳個大頭鬼啊！妳這是找結婚對象還是應徵貼身助理！？」

「你是說我可以和我的貼身助理結婚？但她是個女的啊，我前面說了，要男的。」在這一點上，霍以瑾是很堅持的。

謝副總不再咆哮，只是微微一笑，淡淡的下了定語：「妳就等著這輩子孤獨終老吧。」

還真是一句惡毒的詛咒呢。

於是霍以瑾自然而然的就回了一句：「至今還沒找過女朋友的你沒有資格說我。」

這一次離開辦公室的謝副總是真的走了，沒再回頭。不一會兒，霍以瑾就從監視螢幕裡看到謝副總開著車消失在了地下停車場口，揮一揮衣袖，不帶走一片雲彩。

「啊，真是太任性了。」霍以瑾這麼感慨。

回憶結束。

「總之就是這樣了。」霍以瑾聳肩，對自家大哥把事情一字不漏的複述了一遍，「原來副總這個職務真的不包總裁的婚姻安排。」

「……」霍大哥挑眉，「妳覺得我會信妳這一本正經的胡說八道嗎？」

「為什麼不？」霍以瑾睜大一雙杏仁般的大眼睛看向大哥，她說的都是實話，天地良心！

「好好在家休息，公司今天就不要去了，管家會負責監督妳，乖乖的，不聽話就一週都不許去，哥哥會在工作的時候想妳的喲～MUA～」這是霍大哥自說自話的回答。

霍以瑱壓著妹妹重新躺回床上蓋好被子，還貼心的替妹妹拉上窗簾，關燈關門之後悄無聲息的離開了。沒一會兒，霍家的別墅外面就傳來了霍大哥的汽車發動聲，他該去集團總部上班了。

在床上躺了有一會兒，霍以瑾才想起來她可以打手機給大哥，控訴他沒有權力禁止她去她的公司上班：「賠的又不是你的錢你當然不心疼！」

霍大哥繼承了父親的霍氏國際，霍以瑾的公司則是母親的嫁妝，嫁妝的規模肯定是比不過父輩的祖業的。霍以瑾最初接手時，得到的只是一個供霍母發展業餘愛好的工作室，接手後她拚了老命的工作才把公司發展到如今的規模。

「我幫妳代管，賺了算妳的，賠了算我的。」霍大哥比自家妹妹還要有錢任性。

「我沒有生病！」霍以瑾覺得這才是關鍵。

「別鬧，說自己沒病的人往往都不可能真的沒病，妳看精神病院裡哪個病人會承認自己有精神病的？」

「……」老哥說得好有道理，她竟無言以對。

「所以妳要老老實實在家休息，不要放棄治療。如果實在是不想躺了，可以出門放鬆心情，但是不能去公司。」說完，霍大哥就俐落的掛了電話表示談話結束，再沒有任何可商量的餘地。

霍大哥對自己的表現滿意極了，覺得自己對妹妹簡直不能更寵溺，真是一個好哥哥！

被寵溺的妹妹卻一點都沒有感覺到這份愛，她正在打電話給自己唯一的朋友——謝副總——求救。

「救我出去，我要工作！」言簡意賅，字正腔圓。

霍以瑾的話讓謝副總不禁勾起了曾經年少求學時的痛苦回憶，在所有人都恨不得老師少出一些卷子當作業時，只有霍以瑾在皺著眉頭抱怨：「卷子這麼少怎麼能達到練習的目的呢？」

「呵呵。」

有霍以瑾作為對照組，謝副總的童年可想而知，簡直生無可戀。

——謝副總今天也很努力的想不明白自己為什麼會和霍以瑾成為朋友呢。

「在家休息一天也好，妳正好可以趁機想想怎麼找對象。」謝副總覺得自己這絕對不是在等著看霍以瑾的笑話，也不是幸災樂禍，真的！

但謝副總怎麼都沒想到霍以瑾會回答說：「我想到辦法了。」

「嗯？」

「秘書前段日子推薦了幾本言情小說給我看，我從其中找到了很符合我身分的模式。」霍以瑾是真的完全沒發現任何問題的在很興奮的與小夥伴分享著自己的新發現，那種新世界的大門自此打開的感覺，「我最滿意的兩本是《霸道總裁的小嬌妻》和《霸道總裁愛上我》。」

「……妳先別說，讓我猜，妳對自己的定位是那裡面的總裁？」

「當然。」她不是總裁是什麼？「我分析過了，像我這類的總裁呢，對於戀愛腦（注一）、性格傻缺、『聖母到不可思議什麼都能原諒』的另一半總是會毫無抵抗力。」

謝副總忍笑忍得特別辛苦，「妳覺得那些言情小說寫得很好看？」

「不，蠢死了。」霍以瑾不假思索道，「怎麼可能有人整天不好好工作只一心談戀愛的？公司還動輒就是世界第一、第二的，好像沒個幾百億都不好意思出門和人打招呼。真要是這樣，那我這麼多年的努力算什麼？笑話嗎？」

「聽妳的意思，妳看了很多本？」謝副總不禁要問，這是怎麼樣的一種精神……病啊！

「嗯，看了很多。」霍以瑾性格認真，凡事愛追求完美，哪怕是追人也會做足功課，「存在即合理嘛，這種類型的小說也有一定的啟發性。」

謝副總心想：它能啟發妳什麼？如何奔赴在找死的大道上？

「好比對於總裁另一半的要求——戀愛腦說明對方像菟絲花一樣全身心的依賴著我，我可以全憑心意的把他揉扁搓圓；性格傻缺說明對方沒有野心，即便有野心也沒那個能力威脅到我；聖母就更不用說了，無論我做了什麼他都會心軟原諒我，不會背叛我。多完美，這不正是我所需要的嘛！」

「……所以妳覺得按照小說劇情來走，妳就一定能碰到這種女主角……咳，不對，是男主角？」謝副總真心感謝這麼多年和霍以瑾的相處，能讓他如此之快的對接上霍以瑾詭異的思路。

「當然，我總結了幾個很容易遇到這種人的地方。」

「願、聞、其、詳。」

「第一種，三流大學、三流專業畢業的職場新人，糊裡糊塗就把履歷投到了世界百強企業，而那個企業的總裁也總會偏偏於千萬封履歷中一眼看到主角的獨特，又或者是在面試時無意中撞到對方，因為覺得有趣就把對方聘入了公司近身觀察。不過這個我已經PASS了，我特意看過我們公司最近的新人履歷，根本沒什麼三流大學三流專業的人，好討厭。」

「……呵，錄用不到這方面的傻瓜還真是對不起啊！我會去和人事部負責應徵的副經理好好談談人生的。妳繼續。」謝副總這完全就是看熱鬧還嫌事不大的語氣。

「第二種的身分一般都會是總裁的秘書、助理，精明優秀，十項全能，其最出色的技能卻往往都是幫總裁處理身邊過盡千帆、片葉不沾身後的一夜情或N夜情對象。這個也只能PASS了，我不喜歡不斷的換對象，我身邊的秘書又都是女的，男助理目前看來也沒有誰點亮了這方面的技能。」

「不能停啊。」謝副總覺得他前段日子被霍以瑾氣得肝火上升的委屈就指望這事賺回來了。

「第三種也是公司的員工，只是性格比較迷糊，好比上班遲到啊、早退啊、摸魚啊，又或者上錯高層主管專用電梯與總裁不期而遇之類的。這個我已經在公司試過了，也不知道怎麼搞的，最近竟然沒有人遲到，去突擊檢查的時候也沒見誰上班玩遊戲，又或者是乘錯電梯，虧我還特意在電梯裡上上下下了好幾次。」

——畫面感強烈到我都不忍心想了。BY：謝副總。

「……所以說妳最近幾天奇怪的守在電梯前、總是去別的樓層巡視，不是要維持公司紀律，而是在邂逅『迷糊職員』？」公司最近戰戰兢兢的員工們真是白擔心了。

「嗯，但是沒遇到。」霍以瑾據實以告，「也不知道是不是我偶遇的方式不對，還是我穿的衣服太正式。我今天特意看了一下更衣室，裡面竟然連一套小說裡描寫的那種騷包、張揚，又或者恨不得全身上下寫滿『我很有錢』的衣服都沒有。」

「這個可以真的沒有。」哪怕謝副總想看霍以瑾的笑話，也不想破壞霍以瑾的形象和品味。

霍以瑾繼續道：「第四種就離我遠了點，酒吧或飯店一夜情。PASS，我不喜歡酒吧的氣氛，也沒有去外地出差談合作還要找人陪睡的習慣。呃，如果真遇到去外地出差的機會，說不定也可以試試不關房門的運氣。」

「我們一定有這個機會的。」謝副總的語氣真誠極了，哪怕沒有，他也會創造。

「第五種是養成類，這個我也沒辦法，先不說我沒有那些言情小說裡總裁們的特殊能力——只是因為在人群中多看了一眼，就能肯定某個小孩將來一定會長成一個適合自己的性感尤物。即便有這種能力，我現在去孤兒院領養一個，養他長大也來不及了。」

謝副總一邊附和說「妳說得對！」，一邊在電話那頭都快笑傻了。

不過很快的，謝副總就笑不出來了。

因為……

「最後就只剩下指腹為婚類了。就是一開始總裁看不上自己的新婚妻子，各種為了虐而虐，甚至想辦法讓對方墮胎啊、找外遇啊什麼的，結果後來分開了又莫名其妙的喜歡上了，妻子往往還會帶球跑。其實我不太喜歡這種，因為對方最後肯定會對總裁來一次『今天你對我愛搭不理，明天我讓你高攀不起』的逆襲，雖然結局還是會和總裁在一起，但是太折騰，我覺得太累。最主要的是我父母沒有幫我指定未婚夫，而我在圈子裡唯一的好友就是你……」

——**玩家【霍以瑾】對玩家【謝燮】使用了【不言而喻的嫌棄】，會心一擊，掉血MAX。**

「把話說清楚，圈子裡只有我一個好友怎麼了？妳話裡那嫌棄的語氣是怎麼回事？」謝副總剛剛對於他沒及時糾正霍以瑾錯誤的戀愛觀還有點愧疚，現在真是一點愧疚感都沒有了。沒等霍以瑾回答，他就迫不及待的建議道：「不就是邂逅人嘛，我教妳一招，妳明顯漏了一種。」

「哪種？」霍以瑾一直以來都是認真刻苦的資優生，她自認在做筆記的方面從沒輸過誰，怎麼可能有遺漏的言情類型。

「最近流行演藝圈潛規則，像包養啊、契約妻啊……呃，不對，是契約夫什麼的……」

「小副，你平時也很喜歡看這種小說？」

霍以瑾的語氣有點糾結，好友能如此把握時下流行，明顯是比自己看過的東西還多，這很危險啊！

「真沒想到你會有一顆如此粉紅的少女心……啊，說起來，我也看過一篇類似的文呢，叫《粉紅總裁的少女心》，裡面的模式應該挺適合你的，要我把網址發給你嗎？」

「……不用了，謝謝。」

「我懂了。」霍以瑾笑得意味深長。

——不不不，妳懂什麼了？把話說清楚啊渾蛋！跪求不要懂！QAQ

作為一個智商和情商都很正常的人類，面對一個除了智商哪裡都不太正常的女神……經病，謝副總唯有轉移話題這一條路：「妳大哥最近不是投資了一部以你們祖母為原型的傳記電影嘛？妳剛好可以趁著在家休息的時間去片場碰碰運氣。那部電影叫什麼名字來著？」

「《無與倫比的伊莎貝拉》，為紀念我祖母逝世十周年。」

霍以瑾兄妹的祖母叫伊莎貝拉，A國人，年輕時曾是紅極一時的國際影后，被視作一個時代的銀幕經典，哪怕是在即將逝世十周年的今天也是腦殘粉遍地，霍家兄妹倆的好相貌基因百分之七十都源自於這位祖母的進口改良。

九年前伊莎貝拉病逝，為紀念她，在即將十周年的今天，和伊莎貝拉生前有著深厚交情的老牌導演翁陵就籌拍了這部以她為原型的傳記電影，霍家是主要投資人。

※◆※◆※◆※◆※

LV市影視基地內，第一攝影棚，《無與倫比的伊莎貝拉》的拍攝現場。

去年國際上的新晉雙料影帝、國民男神楚清讓，此時正在試裝。這是他自獲獎回國後開始的第一個工作，不是主角，甚至都不能算配角，只是一個在電影片頭出現不過五分鐘、不到十句臺詞的友情客串，但他卻很重視，甚至願意零片酬還投下資金進組參演。

很多人對此表示了質疑與不理解，對手公司甚至在嘲笑說楚清讓這個影帝或許演技看上去不錯，但明顯智商不行，腦子進了太多水。

而讓對手公司更高興的是，楚清讓所在的經紀公司白齊娛樂似乎也腦子裡進了水，他們竟然對楚清讓的這個決定沒有任何異議，表示出了百分之百的支持。連敵對公司裡默默喜歡楚清讓的女員工都不禁要腹誹一句，白齊娛樂這是和楚男神有多大的仇？

白齊娛樂和楚清讓沒仇也沒怨，他們之所以不阻止，是因為楚清讓不僅是他們目前最大的搖錢樹，更是他們公司的隱性股東……胳膊根本拗不過大腿的好嗎！？

幸而楚大腿是個腦子清楚的大腿，不可能做虧本買賣。

楚清讓會同意接下這個角色，是因為他踏入演藝圈的機會正是年邁的伊莎貝拉給的。毫不誇張的說，沒有伊莎貝拉，就沒有楚清讓的今天。

他在電影裡飾演的正是他自己，年少時一窮二白的自己。在一個很偶然的機遇下，他於醫院邂逅了重病的伊莎貝拉，是她的肯定和鼓勵成全了他想當一個演員的夢想，給了他一個試鏡的機會，改變了他的整個人生。

——最起碼電影劇本裡是這麼寫的。

楚清讓已經和導演商量好了，等過段時間就把這段往事在「無意」中洩露到網上，找幾個影響力大的團隊畫篇漫畫轉一轉，既宣傳了電影，又為楚清讓塑造了一個心懷感恩的正面形象，同時還能把本就已經被神話了的伊莎貝拉烘托得更加傳奇，誰不愛慧眼識英雄的橋段呢？簡直充滿正能量是不是！這就是所謂的一箭三鵰。

當然了，促使楚清讓零片酬參演，甚至還在電影裡投資了一部分錢的原因，不可能只有為自己塑造形象這麼簡單，不過那些就不是能對外人說道的事情了。

「這可是翁導的封山之作，誰不想參一腳啊！」場務自以為看得很明白。

作為C國導演界少有的實力派常青樹，已年過古稀的翁陵翁導一生拍片無數、獲獎無數，不知道捧紅了多少大明星。有了翁導的電影，基本上就是有了票房和口碑的雙重保證，又有哪個明星或是投資商會放過這個機會呢？

「說起翁導，真不知道霍家人在想什麼，作為主要投資人，他們竟然能同意這部電影由翁導來拍，他們瘋了嗎？還是商人都是這樣賺錢不要節操的？」新來的助理實習生小趙在為楚清讓遞上咖啡的同時小小的八卦了一下，也是為了和他的男神多找一些話題聊，「怪不得人家是傳承了好幾百年的大世家，我卻只是個普通人。」

楚男神優雅的接過咖啡微微一笑，道了一句謝，卻沒有回答小趙的問題，很顯然這並不是一個適合在片場討論的話題。

美人總是不缺幾段或香豔、或傳奇、或唏噓的愛情史，哪怕沒有，哪怕伊莎貝拉和丈夫恩愛了一輩子，媒體也會為了吸引眾人目光而想盡辦法讓它有。

翁導正是伊莎貝拉一生中最著名的追求者，終生未婚。與伊莎貝拉其他子虛烏有的緋聞不同的是，翁導是真的。在伊莎貝拉去世那年，他用天價拍下了伊莎貝拉唯一進行慈善義賣的私人收藏畫作《向你獻上我最炙熱的愛》，他用這種獨特又不容置疑的方式，向全世界昭告了他隱忍克制了半個世紀的愛情。

向來對外以占有欲和攻擊性著稱的霍家人，又怎麼可能和這樣的翁導合作呢？

「這絕對不可能！」

去年剛傳來電影要開拍的消息時，無數媒體和資深評論家都是這樣信誓旦旦的篤定。

結果，時隔一年，霍家和翁導就把這個不可能變成了可能，《無與倫比的伊莎貝拉》正式開拍了。

楚清讓和化妝師、造型師們也在做一件讓不可能變成可能的事情——在鬼斧神工的化妝技巧之下，把優質成熟的男神影帝，變成青澀稚嫩的十六歲少年。

看著鏡中陌生而又熟悉的自己，楚清讓嘗試著擺了幾個不同的表情，才終於艱難的找到了那個曾經的自己——尖銳、冷漠，與世界格格不入，對外人充滿了戒備與敵意。

這個糟糕的世界曾經給了楚清讓太多的不公和惡意，一盆接一盆的狗血，簡單來說就是：他殘暴的養父至今還在監獄裡住著，殺人罪，無期徒刑；他的養母在精神病院療養，永久性傷害，連楚清讓這個養子都不記得了；而他的弟弟，也就是養父養母的親生兒子，正是他養父入獄的理由，他的養父在醉酒又一次毆打家人洩憤時，活生生打死了自己的親兒子。

這些都是媒體披露過的真相，每每在舊事重提時，他們總會緊接著道一句——能有如今的成就和對誰都友善的性格，楚清讓真的不可謂不勵志。

但是……誰又能夠真的對深深傷害過自己的世界和人全無一絲芥蒂呢？最起碼楚清讓是不會信的。

太過完美的人不是聖人，就是在偽裝。楚清讓很顯然是後者。

鏡子裡冷漠戒備的楚清讓很快就變成了人畜無害的翩翩少年，唇角輕微上揚，帶著一往無前的朝氣和衝勁，好似早春最燦爛的陽光──這才是這部電影裡要求的楚清讓該有的模樣。虛假的都快讓他吐了。

──真是對不起啊，我最終也成長為這樣糟糕的大人。

楚清讓掏出皮夾，對著放照片的位置看了許久後，才終於重新平靜下來。皮夾放照片的位置上其實並沒有放著真正的照片，只有一張用彩色筆勾勒出的火柴人自畫像，畫法拙劣又幼稚。畫紙已然泛黃，記憶卻始終鮮活。

狗血初戀梗，言情小說裡總會這麼寫。

「又在看你的白月光？」熟知楚清讓底細的經紀人阿羅插話進來。

楚清讓的皮夾裡藏著一張寶貝到不允許任何人碰的畫像，畫的到底是誰無從可知，但熟悉楚清讓的人都知道，那是阻止楚清讓朝著更加變態的方向拔足狂奔的不二良方。

看到畫像心情總會很不錯的楚清讓給了阿羅一個發自真心的柔軟微笑，滿目情深：「嗯。」

「她到底有多漂亮啊，讓你這麼多年了都念念不忘？我看你還是早點放棄吧，根本找不到人的……你也說了，你們認識的時候年紀都不大，她又有很嚴重的氣喘……」能不能活到今天還猶未可知。

楚清讓的眼神一下子凌厲到了極致，成功練就了以眼殺人的不世絕技，讓阿羅閉了嘴。

「她是全世界最漂亮的人。」楚清讓低語，漂亮到非她不可。

「比她還漂亮？」阿羅揚起下巴，用眼神示意楚清讓看向攝影棚門口，正朝著導演走去的一小隊自帶閃光效果的精英人士。

楚清讓抬眼看去，被一群人簇擁著，走在最前面的是一個穿著黑色套裝、披著中分長捲髮的年輕女性，所有人都不自覺的與她保持著最少半個身子的前後順序。那女子身材高䠷，皮膚白皙，還有一雙讓人過目難忘的大眼睛。在哪怕不缺美人的演藝圈裡，這容貌也屬上上乘了，更難得的是來人的氣質，看得出來她家教良好，進退有度，天生的女王風範，讓人恨不得跪舔。

每篇言情小說裡都會有這樣一個場景，或早或晚，總裁大人總會有一段被簇擁其中受萬眾矚目、光芒萬丈的出場描寫，而小說女主角則默默在一邊圍觀。

這段也作用到了楚清讓和霍以瑾身上，只不過性別立場對調了一下。

「那是誰？」小助理驚呼，他雖然才剛開始混演藝圈，但自問參加工作之前也是做足了功課的，不可能在演藝圈裡有這麼一個出色的美人他卻一點都不知道。

「二老闆。」阿羅撇了一眼小助理道，人家混的是金融圈，不是演藝圈。

滿頭銀髮的翁導起身親自到錄影棚門口迎接，領著二老闆和背後黑壓壓的一群人去了後面的工作室談話。

導演都走了，電影自然也拍不成了。

楚清讓繼續在自己的專屬位置上休息，絲毫沒有去和二老闆聯絡感情的打算。要是大老闆霍以瑱來了，說不定楚清讓就要上前寒暄一二了。

「霍以瑾，霍家的二小姐，noble 服飾的老總，祖父是霍家的前任家主，祖母是知名影后伊莎貝拉，一母同胞的兄長霍以瑱是霍家的現任家主，父母因空難去世……」經紀人阿羅對霍以瑾這個富N代的履歷表可以說是如數家珍。

「你為什麼會知道這些？」楚清讓側目。

「對於你接高級奢侈品牌代言人的潛在客戶群，身為經紀人的我當然要全盤掌握。」阿羅可是專業的，只不過在智多近妖的楚清讓身邊才會顯得沒什麼用武之地，「這位可是真正的白富美，怎麼樣，不比你的白月光差吧？」

「差遠了。」楚清讓想都沒想的就否定了。

「這還差？」阿羅不免在心中腹誹：你遇見你的初戀白月光時才多大？六歲有嗎？你能看出個什麼啊！

「嗯，太白，太瘦。」

「你這完全是雞蛋裡挑骨頭，總不會在你看來又黑又胖才算漂亮吧？」

阿羅本來只是想開個玩笑，但他怎麼都沒想到楚清讓真的「嗯」了一聲，一臉的煞有介事。

「……」少年你的萌點有點歪啊！

阿羅愣了整整有一分鐘，大腦才艱難的重新啟動，他覺得自己終於明白了，為什麼這麼多年來楚清讓能對成打投懷送抱的美人都不假辭色，不是因為他心中有個初戀白月光，而是他審美！異！常！誰心中的女神會是個黑大壯啊！

——別人家藝人是男神，我家藝人卻是男神經病。我真的不懂這個世界了……_(:3」∠)_

「遇到一個可以說是運氣不好，遇到兩個可以算運氣很糟，遇到三個也能勉強歸責給運氣，到我都是第四個了吧？你竟然還天真的覺得這都是世界的錯？」楚男神是這麼毫不留情的回答他的經紀人。

作為白齊娛樂的金牌經紀人，阿羅同學其實只帶了四個人，無一不是業內的翹楚，是能代表某個時代的螢幕巨星。可惜，這些巨星私下裡都多多少少有那麼一點不太盡如人意的小瑕疵，好比……各個都是神經病。

「你的意思就是說我有一種招惹變態的體質唄？『受害者有錯論』真的大丈夫（注二）？你小時候受盡家庭暴力和虐待呢？也是你的錯嗎？」

說完這話阿羅就後悔了。有些話，哪怕是關係好，說出來也太過了。

結果楚清讓……笑了。

——他、他真的笑了！

阿羅更害怕了。

——救命，怎麼辦？不對，要冷靜！總之，先、先找時光機！

「是啊，我的錯。」

楚清讓笑著，心道：太弱軟怎麼就不是我的錯了呢？所以我最終進化成變態了啊。

楚清讓在遇到他的女神之前，還沒有被他楚姓的親生父母找到。他當時正跟著他的養父母生活，叫著「趙小樹」這樣土到讓人都無從下口吐槽的名字，住在一個雖然山清水秀卻十分偏僻的小鎮。

那時他頭髮枯黃，衣服破舊，全身瘦的只剩下皮包骨，猛的看去長得跟豆芽菜似的。他性格軟弱，只知道蹲在牆角，連哭都不敢哭出聲，根本不知道被人打時還有「反抗」這個選項，是真的不知道呢，他以為他天生就該被人打、被人出氣的。

直至某一天，趙小樹迎來了他的女神，又高又壯，外號也真叫「大壯」的女漢子，張開雙臂護在他前面時的模樣就像是山一樣可靠。

逆著光，趙小樹特別努力的向上仰著頭，就像向日葵在追逐著陽光。但陽光太刺眼，讓他看不清記憶裡女神的樣子，只記得她蜜色的皮膚、潔白的牙齒，以及比陽光還要燦爛的笑容。她對他說：「他們打你，你不會打回去嗎？你兩隻手是白長的嗎？包子就被怪狗惦記！」

那是第一次有人告訴趙小樹，被打是可以還手的，被罵是可以罵回去的，身體很疼的時候是可以嚎啕大哭而不用管是否會吵醒養父母的。

自此楚清讓就認定了，他的女神是這個世界上最漂亮的人，沒有之一。

與楚影帝的審美南轅北轍的霍以瑾，在楚清讓回憶過去的時候已經帶隊離開了劇組。等楚清讓注意到動靜時，她已經走出了攝影棚，背影曇花一現，彷彿消失在了陽光裡。恍神間，那背影給了楚清讓一種似曾相識的感覺。

「魂兮——歸來！」阿羅出聲打斷了楚清讓的怔怔出神，扮得道大仙狀，裝模作樣的摸了摸自己下巴上根本不存在的白鬚，「施主，你的心，亂了。」

「這麼會演？要不要我跟熟識的導演推薦一下你？」楚清讓恢復狀態，哪怕心中再不爽，也只是笑著看向阿羅。在外面時，他永遠都不會把自己暴戾的一面表現出來，只會微笑以對。

瞭解楚清讓的人都知道，他笑得越燦爛，他的敵人就會死得越慘。知道這點的人不多，不巧，阿羅正是其中之一。

——身為白齊娛樂的金牌經紀人，我還有沒有一點應有的尊嚴！？QAQ

※◆※◆※◆※◆※

霍以瑾在劇組待了大概只有五分鐘就離開，但整個劇組準備數天、辛苦了一上午工作，卻在這短短五分鐘之內被全盤否定。

「憑什麼啊？」在回家的路上，助理小趙表示各種不服。

然後，助理小趙就被阿羅狠狠的敲了一下後腦勺，「憑什麼？憑她是這部電影的主要投資商，憑她祖母是這部電影的原型，憑她覺得飾演她少女時代的演員不合格——」

總結起來不過四個字：有錢，任性。

「憑付你薪水的不是劇組，而是白齊娛樂和楚清讓！以後再敢在劇組多話，我就……」阿羅瞇起了眼睛。

「你就如何啊？」小趙也很硬氣，瞪視回去。

「我就告訴表姐，領大爺您回家。」阿羅陪楚清讓回國不久，身邊值得信賴的人不多，便只能任人唯親的把自己待業中的表姪塞進了助理的隊伍。

黑箱產物小趙還在憤憤不平：「有事沒事就告家長，你以為你是小學生嗎？」

他領人時表姐說，這孩子看不懂眼色，你多擔待。阿羅以為表姐是在客氣，哪裡想到表姐會樸實如斯，說的都說真的……如今木已成舟，無法退貨了。心裡實在是不解恨的阿羅就又照著小趙的後腦勺來了一下。

小趙終於閉嘴了，捂著頭，敢怒不敢言的瞅著自家表舅。

「你自己如今的職務不也是潛規則的產物嗎？五十步笑百步，很有趣嘛……」阿羅雙手環胸冷笑，使出殺手鐧成功鎮壓了小趙。

楚清讓自始至終都沒說話，在片場聽到換劇本的消息時他連眉頭都沒有皺一下，從影多年，他早就習慣了。只不過在驅車回家的路上，他決定開始討厭這個叫霍以瑾的富N代，外行胡亂指導內行，總是不叫人喜歡的。

希望以後能不要再遇到她。他如此想著。

但無巧不成書，無狗血不成小說，冤家之間的路，窄得不可思議。

心理學上有個專業名詞來形容這種巧合——

巴德爾．邁因霍夫現象：當你注意到一個以前完全沒有注意到的名詞或者人時，接下來你會接二連三的遇到。

簡單來說就是當楚清讓對霍以瑾產生了某種不可說的抵觸情緒之後，他愕然發現這位霍二小姐簡直無！處！不！在！

這天回到家，楚清讓就在社區的地下停車場裡與霍以瑾不期而遇了。

楚清讓整個人都不好了，這一點都不科學好嗎？

霍家祖宅的住址眾所周知，建立在世家成堆的南山半坡，依山傍水，植被環伺，左右鄰居非富即貴，都是經濟、政治類報紙上的常客，被不知道多少媒體報導過。而楚清讓住在北城新開發區的一個高級社區裡，一南一北橫跨了整個ＬＶ市，更不用說他當初買房時，「世家絕不會出現」可是一個極重要的參考選項……怎麼想霍以瑾都不應該出現在這裡。

霍以瑾一般確實不會出現在北城，不過誰讓她剛巧也有個買房時同樣會附帶「世家絕不會出現」這樣的選擇條件的好友——謝燮謝副總呢！北城區剛開發，唯一還算不錯的社區也就是望庭川這個高級社區，不遇上才奇怪。

從劇組離開之後，霍以瑾就直奔謝副總家來了。她突然意識到謝副總這個時候必然是不會在家的，換句話說就是，謝副總養的那隻名叫「兒子」的狗是她的了！

霍二小姐從小就寵物緣奇差，也不知道老天爺在創造她的時候中間哪個環節出了差錯，導致她對寵物只能單相思，不要說喵星人那種本身就很特立獨行的高傲物種了，哪怕是「人類最好的朋友」的汪星人大多也都不愛親近她，這讓她分外憂傷。

——我本有心向明月，奈何明月照溝渠。

每次霍以瑾想抱抱「兒子」，不是被對方用軟墊子的狗爪打臉，就是在她懷裡發出淒厲的慘叫，好像她在虐待牠似的。

謝副總獨居，養兒子聊慰寂寞，那真的是寵孩子寵得不行，平時防霍以瑾這個「寵物殺手」

就跟防賊似的，拒絕她接近兒子一公尺以內。霍以瑾也就只能透過謝副總，買些狗糧、玩具還有小衣服什麼的給兒子，遠遠看著過過眼癮。

但隔靴搔癢這種事只會越撓越癢，越不讓霍以瑾碰貓貓狗狗，她就越想碰。這種感情與日俱增，終於達到了一個臨界值。於是霍以瑾就在她哥替她請了病假的空檔，抄起謝副總放在她這裡的備用鑰匙，在謝副總勤勤懇懇替她工作時，來到謝副總的單身公寓調戲他兒子了。

結局可想而知……

根本打不過愚蠢的人類的袖犬，和雖然很想親近卻又怕傷著狗的投鼠忌器的人類，兩者只能是兩敗俱傷。

霍以瑾最後只能帶著手臂上的抓痕和被打擊狠了的自信心下樓，準備驅車回家，然後就這麼在停車場遇到了剛剛回家的楚清讓一行人。

「啊！」這是霍以瑾時隔多年再見楚清讓後說的第一句話，「果然是你，好久不見。」

注一：「戀愛腦」，指一般小說或者動漫中，一心只想談戀愛，無論對方如何對自己和對自己的家人朋友，依舊愛得沒有自我也沒有自尊、自愛的角色。

注二：「大丈夫」，日文漢字，意指沒問題。

Q‥對總裁的印象……？

第二印象

她是個好人——好人卡什麼
的發得也太早了啊喂！

楚清讓對於霍以瑾的「好久不見」還沒什麼表示，他旁邊的經紀人阿羅和助理小趙已經搭配了一臉「我懂了」、「我悟了」、「我和我的小夥伴都驚呆了」的謎之表情。

「這莫不就是楚哥的白月光？」小趙小心翼翼的戳了戳阿羅的腰，小聲問道。

這事實在是太巧了，剛剛他們才討論過楚清讓的初戀女神，霍以瑾就以一句「好久不見」當了開場白。很多電視劇不都是這麼演的嘛，多年以前矮矬窮，多年以後白富美，久別重逢……小趙幻想的特別high。

阿羅沒說話，雖然他覺得這陣仗看上去有那麼一點像，但以楚清讓那個複雜的身世來看，也不能排除其他的可能。

「好久不見。」楚清讓在心中暗道了一聲倒楣，明明在劇組的時候已經躲過去了，沒想到還是遇到了，真是孽緣；不過楚清讓的臉上卻打起了十二分的精神，擺出最標準的職業笑容上前與霍以瑾寒暄，保持在一個令人愉悅又不會過分熱情的程度上。

——**您的好友【史上最虛偽楚清讓】已上線**。

不知道為什麼，這時阿羅的腦內彈出這麼一句話。

「九年前，我奶奶的病房外面，還記得嗎？」

這位霍總與尋常言情小說裡的總裁有些不一樣，好比她引以為傲的從來不是自制力，而是記憶力。

「再次感謝妳介紹了妳奶奶給我認識。」楚清讓道。當年要是沒有霍以瑾，以伊莎貝拉病房外面那個保鏢團的數量和品質，他根本不可能見到伊莎貝拉。

只是……

楚清讓遇到霍以瑾時，正處於他中二病最嚴重的黑歷史時期。遇到不公平待遇、被人陷害、還學不會正確的反擊方式，那時的他只餘下了滿肚子的憤世嫉俗和陰暗想法，手段幼稚，馬腳頗多。這在今天的他看來，那就是無論如何都不想舊事重提的存在。

不過事實上，霍以瑾並沒有意識到過去的楚清讓有什麼問題，此時也沒打算說些讓楚清讓尷尬的話，她只是想對楚清讓再道一回謝。

九年前，霍以瑾十六歲，正在讀高二。父母空難、年輕沒經驗的霍大哥剛接管霍氏國際，忙得腳不沾地，他們兄妹僅剩的家人——祖母伊莎貝拉又被診斷出了癌症晚期，可以說，那是霍以瑾順遂的一生中為數不多的艱難經歷之一。

挫折可以使人成長，也可以讓人自以為長成了，便做些一時腦熱的奇怪事情。

好比霍以瑾。

伊莎貝拉因化療失去了一頭哪怕已全是霜色卻依舊如錦緞般絲滑的秀髮，而當時的霍以瑾覺得媒體的嘴巴似劍似毒，她祖母沒了頭髮的照片再怎麼防也難免會流出去被大肆報導，所以她連聲招呼都沒打便剃光了自己的頭，想著無論是「能分散一下媒體的注意力」還是「只單純陪著祖母一起沒有頭髮」，這兩個效果聽起來都不錯。

等祖母伊莎貝拉和霍大哥知道的時候，霍以瑾的頭髮已經沒了，鋥光瓦亮的一個腦門比燈泡還亮。

「……」家裡僅剩下的兩個大人對此不是不感動的，卻也無形中給了他們很大的壓力。

所以說，楚清讓遇到霍以瑾的時候，那段不僅是楚清讓的中二黑歷史，也是霍以瑾沒頭髮的黑歷史。

而且霍以瑾的光頭還被楚清讓看個正著。

伊莎貝拉住院後，霍以瑾每天都會堅持午休時步行去私立仁愛醫院探望她的祖母。

霍以瑾自高中起就堅持不再讓家裡派車接送她上學了，也不要保鏢。她的學校就在南山半坡，學生們基本上都是附近的名人子弟，治安絕對有保證，霍家便沒有勉強霍以瑾。伊莎貝拉住院後，霍以瑾依舊保持著這個習慣，步行上學，步行來醫院陪她祖母。

外出的時候，伊莎貝拉總會強硬的要求霍以瑾戴上假髮。而在某一天，也不知道哪裡颳來了一陣邪風，吹掉了霍以瑾黑長直的假髮。

白底T恤、水色牛仔褲、帆布鞋、黑書包，這就是霍以瑾當時全部的打扮了，遠沒有外人想像裡的那種恨不得全身都被各種浮誇的首飾和奢侈品堆滿。她的穿著簡單大方，自信優雅。

但當霍以瑾頭上的假髮被吹掉時，陽光少女一秒鐘變禿頭什麼的這就有點尷尬了。

不明真相的路人被這樣前後的反差鬧得都在大肆嘲笑，指指點點。只有楚清讓衝上來把自己的棒球帽一把扣在了霍以瑾的頭上，一邊指責嘲笑圍觀之人的不道德，一邊拉著霍以瑾跑出人群範圍。

故事結束。

「沒想到你以前還有英雄救美、樂於助人的時候，真看不出來啊！」

等霍以瑾走了，回到楚清讓的小樓中樓裡，只剩下楚清讓和阿羅時，阿羅這樣打趣道。

在阿羅眼裡，楚清讓的本質就是個生性涼薄的鬼畜變態，而變態小時候自然只能是個小變態。萬萬沒想到，楚清讓以前的個性和現在差別這麼大。

楚清讓無視了阿羅，沒有搭理他的話。

阿羅卻不想就此放過楚清讓，他隨手拿起捲成筒狀的雜誌當作話筒，假意採訪道：「做好事不留名的好青年驟然變態，這到底是人性的扭曲，還是社會的不公？就讓我們來採訪一下當事人，這些年他到底經歷了什麼吧。」

「你怎麼知道我做好事沒留名？」楚清讓看著手裡的德文原版書，連眉毛都沒抬一下，「你以為當年與霍以瑾全無交集的我到底是怎麼被她介紹給她祖母的？靠臉嗎？」

當年楚清讓做出了那樣的事，在國內他根本待不下去，楚家巴不得送他出國，卻不會樂意給他很多錢，也就是說他急需錢。他思來想去，覺得當演員是最適合他的路子，他會演戲，而且演戲來錢快，又能讓楚家人以為他這輩子只是個戲子。那是他下贏這盤棋的唯一機會。而國內眾所周知的，伊莎貝拉的推薦是打開A國演藝圈最好的敲門磚。

楚清讓和伊莎貝拉全無交集，基本上沒有機會認識她。所以楚清讓決定從霍家小輩入手，很顯然的，少女霍以瑾是最好入手的那個。

這個世界上沒有巧合，有的只是人為的必然。

當年楚清讓可是在仁愛醫院外面等了小半個月，才好不容易才碰上了這麼一個機會。

當然了，自認為已經對這個世界的人性不抱任何期望的楚清讓是死不會承認的，當時看到那麼多人嘲笑一個小女孩，他心中少有的被激起了一股血性，他真的覺得那些人太過分了，哪怕涼薄如他都不會如此嘲笑一個女孩子。

待把霍以瑾拉走，平息了事端，聽到霍以瑾解釋自己光頭的由來，楚清讓就更加堅定了心裡的中二認知——鋪橋修路忠骨埋，殺人放火兒女多。好人在這個世界上是不會有什麼好報的。

不過楚清讓對待霍以瑾的態度還是不自覺的柔軟了許多，他學著小時候女神告訴他的話對霍以瑾說：「頭髮可是女孩子的生命。」

霍以瑾笑著回答：「我祖母也是這麼告訴我的，頭髮是女孩子的生命，不管長短，總該有個樣子。」

與此同時，城市的另一端，霍以瑾在電話裡對謝副總講起這段往事，嘴角會不自覺的上揚。

「你有沒有覺得當時的少年楚清讓很溫柔？長大以後一定也不差，嗯！」

楚清讓這邊對阿羅講述的視角則是後來事情就這樣水到渠成，霍以瑾主動提起她祖母伊莎貝拉，楚清讓趁勢說：「我知道她，她是我的偶像，聽說她病重住院，真想去看看她。」

以霍以瑾的性格，自然是很大方的對「恩人」說：「好啊，我介紹我奶奶給你認識，今天下午放學見？」

——嗯，說好了，放學見。

楚清讓就這樣在霍以瑾的引薦下，去「看了看」伊莎貝拉。

楚清讓與伊莎貝拉在病房裡到底談了什麼，外人不得而知，但所有人都知道伊莎貝拉一通電話把楚清讓介紹給了她在A國當導演的朋友。楚清讓飾演該名導新電影裡主角少年時代的外國友人一角，戲分不多，卻可以說是整部電影的靈魂人物。後來那部電影拿了當年的小金人，楚清讓一夜成名。

「我找人打電話約霍以瑾出來吃個飯，讓你好好感謝她一下？」阿羅這樣建議，「據說noble服飾的代言人快到期了，我們正好可以趁機爭取一下。」

「……」楚清讓默默的看了阿羅一眼。

「你這麼看我是什麼意思？我知道利用這段往事拉關係有點不太好，但我是為了誰？在商言商，有這層關係當然不能錯過，noble服飾的代言很有可能會成為你打入國內超一流奢侈品牌的敲門磚。這是雙贏啊！以你在時下年輕族群如日中天的人氣，對noble服飾也是一個擴大宣傳的好機會，能增加不少敢花錢的年輕人消費群體。」

楚清讓聳肩：「沒什麼意思，就是我終於明白了為什麼我會和你成為朋友。」

「……誇獎嗎？謝謝哦。」阿羅有點小羞澀。

直至阿羅晚上回了自己家，他才轉過彎來：混蛋這不還是在罵我嗎！？誰和你這個神經病有共同語言了！

※◆※◆※◆※◆※

楚清讓不想再利用霍以瑾做什麼，他三令五申的對阿羅說不要多事。但他怎麼都沒想到，接下來幾天他還會頻繁遇到霍以瑾，這讓他不得不開始考慮這個世界上也許真的有「巧合」這種東西的存在，不然完全解釋不通霍以瑾在他周圍出鏡率如此之高的原因。

……總不會是霍以瑾看上他了吧？

「為什麼不？請你稍微有點天王巨星的自覺好嗎？」還是你以為你的粉絲都是作假的？粉絲團裡又不是沒有世家名媛！霍以瑾也是人，她也會追星，很奇怪嗎？阿羅如是在內心咆哮。

「當然奇怪。霍以瑾不能說年齡很大，卻也二十好幾了。她早過了那種會追偶像明星當腦殘粉的年紀。我瞭解她，事實上哪怕在那個大部分人都會喜歡一、兩個明星的青春躁動期，她崇拜的也只會是富士比排行榜上的女強人，又或者是歷史名人。有個影后祖母，並不會讓她對演藝圈多一絲關心。」

「你和她才見過幾次，你就瞭解她？」阿羅不以為意。

——當年為了見伊莎貝拉，製造和霍以瑾志趣相投的「邂逅」，我刻苦的瞭解過霍以瑾的喜好，這種事你以為我會隨便說？BY：楚清讓。

三歲看小，七歲看老，楚清讓有理由相信，二十五歲的霍以瑾和十六歲的她差別不會太大，最起碼不會莫名其妙的喜歡上一個只見過幾次的演員。倒不是說霍以瑾會瞧不起別人的正當職業，只是演員這個工作與她的價值觀差距實在是太大了。

很快的，楚清讓就自以為找到了真相——霍以瑾開始常駐《無與倫比的伊莎貝拉》劇組了。

在劇組主要人員的碰頭會上，霍以瑾就坐在翁導旁邊，讓她的秘書發給每個與會人員一本畫了不少紅圈和紅線的電影劇本。

這也算是電影開機後一個很常見的環節——投資商對劇本不滿，要重修。這個沒什麼時間限制，發薪水的就是大爺，不要說電影才剛開拍，哪怕是快拍完了投資商才意識到電影與自己的想法不合，那也是只要投資方拿得出錢、禁得起損耗，就必然會重拍的。

待大家都看了一會兒劇本，心裡有數之後，霍以瑾首先將炮口對準了飾演她少女時代的年輕女演員離姍。

「我看了妳拍的片段，很失望。」

離姍是童星出道，這些年也演了不少戲，演技不敢和老戲骨比，卻也比大部分的年輕演員要好太多了。再加上形體課刻意訓練出來的優雅，在沒見到霍以瑾本人之前，不少人都覺得這樣的離姍已經和真正的霍家二小姐相差不多了。

不過……貨比貨得扔，人比人得死。當霍以瑾和離姍同處一室的時候，那渾然天成的氣度高下立現。

但這並不是霍以瑾對離姍不滿的地方。

「妳演戲之前，對妳的角色有過最基礎的瞭解嗎？好比我不會在我祖母面前連說句話都要一邊自稱『人家』、一邊扭上個十來八回的，也不會含羞帶怯的看著什麼人，更不會一副迎風就倒的嬌弱模樣。看拍攝片段的時候我就想說了，妳能不能挺直了腰板好好說話？」

「小女孩不都是這樣嗎？」離姍很不高興。

霍以瑾倒是很平靜，因為她以為她們只是在討論工作，「我當年是個小女孩沒錯，但又不是個腦殘。」

離姍的臉色一下子變得鐵青，整個會議室立刻由安靜變成了寂靜。

「噗。」楚清讓本來只想坐在一邊當個安靜的美男子，卻在乍然聽到霍以瑾這麼說後沒能忍住笑聲。雖然霍以瑾在外形上與他的女神完全不一樣，但在性格上倒是出乎意料的有相同點——她們都不愛當依附者，最看不上菟絲花。

自強自立，天生女王！

楚清讓這個影帝公開表達了對霍以瑾的支持，離姍本就岌岌可危的面子徹底掛不住了。她覺得氣憤又委屈，因為她不是沒瞭解過霍以瑾的，事實上，正是因為瞭解過，所以她才決定了要這麼演。

眾所周知，有原型的人物都不好演，不論是二次元的動漫角色還是三次元的真實人物，公眾對於這個角色在內心裡已經有了既定認知，演員演得不像要挨罵，演得太像了又會被劇中的角色掩去自己的光芒，很難讓人記住。

離姍自認自己是一個很上進的女演員，換個意思就是很愛強調存在感，她必然不會樂意在好不容易才得到的翁導的戲裡流於平庸。

但現實中的霍以瑾的人設實在是太過完美，太人生大贏家了。哪怕霍以瑾什麼都不做，都存在感爆棚。

離姍覺得自己唯有另闢蹊徑，才能演繹出一個自己理想中的「離姍版霍以瑾」。人無完人，如果她找到霍以瑾的缺點再加以改進，所有人不就都會說她的好了嗎？說不定霍以瑾也會覺得高興呢！

像霍以瑾這樣從小就有大把的人捧著、追著、寵著的人，性格按照常理推斷肯定已經被驕縱得說一不二、無法無天了，對此外人還非要套個好聽的形容詞——強勢。這在離姍看來是很可笑的，她堅信這就是霍以瑾的缺點，過剛易折，她根本就不像個女人！

所以，離姍覺得她該把霍以瑾的少女時代演得像個女人……呃，或者是少女，剛柔並濟，在女強人的背後也有小女人的一面，多有萌點啊！最重要的是離姍從童星出道開始，專注打造的就是清純柔美的對外形象，演繹這樣一個少女情懷的霍以瑾，剛好可以完美無痕跡的植入她的個人特色。

當然了，對外離姍不可能說這是為了凸顯自己，她只會說她是想讓這個角色顯得更加豐滿、立體，她在挖掘霍以瑾的另一面……

謊言說了一千遍也就成真了，現在連離姍都開始有點相信自己就是這個意思了。

楚清讓還沒回國的時候，離姍已經先拍了一部分她的戲，翁導對她在戲裡加的一些並不在劇本上的小動作也沒說什麼。

這就是說連翁導都覺得她演的對，她被默許了，她的理解沒有錯！

離姍不禁想著：霍以瑾看到之後肯定會感謝我的！進而大概會請我吃飯表達感謝，然後在和我的接觸中喜歡上我，想和我當朋友，那我是不是該先矜持一點呢？等我們成為了朋友，她會不會想讓我當她嫂子呢？就像是言情小說裡那樣，她故意安排我和她哥認識，她哥也看上了我，那我豈不是就要嫁入豪門，當個伊莎貝拉那樣的貴婦，走向人生巔峰了！？

就在離姍的妄想越開越大、已經收不住的時候，卻迎來了霍以瑾的當頭一棒，把她此前的努力全部否定，這對離姍來說，完全不啻於晴天霹靂。

「妳演的根本不是『我』，而是一個叫著我名字的『妳』。」

發掘角色的多面性沒錯，在角色中帶上屬於自己的特色也沒錯，但也不能胡亂給別人添加南轅北轍的屬性和標籤吧？

飾演伊莎貝拉的外國籍影后莉莉也在演繹著屬於她的伊莎貝拉，怎麼就沒見什麼不妥？蓋因伊莎貝拉對外的形象一貫走的是優雅大氣的知性風，莉莉演的也是這樣，只是會在不經意間帶上屬於她個人的小幽默，與角色本身的性格並不衝突，反而顯得更加完美，讓翁導都讚不絕口。

但是離姍呢？舉個不恰當的例子，霍以瑾是女王，但離姍偏要演個小白花，連公主都不是，直接變成矯揉造作、只會弄些小巧的暴發戶的女兒，這誰受得了？

特別是這種人是霍以瑾最看不上的，現在離姍還要把這種性格在電影裡放到霍以瑾身上……霍以瑾沒有直接換人，都已經算是仁至義盡了。

離姍自然不承認，「按照二小姐的意思，難道行為舉止粗魯的像是男人婆，哦，對了，現在網上有個新名詞叫女漢子，您覺得把您演繹成這樣才合適嗎？那您每次外出時都打扮得這麼精緻要幹嘛？還不是給男人看！？這和我演的又有什麼區別？還！不！都！是！小！女！生！」

當現實不符合自己的期望時，人就會變得過分失望，離姍此時還帶著那麼點小心思被當眾戳穿的尷尬。於是，她對霍以瑾可以說是滿懷怨懟。

霍以瑾沒先急著說話，只是用一種很奇怪的眼神看著離姍。

「怎麼，沒話了？」離姍洋洋得意道，她覺得自己讓霍以瑾啞口無言了。這個世界不就是這樣嗎？哪個女人敢說自己不想被人追著、捧著？只不過霍以瑾不缺這些，所以她才會矯情的開始說什麼追求自立！不過是當了婊子還要立牌坊！

「我注重外表是為了讓自己愉快，是為了自己一天的心情，是一種對生活的態度，不是為了給別人看。」霍以瑾的語氣依舊沒什麼起伏，她只是在陳述她的觀點。

「愉悅自己」與「取悅別人」，霍以瑾更傾向於前者。

而霍以瑾表現的越是平靜，離姍自卑又自傲的內心就越敏感，她覺得霍以瑾這完全就是在挑釁她，是高高在上的鄙視！在離姍的內心裡，她已經把霍以瑾的話腦補成了：只有某些自戀的男人和只能依附於男人而活的女人，才會覺得化妝是為了讓男人看。很顯然，妳這種人是不會懂得我的意思的。

但這並不是霍以瑾的意思，只是離姍用她惡意的腦補強硬附加給霍以瑾的。

於是，霍以瑾一臉莫名其妙的看著離姍，她還沒說什麼呢，怎麼對方就好像一副已經快要氣炸了的模樣？真奇怪。

「妳一點女人樣都沒有！」離姍在衝動的支配下，釋放了內心的小魔鬼。

這個世界就是這麼奇怪，女性稍微表現的強勢一點，不用男人站出來說什麼，就已經有女人先跳出來嚷嚷著說這樣成何體統！？

霍以瑾皺眉，心道：什麼叫女人樣？非要一口一個「人家」，矯揉造作的扭上個十來八回嗎？

自強自立，自己讓自己過得幸福就不叫女人樣了？那還真是對不起啊，我不會撒嬌，不會假哭，更不會假裝柔弱。我只是我而已。

不過，這些可以先放在一邊，霍以瑾奇怪的是另一件事——為什麼自己要和離姍在這裡討論這個問題？

霍以瑾無奈的發現她還是不可避免的準備和傻子吵架了，並且正被這個傻子拉向了傻子的水平線，企圖用豐富的經驗來打敗她。

幸而霍以瑾醒悟得早，重新回到了劇本的話題上：「矯揉造作的反面不是行為粗魯，而是活得像個正常人。妳到底是怎麼得出如果不像妳這樣一口一個『人家』的說話，就必須滿口粗話，沒有絲毫禮儀的結論？」

離姍都快氣得跳起來了，但她還是忍了下去。因為她已經和霍家簽了合約，若是她先無故退出，她就要賠償違約金，而如果她想繼續工作，就必須按照投資方覺得合適的戲路演出。

「作為投資方，我覺得妳演的很不合適。」霍以瑾簡單粗暴的結束了這次討論。

離姍不服氣的在心裡想：我們走著瞧！

霍以瑾的秘書小姐默默的為離姍掬了一把同情淚。她看得分明，離姍大概已經氣得一句話都說不出來了，覺得她家老闆是在故意針對她。但其實……她家老闆根本就沒這方面的意思，還有什麼比這更悲哀呢？你認定的敵人其實根本沒把你看在眼裡過。

翁導在一邊老神在在，他前面沒管離姍怎麼演是因為他不關心，《無與倫比的伊莎貝拉》可以說是他拍給自己看的電影，他只在乎「伊莎貝拉」是否到位、是否傳神，至於其他人，只要不出戲，他還真的不太在乎。這意思反過來也能說得通，霍以瑾把離姍批得一無是處，他也不會管，哪怕是換個人，他都不會在乎。

霍以瑾對這部電影的挑剔其實也不多，特別是她祖母的部分，翁導已經苛責到了可怕的地步，她覺得不適合的也就是飾演她和她哥的演員，以及電影開頭的一段。

「也請溫編尊重一下事實，既然是要拍傳記電影，就該以真相為準，藝術加工為輔，對吧？我祖母是見過楚清讓沒錯，但我祖母的病房可不是什麼人都能隨便誤入的，你這完全是在侮辱我們家保鏢的智商。哪怕藝術高於生活，也請具有最起碼的邏輯和常識，你們這麼糊弄觀眾真的可以嗎？」

霍以瑾工作時說話一向是很不客氣的，因為她有這個不客氣的資本。

楚清讓微笑著坐在一邊，內心走著事不關己的神。

但霍以瑾的下一句話偏偏是替楚清讓打抱不平：「楚清讓能見到我祖母是因為我的引薦，而我帶他去見我祖母是因為他幫我解過圍，他是個很好的人，能不要寫得像是個衝動的毛頭小子嗎？」

落地的玻璃窗前，楚清讓終於正眼看向站得筆直的霍以瑾，他覺得她才是個真正的好人。他知道霍以瑾有多在乎她的外表，所以他才能更加明白，當霍以瑾為了幫他證明他曾經做過的好人好事而自爆自己曾經光過頭的舉動，有多麼難得。

「感動了嗎？這個世界也不都是亂七八糟的，富N代裡也有好人，認真對待工作，負責任又有擔當。」開完會回家的路上，阿羅始終沒忘記多讚美幾句霍以瑾。

這倒不是阿羅真的想讓楚清讓和霍以瑾有什麼，只是他不甘心他覺得已經很白富美的人在楚清讓眼裡什麼都不是，那像是在否定他的眼光。

「我前天實在是太武斷了。」小趙也面有愧色。

電影劇本不厚，但要是想看透整部電影，還要寫好更加合理有看點的修改意見，並能在今天早上拿出來……這兩天霍以瑾絕對熬夜了，單這份認真就讓人無話可說。她不是外行指導內行的瞎指揮，她是真的想要精益求精給出她的意見。

楚清讓若有所思的想了一會兒，才重新抬起頭，輕輕的說了一句：「太蠢了。」

「蠢？」阿羅一愣。

楚清讓沒說話，只是在心裡想，放著一分鐘幾百萬、上千萬的公司業務不去努力，反而為了一本只是自家拍來自娛自樂、未必能賺錢的小眾文藝電影勞心勞力，不是蠢又是什麼？

哪怕霍以瑾是在為楚清讓塑造形象，楚清讓也還是覺得霍以瑾太蠢了，一如他當年對霍以瑾的判斷——好人可未必會有好報。正義？公平？這些字眼想想就讓人發笑，那都是用來騙傻子和小孩子的，這個世界只存在肉弱強食的叢林法則。不讓世界改變你，你就只好等著被來自世界的惡意吃得連骨頭渣子都不剩。

※◆※◆※◆※◆※

另一頭，霍以瑾卻表示常駐劇組這事，除了蠢還是有「我是有別的原因」這個選項的！

以前霍以瑾也知道霍家出資拍了一部以她祖母為原型的電影，那個時候她怎麼沒有站出來提什麼意見？因為她顧不上去計較一個她根本不會去看的電影的好壞。她頂多是在大哥跟她說的時候「哦」了一聲，表達了「朕已閱」的意思。

當她突然關注起這部電影的時候，她又被自家大哥禁了工作，工作狂的狀態無處安放，正好拿來用在電影上。

強迫症是完美主義的併發症。

至於霍以瑾為什麼突然對電影上心了，只能說美色誤國啊！霍家的這位二小姐一直是個熱愛把不可能變成可能的人，楚清讓覺得她不可能看上他，但偏偏她就看上他了。

好吧，霍以瑾其實也不能算是「看上了」，而是覺得楚清讓很適合當她的結婚對象。

「他簡直就是為我量身打造的像言情小說女主角一樣的男人！他待人以禮，溫潤如玉（裝的），少孤（這個是真的），人生勵志，曾與我有一面之緣，還幫過我……這不就是傳說中的青梅竹馬梗嗎？連我們倆的名字都是那麼合適，拂堤以瑾醉清讓，就像是一首詩一樣。」霍以瑾是這麼對謝副總說的。

電話那頭，謝副總久久不能回過神來，本來他打電話來只是想質問霍以瑾有關於他狗兒子的事情，最後卻得到了這麼一個炸彈資訊。要什麼有什麼的霍以瑾，能看上除了一個影帝頭銜以外就要什麼沒什麼的楚清讓什麼？臉嗎？

「最重要的是他身具了言情女主角的全部人設，又不像那些女主角那麼平凡。」

「好比？」影帝肯定不能算平凡的，但只這一點在世家眼裡也不能算是有多出眾吧？

「臉啊！帶他出門肯定很有面子，在宴會上絕不會讓我丟人。」霍以瑾說得理直氣壯。她甚至有點意外這麼簡單的事情謝副總都看不出來，「哦，我想起來了，你還沒見過楚清讓的樣子呢，我明天拍了照片發 E-mail 給你。」

「……」謝副總對這個看臉的世界絕望了，他只能說：「妳先別衝動，聽我說完，這個世界上偽君子太多了，特別是混演藝圈拿演戲當飯吃的演員。雖然不能一棍子都打死，但乾淨的真心不多。妳先讓我派人去查查，確定沒問題了，妳再……下手，行嗎？」

這話說得怎麼這麼彆扭呢？謝副總都快給霍以瑾這位雷厲風行的女壯士跪下了。

既然明著阻止不了霍以瑾，謝副總覺得他只能使用拖字訣了。順便他還不忘在心中痛罵自己，這不是沒事找事嘛，非要鼓勵霍以瑾去劇組找什麼真愛，現在好了，弄出個楚清讓！這要是讓真霍總——霍以瑾她哥知道主意是他出的……簡直生無可戀好嗎！

可惜，霍以瑾根本不上當。

這位女壯士雖然沒猜到謝副總的拖字訣，卻用另外一個神奇的腦洞堵住了謝副總的渾身解數：「你以為我們活在言情小說裡嗎？張口閉口就要查別人祖宗十八代，你是開了天眼還是能掐會算啊？在楚清讓剛出生時就料到我要對他下手，然後派人時刻守在他家門外監視他的一舉一動？我說小副，愛看言情小說是一回事，但把小說當現實可就腦殘了。」

「……我們倆到底是誰把小說當現實？不對！誰愛看言情小說了？也不對！誰說我要學言情小說裡那樣張張口就要人家從小到大事無鉅細的資料了！？我是說瞭解一下他的基本情況，好比父母啊、喜好啊、有沒有犯罪紀錄啊之類的。」

謝副總很嚴肅認真的覺得，和渾身都是吐槽點的霍以瑾當朋友一定是他這輩子最大的失誤。

「父母有戶籍可查，犯罪紀錄找人調檔案也能行……但喜好要怎麼查？隨便監視人家隱私這樣不好。」霍以瑾皺眉道。

霍以瑾雖然想要個全身心依賴她、二十四小時全天候待在家裡的丈夫，但她卻很不喜歡小說裡總裁常愛幹的那種隨隨便便就監視別人一舉一動的事，那不叫愛，是叫不尊重人。

「妳以為楚清讓是誰？」剛拿了小金人和小金球的國際影帝，炙手可熱的天王巨星，他祖宗十八代說不定早已經被網上的粉絲扒乾淨了，OK？再找楚清讓的經紀人和經紀公司的高層開個飯局聊一聊，資料就都收齊了。

「一個三流小明星？」霍以瑾不太確定的開口。

「妳都不知道楚清讓是誰妳就要追！？」謝副總咆哮裡的驚嘆號彷彿都能透過電話線直撲霍以瑾的臉。

楚清讓紅得都快發黑了，霍以瑾竟然會以為對方是個小明星！謝副總內心的震驚已經無法用言語來形容了。是什麼給了霍以瑾這樣的錯覺？

「他在電影裡只有幾句臺詞，幾分鐘的戲分，這能是當紅明星的待遇？我看的電影少，你不要騙我。據翁導說還是零片酬，他為了能演戲露臉也是滿拚的呢。」而且……霍以瑾在心裡補充：小說裡都是這樣寫的啊，二十好幾的人了卻還只是三線演員，在演藝圈裡痛苦的摸爬滾打著，直至遇到金主，這才飛黃騰達走向人生巔峰。

霍以瑾是一點都不介意當這個冤大頭似的金主的，不然她也不會那麼執著於幫楚清讓加戲了不是？

「……」謝副總默默表示，他以前單以為霍以瑾情商低，沒想到她腦洞還挺大，自我代入的真是令人無言，他不禁嘲諷道：「那妳怎麼不直接砸錢，簽個什麼包養協議呢？」

霍以瑾終於有了點正常女性該有的小羞澀：「那多不尊重人啊，我又不傻。」

一般包養文的劇情都很狗血的好嗎？百分之五十女主角為了表現氣節會拒絕，百分之五十女主角為了錢會答應，但哪怕是這種錢貨兩清的包養關係，女主角也肯定要在心裡對拿錢砸人的男主角充滿怨念，一邊心安理得的占著便宜，一邊覺得男主角不是個好東西。後面更是不可能直接Happy Ending，必然要各種虐戀情深，糾結來糾結去的……

霍以瑾對此的態度還是那句話，太累。

「那妳加油，我看好妳。」

謝副總完全不打算阻止了，因為他很肯定，以霍以瑾這個情商，根！本！追！不！上！

楚清讓的為人，謝副總在酒桌上也曾聽別的商業小夥伴說過一二。

據說A國想包養楚清讓的富商如過江之鯽，卻始終沒人能成功。被打臉的倒是不少，糊了一臉血（真血），最終卻也沒見誰最後有那個能力報復回來。

這只能說明一個問題，不是楚清讓的神秘後臺很硬，就是楚清讓本人很有手段。無論如何，這類人的本質肯定都是很高傲的。謝副總篤定，以霍以瑾這種把天王當三流藝人的態度，她肯定成不了。

而霍以瑾這個人呢，性格除了強勢以外，最大的特色就是極不喜歡丟臉，不要說是被人當面打臉了，哪怕是吃個不軟不硬的釘子，她都能直接全部棄了，老死不相往來。

所以謝副總樂觀的覺得，他根本不用費什麼勁來打消霍以瑾的念頭，只要在不久的將來準備好如何安慰追人失敗的霍以瑾就可以了。

但是……

謝副總怎麼都沒想到，放霍以瑾這個低情商的出去追人，先被她得罪的不是楚清讓，反而是最近挺紅的一個年輕女演員離姍。

這位雖沒在自己社群上指名道姓，卻已經引導著輿論，對霍以瑾展開了誣衊和譴責。

離姍這人，謝副總以前也聽過她的名字，因其豪邁的陪睡風格以及玩得很開的床事態度，整個富商圈都傳遍了。最巧的是，離姍還曾想過要爬上謝副總的床，這位年輕的女演員對老總啊什麼的總是情有獨鍾。當然了，謝副總當時很乾脆的就拒絕了，倒不是說謝副總是柳下惠，只能說離姍那豐富的乾爹名單實在是讓有心理潔癖的謝副總消受不起。

這樣的離姍和霍以瑾發生矛盾，說實話，謝副總其實不太意外，他只是沒想到事情會發生得這麼快、鬧得這麼大。

他是想，離姍參演的是霍家出資拍的電影，有合約約束，再怎麼生氣，她也不應該這麼快就失去理智和身為東家的霍以瑾翻臉。正常人都是等電影拍完之後靜待時機，等著牆倒眾人推的時候再報復的好嗎？

霍家這種龐然大物可不是離姍一個小明星就能撼動的，一個處理不好，戳了霍家那個有名的妹控霍總的憤怒點，雖然霍總不會動輒喊打喊殺，卻也不會讓離珊在演藝圈混下去了。

離姍這是有多想不開才會直接開戰？謝副總真心猜不透她在想什麼。

※◆※◆※◆※◆※

與此同時，謝副總家樓下，被誤認為三流藝人的楚男神正舉杯遙遙的對長桌那頭示意，笑容溫柔，滿目情深。漆黑一片的房間裡，只有餐桌上的微弱燭光在跳躍著。投射在落地窗上的人影清晰顯示著楚清讓影影綽綽的側面剪影，而他的對面……空無一人。

「你知道你這樣吃飯很嚇人嗎？」阿羅窩在不遠處的懶人沙發上抱著手機做小可憐狀。

「你知道你很多餘嗎？」楚清讓冷眼道。

社群網站上都說了，在家裡停電的時候，和戀人吃上一頓燭光晚餐會是一件十分浪漫的事情。這是生活的小智慧。

「首先，你得有個女友。」阿羅潑冷水道。

「我家停電是誰的錯？」楚清讓開始翻舊帳。

「買房堅持要選這麼一個破地方是誰？我哪裡知道這裡的電路會這麼不堪一擊？竟然連備用電源都沒有！這在南山半坡是絕對不可能出現的情況。最後，我已經派我表外甥連夜去找水電工了，你還想我怎麼樣？」

「你表外甥還是我的助理呢！事實上，你們舅甥兩個的薪水都是我在付的。」

就在這個劍拔弩張的關鍵時刻，小趙回來了。逆著光，他瞇眼看到的就是這麼一個場景，他老闆在燭光下優雅的吃著幽靈晚餐，他表舅的臉被手機螢幕從下巴處往上打著幽光，在門打開的下一刻，他們一起緩緩朝著門口的方向轉來了蒼白的面容。

「啊啊啊──」被半夜叫來的水電工當場就跪了。

「都是你的錯。」楚清讓和阿羅第一時間開口指責對方。

「我的錯，行了吧！？」小趙崩潰了，前幾天他還以為他老闆君子如玉，他表舅英明神武，都是不可多得的優質男神，今晚他才明白，男神都是男神經病！

楚清讓和阿羅一起無視了小趙，只是一臉「剛剛什麼都沒發生」的表情，平靜的仰頭注視著客廳天花板上的水晶吊燈重現光明。

「啊。」

「啊。」

兩人同時出聲。

小趙真心希望哪天能來位法力高深的長老，收了這對猴子請來的好病友。然後，他任勞任怨的送受驚不小的水電工離開了，順便給了不少壓驚錢，封住了對方的嘴。

門重新關上，阿羅瞇眼質問楚清讓：「剛剛在來電的那一刻，你肯定是想說什麼『神說要有光』了吧？」

「沒有！」楚清讓矢口否認，他早就從中二病進化成神經病了好嗎？

「你就有！要不是我打斷得快，你信不信一分鐘後你又要上今晚和明天的社群網站熱搜和熱門話題了！？」阿羅心酸到不行，帶了個重度中二病藝人，他容易嘛他！

阿羅無論如何都想不到，第二天，哪怕楚清讓在水電工面前什麼都沒說，楚清讓最後還是成了網路上的熱門話題。

咳，那是後話了，壓下暫且不表，先說回那晚楚清讓和阿羅的「鬥爭」。

隨著來電一起被打開的超薄電視裡，正在播報著一則最近重複了好幾次的新聞報導：據悉，老牌世家之一的楚家家主近日疑似突發腦溢血，已住進了南山半坡的仁愛醫院，有媒體在醫院附近拍到了楚家家主的妻子和兒子出入的照片。

楚清讓卻至今都沒接到來自楚家的任何一通電話。

楚清讓對阿羅道：「你相信嗎？報導裡風度翩翩的楚先生和仁慈友愛的楚太太是我的親爸媽，我是他們唯一有血緣的兒子，ＤＮＡ檢測了無數次的那種。」好像多檢測幾次，他就可以不是他們的兒子似的。

那是他的親爸媽，卻防他如狼似虎，呵。

阿羅不知道該如何安慰，只能道：「不要用別人的過錯懲罰自己。那句話怎麼說的來著？儘管如此，世界依舊美麗。這個世界上還是有值得你珍惜的人，她會對你很好，視你如珠如寶，你們會成為彼此生命裡的唯一，早晚有天你會遇到的。」

「我知道。」楚清讓笑了，彷彿那真的能溫暖到心底。

「哪怕我的氣喘好不了，會一直這麼胖、這麼黑，長大之後你也會願意當我的新郎嗎？」

「哪怕我一直這麼瘦小、這麼沒用，長大之後妳也會願意當我的新娘嗎？」

大壯和小樹在那個還會把「結婚」當作遊戲的幼稚年紀裡，只有彼此願意當對方的新娘、新郎，他們很擔心長大之後也還是這模樣，所以他們約定無論將來對方是否有改變，他們一長大就馬上結婚。

又是一次回家的路上，阿羅後知後覺的意識到自己又被楚清讓蒙混過關了！這傢伙無論是演技還是冷心冷情都是滿點的好嗎！楚清讓要是還能被他那對渣爹渣媽傷到，他就不會是今天的楚清讓了！

不過很快的，阿羅就沒空再繼續糾纏楚清讓昨晚的小手段了。

※◆※◆※◆※◆※

第二天，離姍哭得我見猶憐，暗指霍以瑾仗著投資商的身分欺負她，影帝楚清讓和一眾劇組的人為了巴結投資商一起落井下石的影片，以瘋草生長一般的速度傳遍了整個網路。

「我到底怎麼她了？」霍以瑾坐在電腦前，茫然極了。

怎麼了？離姍要是在霍以瑾面前的話，她一定會不顧形象的跳起來和霍以瑾拚命。霍以瑾要她剃頭，竟然還問她怎麼了？霍以瑾自己都說了，頭髮是女人的生命！

霍以瑾強烈要求在電影裡重現她和楚清讓之間英雄救美的往事，這在阿羅看來自然是霍以瑾寧可自毀形象，也要把楚清讓過去的好人好事表現出來的高尚行為；但在離姍看來就只剩下深深的惡意了，畢竟要光頭的那個人是她！哪怕不是真剃了，只是貼假頭套，她也受不了。有多少人光著頭的模樣是好看的？這不是故意毀她形象嘛！

——對，霍以瑾肯定是故意的，因為我在會議上頂撞了她！

離姍越想越氣，越想越氣……然後，她就在衝動之下先發了張好似受盡委屈的照片在社群網站上，一句配圖的話都沒有，卻已經足夠在粉絲的腦補下引起軒然大波。

這還不算完，在看到粉絲一邊倒的要幫她出氣的評論之後，離姍時隔不到兩個小時，又在完全沒和經紀人商量的情況下PO上了第二條訊息——一段她哭訴的影片，也就是霍以瑾現在看到的這段影片。

影片裡的離姍幾次哭到失聲，抽抽噎噎的只含糊表示了一個意思：再也沒辦法和《無與倫比的伊莎貝拉》劇組一起愉快的玩耍了。

離姍是個很典型的小女人，對「男人征服世界，女主角征服男人」的論調深信不疑，野心check✓，小聰明 check✓，與欲望相匹配的智商……✗。

在離姍看來，她所在的MS公司是國內三大娛樂公司之一，雖然在企業規模上和世代經營的霍氏國際不能比，但也不需要靠霍家吃飯，甚至MS與和霍氏國際多有合作的白齊娛樂可是死對頭。天塌下來還有公司和她的乾爹們頂著，她得罪個霍氏什麼的真是毫無壓力。

如果霍以瑾和謝副總知道離姍是怎麼想的，他們一定會被這女孩蠢哭的。MS確實不需要靠霍家吃飯，但卻不代表ＭＳ會為了一個小小的女演員而開罪整個霍家啊！

簡單來說就是離姍小瞧了霍家作為一個老牌世家的底蘊，又高看了她作為一個還沒來得及在演藝圈站穩腳跟的年輕女演員的存在價值。

先不論離姍的智商如何，在此都必須客觀的說一句：她在床下裝清純的手段的確很高桿，演技也不錯，圈養了一批與她一樣智商不足的腦殘粉。

影片一出，粉絲徹底炸了鍋。

他們的論調是這樣的：我們家清純可愛的姍姍肯定是沒有錯的，前段日子還高高興興發文說接了翁導的新戲，和影帝男神合作什麼的，今天姍姍就突然說不幹了，還說什麼錯都在我，一看就有問題！肯定是劇組的錯！逼著我們家姍姍這麼說，她受了多大的委屈啊！

「絕不能讓珊珊女神受欺負！」

抱持著這樣質樸的想法，很快的，離姍的粉絲就攻訐到了《無與倫比的伊莎貝拉》劇組下面，官網、社群網站、公司全沒放過，他們要求劇組相關人員必須向他們的女神道歉，不管是什麼事，反正就是要道歉，還要把他們的女神恭恭敬敬的請回去，不然這事沒完沒了！

媒體也是聞風而動，猶如嗅到了腐肉的禿鷲，還沒搞清楚始末，各種僅憑猜測的新聞就已經鋪天蓋地的被炒了起來，儼然成為了又一個全國人民最關心的「民生大事」。

等離姍的經紀人知道這事時已成定局，哪怕他心裡再氣，也只能先順水推舟，維持住離姍的受害者形象，想著等事情平息了再秋後算帳。藝人擅作主張，這絕對不會讓經紀人感到高興。

但這件事注定沒辦法平息了……呃，不對，還是會平息的，但卻不會是以離姍和她的經紀人希望的那種結果平息。

拜離姍和她的經紀人所賜，沒怎麼上過網、哪怕上網也只是接收 E-mail 或看個新聞之類的霍以瑾，因為此事而第一次正式接觸社交網路之後，最先明白的不是23333，也不是哈哈黨(注三)，而是網路暴力。

雖然離姍在影片裡沒說出霍以瑾的名字，卻暗示到就差把霍以瑾的名字寫到她臉上了，善用搜索的「機智」粉絲們很快就搜尋出了霍以瑾的身世。

好了，破案了，都不用再仔細研究一下什麼霍以瑾的為人性格，只她的身世就可以將她定罪了，富二代能有幾個好鳥！？

雖然眾人嘴上肯定不會這麼直白，但在看到霍以瑾那逆天的背景之後，第一時間心裡肯定都會這麼想。

離姍幾句閃爍其詞的話，就這樣被想像力豐富的粉絲、線民以及媒體，紛紛有志一同的腦補成了又一齣富二代仗勢欺人的鬧劇，什麼導演編劇競相巴結投資商，楚清讓被女總裁潛規則的三百萬字狗血臆想張口就來，離姍則成為了被邪惡勢力壓迫卻不畏強權的小可憐，形象塑造的非常成功。

於是，哪怕霍以瑾沒有個人網站，也沒有任何的社交帳號，卻還是和楚清讓一起登上了網路熱門搜尋。

「正義」的網友們就好像和霍以瑾有殺父之仇、奪妻之恨一般，高舉著「路見不平」的大旗，對霍以瑾人人得而罵之。那尖酸刻薄的模樣彷彿罵都不解恨，還要真人ＰＫ，再吐上幾口吐沫、踩上幾腳，讓霍以瑾永世不得超生才能甘心。

「這些人都不帶腦子上網的嗎？我針對離姍幹嘛？她是比我有錢，還是比我能賺錢？」霍以瑾真的有點生氣了，任誰被揣測成這麼不堪入目都不會開心的，她根本還沒來得及潛規則楚清讓好嗎！（畫錯重點）

「有些人腦殘起來別說是帶腦子上網了，他們幹什麼都不會帶腦子的。」謝副總如是安慰。

辱罵越演越烈，事態終於失控了，連翁導也被罵了個狗血淋頭。

於是乎，還沒等霍以瑾出手，翁導、楚清讓的粉絲已經轟轟烈烈的反嗆了回去。翁導親自帶頭發了第一篇炮轟離姍的文章。

看到這篇文章的所有人和他們的小夥伴一起驚呆了。

翁導這個人比較有特色，別人要是罵他的作品，他一般都會一笑置之，畢竟別人有喜歡他的權利，也有不喜歡他的權利。但若是罵了他的女神伊莎貝拉，還連累了他現在最珍視的這部傳記電影……那就對不起了，翁導年輕的時候可從來沒什麼好風度。

作為世界級的名導，翁導不說為國家捧回了多少國際上的榮譽大獎，只說他拍的幾部很受政府重視的電影，國家的官方媒體就不可能不給他面子。而由於翁導在電影界的特殊地位，他的粉絲可以說是涵蓋了各個階層和年齡，他這一開口，哪怕不怎麼會上網路的父母、祖父母輩都知道了，競相在他們主要活動的朋友圈瘋狂轉載，力挺翁導。

至於楚清讓，他雖然是A國捧出來的影帝，但是他在C國的粉絲也不少，一是看臉，二則是C國人一般都很愛看A國的影視作品。楚清讓這麼一個出了口，還被外國人讚不絕口的影帝，讓

C國粉絲覺得親切的同時又覺得分外與有榮焉，他在粉絲心中的地位那絕對是國寶級的白月光，不允許人輕易動搖的。

離姍的粉絲聽風就是雨的罵了這麼兩個人物，結果可想而知。

霍以瑾看著基本上已經從風口浪尖退居二線的自己的名字，默默的問謝副總：「我還要做什麼嗎？」

離姍的粉絲已經疲倦不堪又遍體鱗傷。說實話，在翁導、楚清讓站出來，又緊接著有不少劇組的大牌明星出來站隊之後，還能有粉絲力挺離姍，已經夠讓人覺得匪夷所思了。

對付疲憊之師，霍以瑾真心覺得很沒意思。

但名聲受損了還是要挽救一下，現在網路的地位越來越受重視，哪怕霍以瑾不怎麼上網，也知道這裡面的利害關係。

霍以瑾的性格一直都是直來直去，不怎麼喜歡玩陰謀詭計。她祖母告訴過她，一力降十會，她已經站到了這樣的位置上，若還需要去玩弄什麼投機取巧的小道就實在是太可笑了。所以霍以瑾對付人一向是大開大合的陽謀，讓人很清楚的知道「我就是對付你了，我有理有據、有圖有真相，站得住腳，不服你咬我啊！」。

在對待離姍這件事情上，霍以瑾也是這麼一個簡單粗暴的想法，她根本不需要怎麼準備，就可以大刀闊斧的按照一般攻略開始了。

首先……

「我要註冊個帳號。」

「妳是活在上個世紀的老古董嗎？」謝副總一邊感慨著，一邊瞬間替霍以瑾建了個社群網站帳號。

謝燮同學是個長袖善舞且八面玲瓏的人，充分彌補了霍以瑾在人際應酬方面的情商缺陷，謝副總的朋友圈裡，什麼總裁啊、老闆啊之類身分的人特別多，其中就有在酒桌上認識的社群網站背後的傳媒集團的董事長。

他一通電話打過去，在被對方吐槽了一句「就沒見過這麼大材小用」之後，從開帳號到名人認證到推薦關注，一條龍服務到家，幾分鐘就搞定。

說實話，這位董事長對這件事也挺好奇的，離婚被弄死是肯定的，他只是不知道這位霍以瑱口中的寶貝妹妹、謝副總口中的我家總裁到底準備怎麼自證清白。

霍以瑾表示：自證什麼？法律上一向主張的是誰告發誰舉證，斷不可能存在沒什麼證據就把人告了，結果還需要讓對方先證明自己清白的道理。

作為被告方，霍以瑾開社群網站帳號根本就不是為了解釋什麼。

她總共就發了兩則文章，準確的說是她口述，由謝副總代發了兩則文章——總裁大人至今還沒適應社群網站的頁面。

一、我是noble服飾的行政總裁霍以瑾，我開版了。

二、起訴書。

起訴書的貼圖裡一清二楚的寫著霍以瑾告離婚。

對，沒錯，告了。理由就是最常見的名譽損害，證據遍布網路，謝副總在第一時間就已經準備好了相關資料，沒有絲毫的拖泥帶水。

注三：「23333」是中國大陸的網路流行語，大笑的意思，即笑得不能自已、笑得滿地打滾的意思。它是一個笑臉符號的編號，出自日本的NICONICO網站，動態圖組第233號。「哈哈黨」指在網路上轉發文章時，只會轉發「哈哈哈」而沒有其他內容的人。

Q：對總裁的印象……？

第三印象

出師未捷身先死，總裁大人嚴重缺乏追人技巧。

霍以瑾簡潔明瞭的兩則發文，轉發量奇高，當天就上了熱門話題和熱門搜索。

這其中出力的人有很多，成分……很複雜。

最先轉發的肯定是替霍以瑾處理個人網站的謝副總自己的社群和 noble 服飾的粉絲團，之後他聯絡了管理霍以瑱社群的助理，霍以瑱的社群在霍以瑱本人大概都不太清楚的情況下，和霍氏國際的粉絲團一起跟著轉了一圈。

霍家大哥一直都是空中飛人，前幾天又去出差了，霍以瑾這才得以重新回到自己的公司。謝副總的董事長朋友不好表明立場，卻很給面子的讓旗下一個官方性質的娛樂粉絲團在第一時間轉發了霍以瑾的起訴書。

而在霍以瑾的文章發出去沒多久，楚清讓更是第一時間站出來進行了轉發，速度之快就像他們之前已經商量好了。

但當事的幾個人都很清楚，他們這回真沒有。

「這就是冥冥之中注定的緣分啊～少年～」阿羅調侃了楚清讓一句。

楚清讓依舊是一臉在外人面前輕易不會露出來的「愚蠢的凡人啊」的嘲諷臉，說道：「所有的巧合都是人為製造。只要稍微動一下腦子就能知道，霍以瑾和我一起登上搜索排行第一名，noble 服飾的粉絲團不可能對總裁的名譽坐視不理，哪怕粉絲團不好動手，還有霍以瑱和謝燮的社群網站，我對他們三個都設置了貼文通知。」

阿羅聳了聳肩，提出了一個大概是他這輩子最有智慧的疑問：「你為什麼要特別關注他們三個？」

——廢話，當然是因為霍以瑾之前沒有社群網站帳號啊！

這話楚清讓沒說，因為當他想到這一句話的時候，他自己反而先愣住了。他沒事關注霍以瑾幹什麼？

她長得又不好看——他的黑大壯女神才美！

她的性格更是他完全不欣賞的蠢得要死的那種——他的黑大壯女神更聰明更威！

雖然是他們兩人一起登上搜索排行第一名，但他只要把自己摘出去不就可以了？管霍以瑾的死活幹嘛？這可不符合他一貫的為人處事風格。

那一天，總是容易想太多的楚清讓深深的陷入了沉思。

管挖不管埋的神助攻阿羅同學其實只是隨口一問，問完連答案都沒等，他就繼續投身到了更有意義的事業裡——打電話拜託他手上別的藝人來幫忙站隊。

阿羅的整個職業生涯裡並沒帶過幾個藝人，但他卻擁有了金牌經紀人的頭銜。為什麼？因為他深諳貴精不貴多的精髓，手下藝人的品質逆天，三個世界級影帝、一個手握十張鑽石唱片的天王，不敢說後無來者吧，卻肯定是前無古人了。

而在這三個影帝中，就有謝副總從小喜歡的老牌影帝祁謙。

祁謙這些年已經淡出了演藝圈，不怎麼出現在公眾面前了。不過他一旦出現，基本上就代表了某件事情的最終輿論導向。

因為祁謙的粉絲團是粉絲中的戰鬥機，不以腦殘著稱，而是以高素質的戰鬥力聞名。他們陪著祁謙一起長大，經歷過祁謙成名後的大小風波，在脣槍舌劍的洗禮下，沐浴著一次次的血雨腥風，又各自都有了豐富的人生閱歷，在網上筆戰的能力絕對是滿點的，對祁謙的忠誠度也因為這份長情而歷久彌新。

阿羅把事情簡單一說，祁謙在確定了真偽之後，就毫不猶豫的帶著他的粉絲旗幟鮮明的站在霍以瑾這邊。

祁謙以前也是個富二代，雖然他現在已經是個風度翩翩的長腿叔叔了，但他還是十分能理解霍以瑾這種只因為他們父母有錢有本事，就被人否定了自己本身價值的感受。

祁謙自己轉完文章後還尤不解恨，直接用他爹的帳號也轉了一次，然後是他家所有的親戚。

祁謙的爹——祁避夏，剛巧也是個影帝，以演員的身分硬生生殺入某年世界富豪排行榜的強人，其影響力積累到今天可想而知。而祁謙的親戚們其實也沒什麼，不過是包括了一個獲得過承澤親王獎的知名作家，一個同在阿羅手下當藝人的天王，以及一個阿羅真正意義上的老闆——白齊娛樂的擁有者。

「那一天人類終於回想起來了，被星二代支配的恐懼，被『我姨媽是白齊娛樂老總』這句話禁錮住的屈辱，家裡親戚多就是好。」

目前正在國外小島上度假的祁影帝有個鮮少有人知道的毛病，他喜歡為自己的生活配旁白，正如那句話說的——人生如戲，全靠演技。

阿羅心想：為什麼我帶的藝人都是神經病！？

本來霍以瑾還因為楚清讓的粉絲量嚇了一跳，想著也許楚清讓並不是什麼三流小明星，結果等她再一看隨後站出來的祁謙以及其一票親戚的粉絲後，霍以瑾就自以為是的悟了——不是楚清讓大牌，而是演藝圈就是這麼魔性，哪怕是個小明星的粉絲量也能很嚇人。

只能說，在誤把祁謙這種地位超然的龐然大物當作普通明星之後，霍以瑾眼中演藝圈就基本上沒什麼明星了。

唔，也許還是應該重新定位一下，霍以瑾想著，楚清讓看上去比離姍要紅一點。又或者是離姍太透明？她的粉絲數夠祁謙一個零頭嗎？還真是螳臂當車，不自量力。

在霍以瑾的社群網站粉絲也以一個瘋狂的速度開始增長的時候，離姍那邊也迅速做出了回應：妳霍以瑾不是說沒證據在損害妳的名譽嗎？那好，我給妳證據！

離姍「寫」了一封「情真意切」的信，把前因後果添油加醋的說了一下，當然，在信裡邪惡的一方必須是霍以瑾，被欺負的小可憐只能是離姍。霍以瑾被形容成面目可憎，耽誤劇組開工、胡亂指揮都已經不算什麼了，離姍表示，因為角色演繹方式產生分歧，霍以瑾就報復她讓她剃頭。所以是霍以瑾違約在先，離姍被百般侮辱實在忍無可忍才憤而離組，她根本沒有詆毀霍以瑾的形象，只是說了實話。

坐在辦公室裡，霍以瑾無奈的搖了搖頭，「竟然真的上當了，這也太好騙了吧，真沒意思。」

對手太弱，有時候也很寂寞啊。

而謝副總理都沒理這種連煩惱都很奢侈的別家孩子，只是很平靜的把他們早就準備好的第三則文章發到了網上。

還是毫無新意的起訴書，不過是真的告上了法庭的那種，起訴離姍違約。順便還附上了一頁大部分被打了馬賽克、只有個別詞句用紅線標出來的合約書圖片，上面闡明了投資方、劇組以及演員三方的責任和義務，其中有一條就是演員需要為了電影改變形象。

很多演員都是有品牌代言在身的，而作為形象代言，明星都會被一定的條件約束，好比有女星接了洗髮精的廣告，那麼她們就有可能會被廠商要求這一年都必須保持黑長直的髮型。

所以一般劇組和演員簽合約之前，為了以防萬一，也會準備一份與形象有關的附屬合約。這份合約是可簽可不簽的，全看前面劇組和演員是怎麼協商的。

而在離姍和劇組簽約的這份合約上，白紙黑字寫得很清楚——剃光頭是在被允許的範圍內。

離姍為了多要一點錢，當初簽合約的時候簽得十分痛快，根本沒怎麼仔細看過合約，也沒聽律師一一誦讀條例，她只關心自己的更衣室大不大、能賺多少錢、在外面拍戲時能不能住總統套房，以及能免費帶幾個助理等物質條件上。

所以說，離姍和精明的商人談違約，基本上就是在找死。

離姍這邊已經不僅是形象的問題了，洩露電影劇情、無故曠工、貽誤電影拍攝進程，對外抹黑劇組形象……這一樁樁、一件件都是有合約可以依據的。

霍以瑾前面佯裝要告離姍名譽損害，等的就是她後面口不擇言把事情全盤托出，這樣才有了這些告她的真正理由。

這就是陽謀了。

霍以瑾走的每一步都光明磊落，她根本沒那個空閒和離姍費什麼口舌，更沒空閒也執筆撰稿來一篇感人肺腑的自白。是非曲直自有公斷，霍以瑾相信國家的法律系統，而她相信國家的大部分人民也會相信法律的公正性。

當霍以瑾贏了之後，離姍還有什麼好說的呢？

至於打官司這方面，霍家重金打造的那一整個律師部門表示：打商業官司，我們非常專業。

雖然還沒開庭，但隨著霍以瑾簡潔明瞭的兩封起訴書，她社群網站下面一邊倒的謾罵終於演變成了毀譽參半。

有人罵一句「為非作歹，浪費社會資源」，就有人評論說「總裁大人好帥，虐死那個假面人！」；再有人說「力挺霍以瑾的都是有錢既是正義」，緊接著就有妹子回覆「沒看見之前總裁大人根本就沒加多少好友嗎？大家都是因為這件事對總裁大人由路人轉粉絲的好嗎！？」……

其實，霍以瑾根本不太明白什麼叫互加好友，也不太知道什麼叫路人轉粉絲，還有人的ＩＤ叫「總裁大人的資料夾」等奇怪網名，這些五花八門的東西讓霍以瑾真是大開眼界。右上角的新粉絲提示不斷增長，轉發量也是只見漲沒見少，留言就更不用說了，一打開頁面，一人堆新的留言就把剛剛霍以瑾看到的淹沒在了人海。

最新被霍以瑾注意的是一則文章話題——「總裁大人我想幫妳生猴子」。

對網路用語的認知還停留在朋友圈層面的霍以瑾歪頭，睜大了一雙杏仁眼看著謝副總，哪怕她什麼都不說，一股求名詞解釋的氣息也已經撲面而來。

生猴子？

「這是好話，這位妹子在表達一種對妳的喜歡和欣賞。」謝副總面色有點不自然的解釋道。生猴子都算是詼諧了，他自己網站的粉絲留言裡還有直接說「老公艸我」的豪放派呢！讓人都不知道該以何種表情面對這群妹子。

霍以瑾若有所思的點點頭，網路文學還真是博大精深，一個妹子願意為另外一個女性生猴子。不過一旦接受了這個設定，莫名的會覺得這話很生動貼切呢。

「想都不要想！」謝副總在霍以瑾眼前打了個停止的手勢。

「……？」霍以瑾一臉困惑：我想什麼了？

「妳要是敢用這句去和楚清讓表白，我現在就可以告訴妳這輩子都別想跟他有什麼了！」

謝副總的腦洞開得比較大，他已經聯想到某一天霍以瑾深情款款的執起楚清讓的手，在燭光和小提琴伴奏的背景音裡對他道「我想為你生猴子」的情景了。那畫面太美，他不忍看。

霍以瑾深深的看了一眼謝副總，一句話都沒說，只是這次輪到她來思考那個橫在她和謝副總之間亙古不變的話題了——他們到底是怎麼和對方成為朋友的？

此時思考這個問題的人還有影帝祁謙。

在祁謙單方面發動親戚朋友轉發了霍以瑾的文章表示支持，並真的扭轉了時局之後，阿羅再次打來了感謝電話，他表達感謝的方式是：「我最近準備為你接一部金融犯罪類的電影，你在裡面演一個高智商的冷峻大反派，戲分和第一男主角是一樣的，開不開心？」

「……你明白『度假』這個詞的意思嗎？」

「你都度了三年了大哥……」阿羅的聲音幽怨極了，「又不是真退出了演藝圈，你才多大啊你自己說？多少也該露個臉了吧？你知道我賺錢的方式是依靠你的片酬抽成的嗎？」

「你還記得很多年前你找我爹替我搭戲撐場子時，說的也是這一套詞嗎？」

「……」臥槽，不好，忘記這傢伙的人設裡有個技能叫照相機式的記憶能力了。阿羅只能厚著臉皮繼續道：「山不在高，有仙則名，詞不在老，有用就行。呃，所以……咬鉤嗎？」

祁謙無奈長嘆：「咬。」

阿羅這個經紀人的能力絕對是專業的，為了自己的藝人很豁得出去，當年他帶祁謙的時候是這樣，現在他帶楚清讓自然也是如此。

祁謙想著，也該他回饋一次社會了。不過……

「僅此一部。」

「成交！」

楚清讓才回國，在國內的根基就猶如水中的浮萍、空中的樓閣，看上去好像被捧到了天上，但下面卻是空的。有祁謙這個國內外雙修的大咖來為他打開局面，自然是極好的。

阿羅相信，以楚清讓的水準，一部電影肯定就足夠了。

※◆※◆※◆※◆※

霍以瑾和離姍的官司還沒解決，頂替離姍演霍以瑾的新演員已經就位進組了。

新來的演員是一個在外形上更加貼近霍以瑾的戲劇學院的在校女學生，表演專業，科班出身，大學還沒畢業，卻已經拍過不少作品，在網上有著不輸給離姍的知名度。她的名字叫有琴，是一個很生僻的雙字姓，出道之後為了好記就連名字都省了。

老場務拿有琴和離姍教育他帶的新人：「這就是演藝圈，沒有誰是無可取代的，懂了嗎？識時務才是長遠之計。」

新人忙不迭的點頭，笑容裡還帶著早晨七、八點鐘太陽的那股稚氣：「我也覺得有琴小姐比離小姐更親切。」

「你還有的學呢。」老場務搖搖頭，笑道。

真實的有琴性格到底如何可不好說，只不過目前來看她比離姍會做人。

有琴進組後，用一個簡單的動作就虜獲了大部分劇組成員的好感——她摘下了她的帽子，露出一個鋥光瓦亮的禿頭。

在所有人震驚的表情裡，她很大方的笑著摸了摸自己的頭道：「我還以為我剃光了之後挺有個性的呢！拜託，就算現實並不是這樣，只是我的記憶為我的臉自動修圖了一下，也請大家給點面子啦。」

所有人都不自覺的笑了起來，氣氛被調動的恰到好處。

說實話，這個造型確實挺有個性的。國內演藝圈不是沒有以光頭形象出現過的女性，國外更是有不少走搞怪或者叛逆類型的女明星、女模特兒都嘗試過類似的造型，這樣的特立獨行肯定是褒貶不一的，而這位新人成功的用她身上洋溢的自信與青春氣息把這個造型撐了起來，配上合適的衣服，帶給人一種很酷的中性風。

自信的女人才是最漂亮的。

有琴會這樣做，倒也不是為了比下離姍，又或者是討好霍以瑾，她只是覺得戴光頭套、靠化妝術總不會比真的光了顯得真實，既然要演、要重現當年，那就必須全力以赴，盡她所能。這樣一來無論結果如何，她都能無愧於心的說一句我盡力了。

「看來新演員會讓妳很滿意了。」阿羅環胸對霍以瑾道。

霍以瑾詫異的看向阿羅問：「為什麼這麼說？」

「難道這樣的妳還不滿意！？」這回輪到阿羅驚訝了。

「她還沒開始演，我怎麼能知道滿意不滿意？」霍以瑾匪夷所思的看了看阿羅，身為工作狂的她欣賞的只能是一個人的工作能力，她可不會隨隨便便因為喜歡什麼人的態度就大開綠燈。

坐在不遠處假裝低頭看劇本的楚清讓微微勾起了一點嘴角。不要問他為什麼，他也不知道。

——霍以瑾只對我一個人特例過……停！我到底在胡思亂想什麼！？

貨櫃車停車的聲音在這個時候突然從攝影棚外面傳來，還沒正式開工的劇組人員不自覺的循著聲音一起向外看去，帶著一些好奇，沒聽說今天有什麼大型道具要送來的消息啊，是什麼被送來了？

沒一會兒，一個穿著黃褐色工作制服的男人就從門口徑直朝著楚清讓走來，拿著資料夾板揭開了謎底，有一份快遞需要楚清讓簽收。

「什麼快遞能直接運到這裡，還需要貨櫃車？」阿羅第一個站出來表示了質疑。

《無與倫比的伊莎貝拉》的內景是在LV市最大的攝影棚拍攝的，有無數的經典電影從這裡誕生，大明星時常進出，門口請的保全團隊甚至有參加過戰爭的傭兵，這裡的安全等級不比瑞士銀行差多少，尋常快遞根本進不來，更不用說還開那麼大一輛引人注目的貨櫃車了。換句話說，這送禮之人不是手眼通天就是不懷好意。

「是楚先生的追求者。我們簽了保密協定，不能透露客戶姓名。客戶希望您能親自去外面觀看，我們不能說是什麼，這是個驚喜。」一黃褐色制服的男人一本正經道，還出示了相關證件來證明自己，很顯然這事他沒少經歷。

跟著一起來的保全人員也做了保證：「我們已經事先查過物品的安全性了，請放心。」

這種暴發戶粉絲的追求方式，楚清讓和阿羅在A國時不是沒有遇到過，只是在相對含蓄的C國，楚清讓又是才回國沒多久，他們才在一開始沒聯想到。

最後阿羅還是決定派助理小趙先去確認一下。小趙懷著有可能會被恐怖襲擊的悲壯心情去了，然後帶著一臉要笑不笑的古怪模樣回來了，保證了真的不是危險物品，不會造成肉體上的傷害，但……精神上的汙染他就不敢保證了。後面這話小趙沒說，只是帶著點幸災樂禍的態度慫恿楚清讓出去的態度很是明顯。

楚清讓看了一眼根本不懂得掩飾自己情緒的小趙，最終還是抱持著要照顧粉絲情緒的想法，帶著劇組一票有空閒的人傾城而出。

然後……

所有人一起看到了等在外面事先用空氣泵射向天空之後自然下落的漫天花雨，洋洋灑灑，如夢似幻，走在最全面的楚清讓沐浴在花海裡，整個人都怔住了。其他人也都傻了。

過了好一會兒，劇組裡來圍觀的人才實在是忍不住的狂笑出聲。

霍以瑾面無表情的看著旁邊笑得快喘不過來氣的阿羅，「有什麼不對嗎？你們笑什麼？」

阿羅在心中感慨了一下這位霍家二小姐還真是如傳言說的那樣一點幽默感都沒有，嘴上耐心的解釋道：「這種追求女人的方式，正常男性都受不了吧？這個神秘人到底是我們家楚楚的追求者，還是和他有仇啊？」

「……」神秘人霍以瑾默默表示：只是追人的技巧生疏了一點而已！

雖然撒花——各種意義上的——失敗了，還被嘲笑了，但總裁大人絲毫沒有氣餒，因為這也算是她追人攻略裡的一部分。

花海攻勢能延伸出兩個不同的版本，成功或不成功。

成功如何就不說了，反正已經失敗了。她已經鋪墊好了與之對應的退路——送禮的時候是匿名的，楚清讓不可能知道那人是她。

而不成功也能帶給她一些重要資訊，好比絕對不能真的完全按照小說裡那麼誇張的追人模式來追人；也好比她知道了楚清讓不喜歡花，很不喜歡，這與送花的方式無關，就是單純的不喜歡。

「為什麼？」霍以瑾狀似無意的對阿羅問道，繼續套取有用資訊。

「呃……」因為他的初戀白月光有氣喘、聞不得花粉，這種事情我怎麼好意思說得出口？阿羅在心裡如是想，可他嘴上只能說：「因為他是個男人，不喜歡女性化的東西。」

「你這是性別歧視。」霍以瑾皺眉。

「抱歉，口誤口誤，這絕對不是什麼女性就該玩洋娃娃，男性該玩小手槍的性別論調，我的意思是……呃，怎麼說呢？想必妳也肯定不喜歡花這種華而不實的東西對吧？我們家楚楚也是一樣的呢，他更喜歡腳踏實地的、有實際用途的東西。」具體來說是必須對楚清讓有用的東西。

「我很喜歡花啊。」霍以瑾提出異議。小時候她因病不能靠近，長大了那必須是要狠狠的看個夠本才行。

「……」為什麼屢試不爽的搭話技巧在霍以瑾這邊總是會弄巧成拙？阿羅欲哭無淚。

「不過我很欣賞你家，呃，楚楚——」這個暱稱可真像言情小說女主角，簡直不能更棒！霍以瑾心裡想著，嘴上則嚴肅道：「這種為人處事的態度，說一大堆漂亮話，不如踏踏實實的做一件漂亮事。說起來，我一直都沒找到機會說，很抱歉前段日子因為我與離婣的個人恩怨，連累了你們家楚楚以及整個劇組的聲譽。你說我怎麼補償他比較合適？」

——什麼補償合適？把noble服飾的代言給我，我們一定能立刻成為好朋友！

阿羅的眼睛在霍以瑾開口的下一刻刷的一下就亮了。

但這話肯定不能說得這麼直接，所以阿羅只能強忍著恨不得立刻和霍以瑾簽合約的心，假意客套謙虛道：「哪裡能說是什麼連累呢？劇組因為這件事在網上炒起了不小的話題，妳又回擊得那麼漂亮，不僅沒有造成惡劣影響，反而擴大了宣傳，簡直是因禍得福。」

「謝謝。劇組我已經以個人的名義追加了投資，提高了每個人的紅包，作為我對帶來這一連串麻煩的歉意。但楚清讓畢竟被傳和我……咳，我知道這對一個潔身自好的明星來說不是好事，哪怕風波平息，事情也很難再說清楚了，所以無論如何都請讓我補償一下。」

好比你看假戲真做怎麼樣？我和你家楚楚結婚，潛規則什麼的就變成正常戀愛了——霍以瑾的內心深處是這麼期待的。

阿羅腦洞再大也肯定想不到霍以瑾是這麼想的，所以他的回答是：「能和妳這樣的美人傳緋聞，那可是我們家楚楚賺到了，妳不介意才是真的。」

「真的沒什麼我能補償他的嗎？」霍以瑾發自真心的希望能有個接近楚清讓的機會。

「其實我這裡還真有一件挺棘手的事情想拜託妳。」有再一再二，不好有再三再四，阿羅這種精明的經紀人是十分明白什麼叫適可而止的。

欠別人人情和被人欠人情其實都會讓人為難，特別是在欠了人情的一方比你更有權勢的時候，最好的辦法就是儘快找個臺階讓對方下來，否則這份人情不僅不會幫到你，反而很可能成為你的催命符。

「你說。」霍以瑾果斷極了。這種表現的機會怎麼可以錯過！棘手不怕，怕的就是不棘手顯不出她的重要意義！

「現在有個很棒的機遇擺在楚楚面前——和祁謙搭戲演主角。妳知道誰是祁謙吧？」阿羅真的有點不清楚霍以瑾這樣的工作狂到底知道多少演藝圈名人。

「知道。」霍以瑾很高興這是一個她知道的話題人物，「前幾天祁謙轉過我的文章，他對富二代總是被下意識誤解偏見的總結一針見血，讓我印象深刻。我的好友謝燮從小就很喜歡祁謙演的電影。這麼好的機會，楚清讓不想接嗎？為什麼？」

又是一個阿羅不知道該如何解釋的問題。

楚清讓現在的重心根本不在演戲上，而是在一件很危險的事情上，他想把楚清讓拉回正軌。真話不能說，那就只能繼續委（胡）婉（扯）了：「大概是沒有什麼自信吧……楚楚這個人，妳別看他看上去胸有成竹，其實本質上很害羞呢。正好妳的祖母和楚楚過去有那麼一段伯樂之誼，所以我就有了這個由妳出面或許比我管用的想法。」

更符合言情小說女主角的設定了是不是！霍以瑾高興壞了，她覺得她對楚清讓此時此刻這種雀躍的心情，大概就是網上傳說中的「萌」上了。

※◆※◆※◆※◆※

凌晨三點，謝副總被一通電話從夢中驚醒，來電的並不是與他同一時區的霍以瑾——總裁也是需要睡覺的——而是比霍以瑾恐怖一百倍的霍家大哥霍以瑱。

「你不是去國外出差了嗎？」睡糊塗了的謝副總沒來得及問好，就把心裡話交代了。

「這就是你聯合我國內的助理，對我瞞下我妹妹出事的原因？」霍以瑱是從他在國外的合作夥伴口中無意間聽到了「令妹巾幗不讓鬚眉」的傳奇事蹟，「我人在國外，你就這麼有恃無恐？」

謝副總心想道：我只是怕你這個妹控添亂而已！

不過謝副總嘴上說的卻是：「你也知道以瑾的脾氣，她自己能做好的事情就不肯麻煩別人，我總不能陽奉陰違吧？」

霍以瑱沒說話，這說明謝副總這個回答勉強讓他接受了。雖然被瞞著讓他很生氣，但如果有人賣了霍以瑾，哪怕是賣給他這個親大哥，他也一定只有更加生氣的分。霍以瑾身邊的助理、秘書在早期換了好幾個，皆是因為他們看不透霍家大哥這份既希望瞭解妹妹的一舉一動，又不希望情報來源是妹妹身邊信任之人的複雜心理。

當然了，這份常規心情也有破例的時候，好比謝副總此時此刻用來轉移霍以瑱的消息：「如果可以的話，你還是早點回來吧，你妹這邊有點情況。」

「怎麼了？病了！？」

「……某種意義上吧。」

「沒吃藥」、「已經放棄治療」這些形容詞，差不多都能安在現在的霍以瑾身上。

「她要投資電影，還開始插手她以前從來沒管過的代言人問題。」

「所以？」

「是為了一個男演員。」

「……所以？」霍家大哥還是不太明白。

「是當年你祖母推薦去A國的那個。」

「等我回去！」

※◆※◆※◆※◆※

《無與倫比的伊莎貝拉》的拍片現場，此時正在上演當年對外秘而不宣的楚清讓與伊莎貝拉的對話。

當然，這個對話肯定不是真實版本，而是經過藝術加工的。對此楚清讓只有一個想法：編劇這個職業還真是可怕呢！文字就是他們的武器，只要稍微改動一二，黑的都能說成白的。

鏡頭裡，飾演伊莎貝拉晚年的老戲骨笑著對楚清讓說：「你很有天賦，我的孩子。」現實中，真正的伊莎貝拉對楚清讓說：「你不把這份見人說人話、見鬼說鬼話的偽裝天賦用在演戲上，實在是可惜了。」

鏡頭裡，伊莎貝拉幸福的說：「演戲是一件快樂的事。」現實中，伊莎貝拉目光凌厲的看著楚清讓，咄咄逼人：「我不管你是不是已經習慣了把自己的快樂建立在欺騙別人身上，我只希望你能記住，你利用我家小天使來達到接近我的目的，這讓我很不爽！我的孫女知道之後會很傷心，我的脾氣就會很不好。所以你最好給我把這齣戲演下去！演完美！否則我會讓你這輩子都別想在演藝圈混下去，哪怕是我死後。」

伊莎貝拉這位「伯樂」前輩，在將死的病房裡教會楚清讓的第一件事不是人間自有真情在，而是毫不客氣的一句——要嘛別笑，要嘛就學會什麼叫真誠的假笑，否則會很噁心人，就好比你現在的笑容。

「妳這麼兩面派，妳的寶貝孫女知道嗎？」楚清讓問。

「重點不是她知不知道，而是她會相信我還是相信你。」伊莎貝拉答。

生動形象，簡單直觀，讓楚清讓記到了今天，受用一生。

在場外看楚清讓和老戲骨溫情脈脈互動的人，大概沒誰能料到這一幕在當年湧動著的暗流，包括霍以瑾這個可以稱得上是當事人的人。

在霍以瑾心中，她的祖母伊莎貝拉永遠都是優雅而又善良的，說話不疾不徐，從不會和人大小聲，哪怕是她做了再大的錯事，祖母也只會抱著她說：「噢，我的小天使，快別哭了，妳哭得我心都要碎了。」

祖母的懷抱是那麼溫暖，帶著她摯愛的香水味，不濃烈，卻沁人心脾，很難再從記憶中淡忘。

「她演得真好……我好像都能在片場再一次聞到我祖母身上的香水味了。」霍以瑾對阿羅感慨道。

「我們家楚楚也不差啊。」

「我也這麼覺得。」霍以瑾點點頭，笑著把她本來就打算好要投資的事情告訴了阿羅，「所以我決定投資你說的那部金融犯罪類電影，只要他演男主角。」

「——！」

——好、好、好！我們來做一輩子的朋友吧！BY：興奮的阿羅。

電影是阿羅和楚清讓的東家——他們倆同時也持有該東家的一部分股票——白齊娛樂準備投資拍攝的。本著風險均攤的原則，白齊娛樂不可能單幹，如今霍以瑾主動送錢，簡直是天降餡餅好嗎？

「妳這是想要找機會宣傳noble服飾？我們絕對可以置入這個廣告！」在金錢面前，阿羅表示他從來都不知道節操是何物。

——其實我只是很單純的對男主角感興趣。

這話霍以瑾說不出口的，所以她贊同了阿羅給出的理由，加大noble服飾的宣傳。

「妳可算是找對人了。我們這部電影是金融類，精英商戰風，肯定需要不少高級訂製服來展現主角們的暴發戶身分！不對，主角本身工作的地方就可以是服裝公司，noble服飾！反正是搞金融嘛，在哪裡不是搞？電影的導演和編劇我都認識，改起來很方便的。他們兄弟一手締造過的票房奇蹟讓我現在就敢把話撂下，投資絕對是一本萬利的！妳買不了吃虧，也買不了上當！」

霍以瑾本來求的就是不要虧太多，現在看來還有得賺，不禁有點小驚喜呢。

——想想還真是言情小說的模式啊，男女主角相遇之後，無論如何他們都會互相旺。

不過，霍以瑾在對待事業還是很謹慎的，「具體數額等我的團隊給出評估之後我們再談？」

「當然、當然，現在也就是說說，以後詳談，我們這邊也需要準備一下資料和企劃。」

皆大歡喜。

追人的第二步，當他的幕後金主，給他各種資源，成功！

※◆※◆※◆※◆※

「妳不是說不打算包養楚清讓嘛？是誰說這種行為很不尊重人、又還很累人的？」

在霍家大哥沒回來之前，生怕自己的小身板拚不過霍以瑾，又怕不小心打草驚蛇的謝副總，正在想盡辦法插科打諢，拖延霍以瑾的喪心病狂。

「我確實沒打算包養他啊，又不是選情人，我是真的打算在三個月後和他結婚的……呃，不對，現在只剩下兩個多月。」霍以瑾的語氣認真極了。

「那妳又是投資，又是有意讓楚清讓當公司代言人是要幹什麼？想做好人好事不留名嗎？這可不像當年那個借我一塊錢就想從我身上榨出五百的妳啊！還是說愛情真就這麼偉大？我更是不懂了。」

「愚蠢！」霍以瑾毫不客氣的回了謝副總一個「你怎麼連這都不懂」的嫌棄眼神。

下班之後，霍以瑾就以談工作方便為名再一次登堂入室謝副總的家，然後火速被謝副總的狗兒子嫌棄了個徹底，如今好不容易才輪到霍以瑾來嫌棄謝副總以做報復，她肯定是不會放過這個機會的。

「還請先生不吝賜教。」謝副總一直都是一個能屈能伸能賣蠢的真漢子。

「這叫感情投資，懂？」

「不懂。投資的時候哪有被投資方自己都不知道的？」

謝副總不用問都能猜到這事楚清讓肯定不知道，這位楚影帝在A國獲得影帝之後的當晚就已經對媒體放出了話，他這次回國的目的主要是為了休息，無意參加更多的工作。也就是說，霍以瑾為楚清讓提供工作，楚清讓會覺得她和他有仇的機率絕對大過她要追他的猜測。

「這就是感情和生意的區別啦！放長線釣大魚，你總該明白了吧？雖然小說裡大部分的追人方式都不太可靠……」就像上次撒花的事，「但也有一些小細節讓我覺得可以一試，其中就有這種，總裁在之前默默的為女主角做了一些事，女主角當時不知道，甚至有可能誤解了總裁的舉動，但事後女主角在瞭解了真相後就會很感動，會後悔自己誤會了總裁。這是他們之間感情升溫、催化的重要一環，我現在就是在為了我們的以後埋線。」

「呵呵。」謝副總表示：我真傻，真的，竟然會覺得霍以瑾對楚清讓是來真的。霍以瑾這哪裡是在追人，根本就是在把楚清讓當一個商業投資案在努力拿下好嗎？根本不可能成功的！

霍以瑾不關心謝副總在想什麼，她只趁著謝副總一個沒注意，高高興興的抱著一點都不高興的狗兒子出門溜達去了。

兒子是條很純正的西藏獵犬，別稱宮廷犬，是C國最古老的犬種之一。和霍以瑾這種中西結合療效好的不同，謝副總從小就十分的C國化，平時穿的是唐裝，聽的是古風琴箏，早餐更是堅持了十幾年如一日的豆漿油條，哪怕養條狗也愛在C國自己的圈子裡尋找。

最後，謝副總千挑萬選的尋到了兒子，聰明伶俐，性格獨立，是公認的十分優秀的伴侶犬。唯一的缺點大概就是……神經質。

用霍以瑾的話來說就是靜若處子，動若瘋兔。

霍以瑾剛把兒子偷渡出門，繩還沒來得及繫上，兒子就已經快如閃電的竄進了電梯裡——也不知道怎麼就這麼巧，同層的鄰居剛從電梯裡走出來。要不怎麼說兒子聰明呢，這傢伙算的時間剛剛好，等霍以瑾追上來時，牠已經在慢慢合上門的電梯裡歡快的搖起了勝利的小尾巴。

不過，狗再聰明畢竟還是有智商上限的，兒子搭乘電梯而下，是因為有人在地下停車場按了電梯向上鍵。而這個「有人」正是準備回家的楚清讓。

電梯門一打開，裡面竄出一條小巧到大概能放在袖子裡的狗的怪事實在是不多見……楚清讓卻偏偏遇上了。

地下停車場的電梯口肯定不大，楚清讓、阿羅以及助理小趙三個大男人足夠把門口堵得嚴嚴實實，兒子在沒有別的選擇的情況下，就這樣慌不擇路地直撲楚清讓而來，然後被楚清讓抱了個滿懷……又或者說是抓了個正著。

四雙眼睛大眼瞪小眼，大家都挺尷尬。

兒子雖然是世界上最小的犬種，卻絲毫沒有墮了與牠同出西藏的藏獒威名，面對陌生人那必須是凶狠鬥之的，不管能不能鬥過吧，反正是要鬥的！

於是，等霍以瑾搭乘隔壁電梯緊跟著下來時，看到的就是她的對象（錯）正抱著她的狗（又錯）。

——果然是上天注定的緣分！又是地下停車場！又是電梯口！BY：驚喜萬分的霍以瑾。

楚清讓卻只有驚沒有喜了，特別是看到他一直以為是職場精英類的霍以瑾一邊叫著「兒子」、一邊直奔他而來的時候，那感覺……

「我想她叫的是你手上的狗。」助理小趙善意提醒。

阿羅直接給了自己表外甥後腦勺一下，「廢話！」霍以瑾不是叫狗，難道是叫楚清讓嗎！？

「實在是太謝謝你幫我找到兒子了。」霍以瑾上前就想接過兒子。

「呃，不用謝，不過……」楚清讓有點不知道該不該把手上見霍以瑾過來反而叫得比之前更凶了的狗交過去，這真的是狗見到主人之後該有的反應？

「哦，牠是我朋友的狗，有點小淘氣。」

「……」

楚清讓三人一起默默的看了看兒子學著貓的樣子豎起了全身的毛，毫不留情的揮舞著爪子直撲霍以瑾的臉而去。

——有點？小淘氣？妳確定妳用對了形容詞？

「我的動物緣從小就不太好。」霍以瑾尷尬的笑了笑，卻帶著某種哪怕在最狼狽的時候也能自信閃耀的大方氣質，中長的捲髮鬆鬆的從後面束起，有幾縷垂在肩前，給人一種雖凌亂卻不雜亂的居家美。

「好巧，我也有個朋友從小動物緣不太好。」楚清讓這次是真的充滿意外的看向了霍以瑾，眼神裡的疑惑一晃而逝，真有這麼巧嗎？

然後……

「然後他就答應這週六和我出去約會了呀！」霍以瑾興奮的對謝副總道，「好吧，不能說是約會，只是我邀請他去看畫展，他答應了，但我相信這一定會成為我們的第一次約會！」

霍以瑾對此信心滿滿。她已經計畫了一個肯定能拿下首殺的完美約會流程，先看畫展，再吃晚飯，然後外面會下雨，她會送楚清讓回家，運氣好的話她能留宿，運氣不好的話她會感冒，楚清讓來看她，展開接下來的劇情。

「……」謝副總聽後已經不知道該從何吐槽起了，所以最後他只問了一個他早就想問的問題：「妳怎麼肯定老天一定會下雨？」

「因為這個世界上有一種東西叫天氣預報。」霍以瑾道。

「……」=□=

謝副總整個人都不好了。他想到了很多種可能，連霍以瑾會篤定的對他說「小說裡都是這麼寫的」這種嚴重不符合邏輯的事情都已經做好了接受的心理準備，卻萬萬沒想到霍以瑾還能有這種神展開！霍以瑾這個女人真的很可怕呢。

「哪怕最終沒下雨也沒關係，早晚會碰上的！」總裁大人面對天氣預報策略很有信心。

謝副總的心力交瘁最終千言萬語的匯成了一句話：「上吧，壯士！」

※◆※◆※◆※◆※

那是一個很尋常的週六，壯士霍以瑾在下午三點踏上征程，主動開車載楚清讓去了位於LV市南山半坡內的一家成名已久的畫廊。

楚男神，坐在火紅色跑車的副駕駛座上，看了看身邊負責開車的霍以瑾，總覺得有哪裡不太對勁。

但……到底是哪裡呢？

——哪裡都不對啊！遠在北城經濟開發新區的謝副總發出來自心的吶喊，不管這是不是約會，你見過哪對男女出去是女生開車接男生的啊你告訴我！？

霍以瑾卻覺得這再正常不過，她振振有詞：「小說裡都是這樣寫的，總裁開車接女主角去吃飯，然後才有理由晚上再把女主角送回去啊。而無論是從經濟學還是商業學的角度來講，這都是在切斷對方的……」

「STOP！」謝副總一點都不想再聽霍以瑾的歪理邪說了，因為、因為她說得好有道理，他竟無言以對。QAQ

至於為什麼是下午三點才出門去畫廊……

楚清讓對此也有疑惑，一般畫廊都是朝九晚五，甚至只營業到下午三點，他們現在去，畫廊不會關門了嗎？

「就是因為關門了才正好去。」這是霍以瑾的回答。

「……？」雖然楚清讓很不想往什麼富家女其實是飛天大盜的劇情上想，也沒有誰第一次就約關係普通、沒見過幾次面的人去畫廊偷畫，但除了這個選項，恕他想像力淺薄，實在是找不到別的更好的理由了。

霍以瑾表示，楚清讓怎麼樣也算是個明星，特別是他們兩人前段時間還傳過緋聞，在這個敏感的時候，哪怕再缺乏常識，她也是知道他們現在不適合一起堂而皇之的出現在公眾場所。直接讓畫廊暫停營業專供他們去看是個辦法，等畫廊下班之後利用關係讓他們進去看也是個辦法。

因為天氣預報裡說的是今天晚間ＬＶ市會有局部降雨，所以霍以瑾最終選擇了後者。三點出發，以ＬＶ市的交通狀況，下午四點到都只能是一路飆車加上幸運的結果，稍有耽誤就要向五點靠攏。欣賞完名畫，天色差不多黑了，出於禮節問題，肯定要一起吃頓飯的，對吧？等他們吃完晚餐，那場霍總裁期待已久的夜雨也該如期而至了。

「簡直完美！是不是！」

「……」

謝副總在最初聽完這整個計畫之後只納悶一件事：上天既然給了霍以瑾智商，為什麼不給她情商？如果決定了不給她情商，為什麼還非要給她這樣的智商！為！什！麼！

下午四點半，1114 畫廊，遊客和各方藝術名家早已離場，整個後現代畫廊就只剩下了霍總裁和楚三流——霍以瑾至今還以為楚清讓是三流小演員。

「霍小姐實在是費心了，大可不必包場，我個人其實很擅長變裝。」楚清讓目前只知道霍以瑾擔心他被認出來，所以才選擇了下午來的這個理由。

「沒什麼大費周章的，這間畫廊是我的。」霍以瑾有一說一，完全不懂得把事情誇張一下好凸顯自己的費盡心思。

「……」不過哪怕是霍以瑾這樣有一說一，內心深處很小市民的楚清讓也還是有點想說：有錢人的世界我不懂，妳說妳一個賣奢侈品的，開間畫廊這麼小清新是想幹嘛！？

「我祖母留給我的遺產。」霍以瑾進一步解釋道，「據說十一月十四日是我祖父向我祖母求婚的日子，所以才會有了這家名叫 1114 的畫廊。」

霍以瑾確實不是個小清新，她也清新不起來，但她有個很小清新的祖母。

一提起伊莎貝拉，楚清讓就有點不想接話了，他對伊莎貝拉這位老前輩的感情很複雜，她對他說話很不客氣，卻也幫他牽了能給他今時今日地位的事業線。

楚清讓從來沒對別人說過——他自己也不肯承認——曾有那麼一刻他是很羨慕霍以瑾的，她被她的家人保護得那麼好，而他卻被他的家人逼著不得不遠走他鄉。而人類面對自己羨慕的事物往往會有兩個極端的表現，要嘛想要保護，要嘛想要毀滅。說實話，楚清讓對於自己目前處於哪種心態，真的不知道。

「我其實不太懂這些藝術啊油畫的，比起一幅畫被形容得多麼意義深遠，我反而只能記住那幅畫背後的價錢。是不是太世俗了？」霍以瑾自嘲道。

她並沒有發現楚清讓的異常，因為楚清讓遵守了對伊莎貝拉的承諾——他自始至終都在霍以瑾的面前演得很完美。

「我也一樣。」楚清讓是真的很詫異於霍以瑾這個大小姐也會有這樣的想法，語言上不自覺的就親近了許多，「這個只限於私下裡和妳說，我對於一幅畫是否是名畫的定義，永遠只有它被拍賣的價錢。」

共同話題有了，話匣子也就打開了。

霍以瑾也就是看上去高冷面癱一點，面對她願意與之說話的人也能變身成小話癆，再加上楚清讓見人說人話、見鬼說鬼話的設定，兩人之間水到渠成的出現了一段交流的小高潮，就像一對久別重逢曾無話不談的少時好友。

楚清讓發現霍以瑾並沒有他想像裡的那種不食人間煙火，而霍以瑾則意識到楚清讓與她理解意義裡在風雨中搖曳的小百花有一定的區別。

這種前後反差的認知讓他們心情愉快，覺得對方和自己還是可以很親近的。

「人們好像總會不自覺的在美術館、圖書館等場所放低聲音和放輕動作，哪怕是在已經關閉了、不會打擾到別人的情況下，我一直很好奇為什麼。當然，我說的是普通人，不是學者或藝術家，他們對他們的領域心懷敬意，這很能讓人理解。但是一般人呢？不是說一般人對於藝術就沒有敬意，可總還是會有打破常規的蠢蠢欲動，不是嗎？」

「大部分人都是慣性使然吧。」楚清讓這樣回答，「一種心理暗示，就像小孩子永遠不敢去挑戰來自父輩的權威。」

「那大部分人會在心裡悄悄好奇『在畫廊裡大喊或者奔跑會是怎麼樣的一種感覺』嗎？」霍以瑾用一雙狡黠的大眼睛看著楚清讓，好像在期待著什麼。

楚清讓的耳邊卻在這時響起了夏日燥熱的蟬鳴，響起了他的女神對他說：「你不是生來就該被人打的，站起來啊，反擊啊，去反抗這個對你來說不公平的世界啊，膽！小！鬼！」

那年夏天，罩在年幼的楚清讓身邊的那層透明玻璃罩，就這樣迎來了來自外面世界的敲擊，曾經彷彿怎麼樣都掙脫不了、壓得他都快喘不過氣來的罩子很輕易的就被打破。劃在楚清讓腳下的那條線不再具有威懾，他邁過去了，也不過如此。世界徹底暴露在他眼前，是那麼大，有著無限的可能。

這年，清涼寂靜的畫廊裡，有個與楚清讓的女神南轅北轍的女性再次對他發來了這樣的邀請，這位女性的樣子漸漸與他記憶裡的女神重疊在一起，又或者是在覆蓋他記憶裡女神的位置。

楚清讓終於怯步了，他笑著搖搖頭說：「那樣會很奇怪的，我們是成年人了。」

年幼的黑胖女神與霍以瑾重新分開，女神再次出現，缺了顆門牙的笑容依舊絢爛，在記憶裡比鑽石還要閃耀。

——幸好，妳還在。

「也對啊……」現實中的霍以瑾尷尬的笑了笑，「哪怕沒有人，這樣跑啊、叫啊的也太有失身分了，畫廊裡到處都是監視器，警衛室裡還坐著兩個一刻不停的盯著監視螢幕的值班保全。」

——不，我不是這個意思！

楚清讓與霍以瑾四目相對，霍以瑾在努力的想要用笑容化解尷尬，楚清讓卻回了一個如初冬旭日般的溫暖笑容，強制自己在心裡想：看，夢醒了。

之前無話不談的假象終究只是兩人互相遷就的結果，就像灰姑娘的華美馬車會在午夜十二點重新變回南瓜，他們聊的突然，結束的便也十分突兀。

畫廊在那一刻重新歸於寂靜。

Q：對總裁的印象……？

第四印象

失敗乃成功他媽，總裁大人

特別的鍥而不捨。

霍以瑾打起精神再次尋找話題，楚清讓卻已經跟不上了，又或者不想繼續和霍以瑾邁入危險邊緣的熱切聊天。他退回到了他的安全地帶，裹上溫暖微笑的外表，變成了那個翩翩風度、謙謙君子的楚清讓，不會給任何人造成困擾，人畜無害，卻一點都不真實。

「這次請你來看畫廊，是因為有幅畫無論如何都想介紹給你。」霍以瑾引著楚清讓走向二樓最中心的展廳，「就是這幅，《對你獻上我最炙熱的愛》，我小時候總會來看。」

「這幅不是……」被翁導買走的那幅曾經屬於伊莎貝拉，等她去世後唯一被公開拍賣的後現代名畫嗎？楚清讓不知道這個時候該不該把這樣的背景告訴霍以瑾，畢竟事件裡的當事人一個是她的祖母，另一個卻不是她的祖父。

「嗯，這就是被翁導拍走的那幅畫。」霍以瑾倒是完全沒有避諱。

「它真美。」楚清讓覺得這才是個安全的話題，只聊畫，不聊背後的故事。

「價格很美？」霍以瑾笑了。

「……是的。」楚清讓覺得不懂藝術還要假裝懂藝術，才是對藝術最大的侮辱。不懂就是不懂，大大方方的說出來不丟人。

「我也這麼覺得。」霍以瑾笑得更開心了，「想聽一個小秘密嗎？只限於你我知道。」

「願聞其詳。」楚清讓雖然在心裡不斷的警告自己要與霍以瑾拉開距離，他們之間不應該出現這種過於親密的分享彼此小秘密的瞬間，但他還是不自覺的答應了下來，甚至是在心裡隱隱期待著能與霍以瑾更加親密。

大概是那天畫廊的燈光太柔和，而燈光下的霍以瑾美麗得超越了楚清讓心中另類的審美，他想著，黑大壯是一種美，高䠷、纖細、白皙也可以是一種美。

楚清讓一再的控制，又一再的被吸引，她讓他變得都不像是他了，心中的警鈴不斷大作，現實裡的肢體卻怎麼都無法限制住自己想要親近對方的動作——簡稱「嘴上說著不要，但身體還是很誠實的」。

霍以瑾打電話聯絡了畫廊的管理人員，遙控指揮著把保護在《對你獻上我炙熱的愛》前面的玻璃罩打開。

「——！」楚清讓再也顧不上心裡那點情不自禁，他被眼前發生的事驚住了。難道真的讓他猜對了？富家女一秒變國際大盜？他記得這幅畫已經不屬於霍以瑾的祖母伊莎貝拉，而是被翁導以天價買下了吧！？

霍以瑾沒對楚清讓解釋什麼，只是從包裡拿出她一直都會放在身上的白手絹，然後就這樣徑直走到了那幅油畫前，將畫取了下來。

是的，她真的把一幅天價的油畫就這樣取了下來。

並拿著它走了過來！

人生還真是處處都是驚喜啊……楚清讓已經不知道這一刻自己在想什麼了。

霍以瑾的目的很明確，她走到楚清讓身邊，把畫翻過來讓他看到了油畫的背面，木質的畫板上用碳素筆寫著一行已經有些模糊了的字——

我愛妳，從第一眼看到妳時就愛上了妳。

楚清讓隨著霍以瑾的動作睜大了自己的眼睛，這次他真的是驚呆了。因為這幅畫當年引起轟動時他是瞭解過的，很清楚原作者並沒有在背後寫過什麼東西，所以說……

「這是一句表白。」

有那麼一刻，楚清讓真的以為霍以瑾是在藉這樣的動作向他表白，他心跳如雷，那是好久未曾有過的悸動。

於是，總裁大人邪魅一笑，把楚清讓推到牆角，來了一個十分標準的壁咚。

……

……

……

以上，僅存在於霍以瑾的想像裡。

現實是霍以瑾笑了，不帶「邪魅」的附加效果；她也確實壁咚了，只不過壁咚的對象是她手上那幅價值連城的屬於翁導的畫——她把畫重新掛回了防盜措施一級棒的防彈鋼化玻璃罩裡——而不是壁咚了比穿著高跟鞋的她還高半個頭的楚清讓……

就兩人的身高來看，她要是真上也未必能壁咚得起來，so sad。

在把畫放回去的過程中，霍以瑾對楚清讓講了那句話背後的故事。

《對你獻上我最炙熱的愛》其實就是霍以瑾的祖母伊莎貝拉年輕時的作品，那個時候伊莎貝拉還不是影后，也沒有加入演藝圈，甚至她都不叫伊莎貝拉，而是個在A國國立大學美術系學習、空有一腔嚮往藝術的熱情，卻被一位業內有名的專欄評論家親口評價為「毫無天賦，早點轉行才能讓妳不至於餓死」的窮學生。

在被那位毒舌的評論家這樣說之後，伊莎貝拉在空無一人的畫室裡整整哭了一夜，第二天她擦乾眼淚……

「轉行了？」楚清讓覺得他找到了伊莎貝拉當年對他那麼不客氣的根源所在。

「不，我祖母是個很倔強的人。」霍以瑾搖搖頭，緩緩把一個神轉折了無數次的故事講下去。

年輕的伊莎貝拉把自己關在校外廉價的公寓裡三個月，傾注了她對藝術全部的熱情，畫出了這幅畫，被無數人讚譽，包括那位曾經毒舌過她的評論家，對方登報致歉。

但伊莎貝拉卻急流勇退，放棄了美術。她對霍以瑾說過，她一輩子的靈感都用來完成這一幅畫了，再也無法超越。她依舊熱愛著美術，但她也必須承認自己並沒有太多繪畫方面的天賦，只一次，燃盡了她的全部。

《對你獻上我最炙熱的愛》的意思不是對某個人的愛，而是伊莎貝拉對藝術最後的表白。

伊莎貝拉把這幅畫賣給了那個評論家，得到了足夠去A國最好的表演學院學習的錢，請了個占卜師改名換姓加入演藝圈，成就了日後的輝煌。結果在兜兜轉轉十幾年後，這幅畫被對此事一無所知的翁導買下，又重新送給了伊莎貝拉。

「妳祖母當時看到這幅畫時的心情一定很複雜。」楚清讓道。

霍以瑾點了點頭，繼續了她的故事。

心情複雜的伊莎貝拉看也沒看，就把畫轉送給了當時跟她還只是朋友的霍祖父。然後……霍祖父看到了那行本來是翁導準備用來對伊莎貝拉進行表白的話。

那個時候霍祖父其實就已經愛上了伊莎貝拉，這句話正好鼓勵了他，讓他以為他們兩情相悅，一時激動就表白了。伊莎貝拉也確實對霍祖父有那麼一點意思，所以這幅畫和那句陰差陽錯的表白成為了他們的紅娘，直至結婚後他們才發現了這個烏龍。

「因為這件事，我祖母和翁導尷尬了大概有半個世紀，在我祖母快去世之前，翁導才重新聯絡上了她，希望她死後能把那幅畫進行公開拍賣，他想最後一次為他的錯誤買個單。」

這也是霍家大哥在九年後的今天，同意投資這部為了紀念伊莎貝拉逝世十周年而拍攝的傳記電影的原因，他們的祖母伊莎貝拉一定會很願意在電影裡圓翁導一個夢，一個「他不是用名畫表白卻陰差陽錯促成了自己的戀人和情敵在一起，而是他堂堂正正的追了，把自己的感情傳達給對方知道了，但對方不愛他，所以拒絕了他」的夢。

電影裡，翁導還為「自己」設計了一場盛大而又浪漫的表白場景，「伊莎貝拉」十分感動，最後卻還是拒絕了他。

翁導買下畫之後，就把畫繼續寄放在 1114 畫廊裡。

他需要的其實不是畫，而是解開一個心結。

霍以瑾看向楚清讓，對這個故事做了一個總結：「這個故事告訴了我，有什麼事情就要直白的去說、去做，不要怕說了之後被拒絕，因為最起碼你嘗試了，哪怕失敗了，也總好過日後無數次後悔的想著要是我當時做了會怎麼樣。你懂我的意思嗎？」

「阿羅找妳來勸我接下《主守自盜》那部電影，對吧？」楚清讓恍然。他就說嘛，本來和他沒什麼交集的霍以瑾怎麼會突然約他出來看畫，原來如此。

《主守自盜》就是阿羅對霍以瑾提及過的那部金融犯罪類電影，白齊娛樂是主要投資方，老牌影帝祁謙已確定加盟，導演和編輯是曾經創下票房奇蹟的嚴正、嚴義兄弟，現在萬事俱備，就差主演楚清讓點頭了。

「我請你出來是別的理由，好比對離姍事件拖累你的歉意，也謝謝你那天幫我及時攔住了我朋友的狗兒子。我勸你參演電影是因為我也是這部電影的投資方，我不想虧本，對演藝圈我瞭解不多，所以我希望能由被我和我祖母都寄予厚望的你來主演。」

當霍以瑾認真起來的時候，她總會看起來非常具有說服力。

楚清讓看著霍以瑾，經過短暫的錯愕之後，他覺得在霍以瑾的設定裡一定有這麼一條——當她很認真的去拜託一個人某件事時，對方會百分百的很難拒絕。

好比此時此刻，他是說，繼續演戲和他本來的計畫並不衝突，不是嗎？

順理成章的，為了預祝他們未來合作愉快，霍以瑾和楚清讓在當晚離開畫廊後，去了位於南山半坡一家十分出名的米其林三星餐廳共進晚餐。

霍以瑾一通電話就輕鬆拿到了哪怕預約都已經排到了下半年的餐廳位子，ＶＩＰ包廂。

「不要告訴我妳繼承遺產的部分裡也剛巧包括這家餐廳。」楚清讓在去的路上打趣道。

「哦，不，怎麼可能。」霍以瑾笑了。楚清讓還沒來得及跟著笑，就聽霍以瑾緊接著道：「這是我哥繼承的那部分遺產。」

霍氏國際是一家綜合型的上市集團，世代經營下來，旗下的子公司什麼營生都有，不過中心主旨肯定是離不開最初「吃喝玩樂」的四字方針，米其林三星這種高級餐廳自然也肯定會被囊括其中。

萬惡的有錢人！哪怕楚清讓自己就是個有錢人，也攔不住他面對霍以瑾升起的那種仇富感。

※◆※◆※◆※◆※

「米其林三星？」

「還是妳大哥的餐廳？」

「……妳的想像力呢！？」

謝副總在霍以瑾約會的過程裡連發了三封簡訊表示嘲諷，希望能用這種潑冷水的方式達到讓霍以瑾放棄追人計畫的「邪惡」目的。

「不是說讓楚清讓挑餐廳才會顯得不刻意嗎？我不信他和妳就這麼默契，選擇了妳本來就準備好的如果他不選就去的備胎餐廳。」

霍以瑾看完簡訊微微翹了翹唇角，並沒有回謝副總，因為她和楚清讓就是這麼默契，在她提出由楚清讓選擇餐廳後，楚清讓報上了她大哥的餐廳的名字。

在霍大哥的餐廳吃飯確實沒什麼新意，既不像言情小說裡總裁蹲在街角和女主角一起吃路邊攤那麼親民，也不如女主角或總裁在家裡親自下廚那般溫馨，唯一的優點大概就是保全措施比較好，很注重隱私，不怕狗仔跟蹤。

「這裡的味道不錯，我想妳一定會喜歡。」楚清讓選擇這裡的原因，其實還是覺得這裡和霍以瑾的身分比較搭，「沒想到竟然是妳大哥的餐廳，是我班門弄斧了。」

「不，我確實很喜歡這裡，也謝謝你的喜歡和光顧。」無論是從商人還是追求者的角度，霍以瑾都肯定只會讚揚自家餐廳，「我讓餐廳經理辦了張ＶＩＰ卡給你，歡迎你和你的朋友以後常來照顧生意。」

「這裡根本不需要照顧吧？我剛剛可是在大廳看到不少有頭有臉的富商名媛，連號稱父親住院衣不解帶的親侍床前的繼承人都不忘百忙中抽出空來光顧呢。」

「長樂實業的董事長公子？」霍以瑾一點就透。

「妳竟然知道？」楚清讓比較驚訝，他一直以為霍以瑾是那種不太愛八卦的人。

霍以瑾確實不愛八卦，哪怕是世家圈內的小緋聞她知道的也未必有外人多，只不過這次情況比較特殊，「我大哥近期大概要和長樂合作一個專案，他的特助做前期調查報告時我順便聽到的。說起來，長樂的董事長一家也姓楚呢。」

「好巧。」楚清讓笑得意味深長，卻沒再深入聊下去，只是在等餐的過程裡很自然的轉移了話題，提起了霍以瑾的寵物緣不佳。

「我有個朋友說過妳這個情況適合養魚，這樣就不用怕牠們不親近妳了，隔著水族箱無論如何都不可能太親近。魚類也可以很可愛，妳聽過翻車魚蠢蠢的死法嗎？因為陽光太曬，緊張過度死了；因為身邊的朋友死了，打擊過大死了；因為附近的小夥伴們接二連三的打擊過大死了，自己乾脆也死了吧。」

楚清讓的這個朋友指的自然就是他的黑大壯女神了，當年他聽他女神繃著小臉一本正經的說這段時笑了好久。

那年他們的口袋比臉還乾淨，但他們簡單的快樂卻是現在的十倍、百倍。

楚清讓用這件事來試探霍以瑾有沒有可能就是他的女神。

霍以瑾沒笑，她只是很考據的回答道：「不，電視上已經闢謠了。這是毫無科學依據的，翻車魚的魚身最長可達三公尺多，重將近兩千公斤，是海中霸主類的存在。一條魚要長到這種規模需要至少二十年的時間，在平均壽命只有幾年的魚群裡算是很長壽的了。作為一條長壽魚，翻車魚的心理承受能力不可能如此脆弱。」

霍以瑾會知道的這麼詳細，是因為她小時候確實因為寵物緣不佳想過要養魚類，並認真的去瞭解了相關資訊，之後就這樣被現實打擊得一敗塗地，她心心念念的翻車魚其實根本不是人們理解裡的那種蠢萌。

本來只是想藉著這個話題試探一下，卻得到具體科學知識的楚清讓傻了。

——妳哥知道妳這麼不會和人聊天嗎？

BUT！楚楚並沒有就這樣放棄！他很堅持！也很執著！

……好吧，主要是因為就在前菜上來之後，霍以瑾又說了一句和他的女神一樣的話：「地球上為什麼會有胡蘿蔔這種反社會的蔬菜存在呢？」

然後楚清讓就看著霍以瑾以十分熟練的動作，勤勤懇懇、兢兢業業的把前菜裡所有細碎的胡蘿蔔丁一絲不苟的挑了個乾淨，那是一項十分浩大的工程，任務艱巨，她卻始終沒想過放棄，直至胡蘿蔔丁堆滿了盤子的一角才停下。這種處女座強迫症的舉動，真的和他的女神小時候一模一樣啊！

但緊接著不一樣的地方就出現了，霍以瑾像是一個夢想終結者，在給了楚清讓期盼的下一刻就打破了那份希望。

霍以瑾在挑完胡蘿蔔丁之後並沒有開吃，而是拿出手機打電話給她大哥，不管對方那頭是幾點，也不管對方在幹什麼，她就像是完成一項任務又或者是孩子氣的幼稚挑釁，道了一句：「哥，你猜怎麼樣？我現在面前有一盤胡蘿蔔，我就不吃！」之後俐落的掛了電話。

「……」楚清讓和他手裡的筷子都驚呆了。

「咳。」霍以瑾看到楚清讓看過來的目光，一下子紅了臉，極力假裝鎮定的解釋道：「你小時候肯定也遇到過這種情況吧？很受不了某種食物的味道，煎炒烹炸無論怎麼烹調都嚥不下去，而這種食物裡所包含的維生素和營養明明都有別的食材可以替代，但你的家人卻非要說著『這是為了你好』的話強迫你吃下去。」

楚清讓悟了，霍以瑾這其實是對幼年痛苦記憶的一種反擊。

他深深的看了一眼霍以瑾，笑了。他之前都在胡思亂想什麼啊？霍以瑾果然不可能是他的女神。他的女神和他一樣，從小被扔在偏僻的小鎮上沒人管，而霍以瑾卻是被萬般寵愛著長大的大小姐。

等霍以瑾把作為甜點的冰淇淋吃了個痛快之後，楚清讓更加堅定了他的想法。他的女神因為氣喘沒碰過一口冰品。

他之前怎麼會以為霍以瑾是他的女神呢？

楚清讓終於下定了決心，他不能再和霍以瑾繼續親近下去了，這種親近影響了他的判斷力。

晚餐過後，南山半坡並沒有下雨。

科學家告訴我們，以當今掌握的科技而言，天氣預報的準確度一般在百分之八十左右。很不幸的，霍以瑾出師未捷身先死，第一次和楚清讓約會就遇到了連科學都不能掌握的另外百分之二十。

霍以瑾看著餐廳落地窗外烏雲密布就是不下雨的天空惆悵極了。雖然對謝副總說即便不下雨也沒關係，但事到臨頭……真的好難受啊，這種事情並沒有按照計畫來的感覺，簡直百爪撓心是不是！逼死強迫症是不是！

※◆※◆※◆※◆※

問：比你以為會下雨卻沒下雨更糟糕的什麼？

答：剛回到家，雨就下來了。

霍以瑾充分感覺到了來自大宇宙的惡意。

強迫症發作的霍以瑾被深深的刺激了，在緊接著的下週五晚上，她再一次在謝副總家樓下主動「偶遇」了楚清讓。這次的偶遇肯定是需要打上引號的，它不再像前兩次那麼純天然無汙染。

打完招呼後，霍以瑾就相請不如偶遇的問了一句：「吃了嗎？」

隱藏涵義：一起去吃晚飯吧喵～

謝副總有云：加個賣萌的語尾助詞會有利於提高好感度。

已經打定主意要和霍以瑾拉開距離的楚清讓果斷拒絕了：「不巧，剛吃過。」

「我還沒吃，陪我吧，一個人去吃火鍋會顯得很淒涼啊。」總裁大人充耳不聞，自說自話。她決定了的事情還沒誰能人為的打亂。

「……」所以說妳為什麼要一個人去吃火鍋啊？

楚同學就是個口嫌體正直的屬性，無論心裡怎麼吐槽，身體上最終還是會誠實的順應本心。

看著面前蒸騰著白煙的銅火鍋，楚清讓長嘆一口氣，一邊想著自己到底是為什麼要陪著她一起來吃火鍋啊，一邊認命的拿起公筷，開吃！這家的肥牛金針菇和麻醬真是絕配，再點一份吧！

酣暢淋漓的火鍋盛宴之後，外面依舊沒有下雨，不過這次霍以瑾已經有了足夠的應對經驗。

「時間還不算太晚，你想去聽音樂會還是看電影？」

給別人選項時，A或B的模式往往會讓對方忽略掉他其實還可以全部拒絕。

楚清讓果然沒有跳出霍以瑾的語言陷阱，又或者他也同樣不想這麼早就結束這晚，就當是最後一次的放縱。他笑著回答：「看電影吧，音樂會對我這種俗人來說太難了。」

「古典樂也不喜歡嗎？」霍以瑾雖然欣賞不來繪畫，卻十分喜歡古典樂。

「不是不喜歡，而是不會欣賞。」每次聽了都會不自覺的想睡覺。楚清讓想著，自己果然和霍以瑾是不同的，那天在畫廊裡的情景說來不過都是燈光太美的假象。

「聽了之後很放鬆心情噠～」總裁大人開始各種洗腦，試圖提前培養夫妻之間的共同興趣愛好，「特別適合忙碌了一天之後回家躺下來靜靜的聽。」

「……」助眠嗎渾蛋！？

等進了電影院，楚清讓就後悔了。因為霍以瑾包了場的電影叫《新基督山伯爵》，引自A國的名著翻拍電影，在國際上拿獎拿到手軟，男主角……楚清讓。

正是這部電影成就了楚清讓的影帝桂冠。

片子不是霍以瑾選的，因為她平時根本沒空看一部最少需要花費一個半小時的電影。這是謝副總選的，他希望霍以瑾藉此機會能明白楚清讓並不是一個需要拯救的苦情勵志女主角，但霍以瑾卻覺得謝副總真是好哥們，千挑萬選才終於找到了一部有楚清讓當主角的電影，而且電影還是她看過原著的，不用再費心看影評查資料什麼的。

對此，謝副總表示：「……」

楚清讓對看自己演的電影其實沒什麼抵觸，他只是不想看《新基督山伯爵》，因為他和阿羅在電影拍完之後的一席談話——

阿羅問：「真的不能放棄你的計畫嗎？復仇是一條荊棘路，從你剛結束的這部電影的主角身上，你還沒明白什麼嗎？」

「明白原著真的是一部優秀的作品？主角愛恨分明，劇情跌宕起伏，浪漫主義的懲惡揚善，壞人總會得到報應。」楚清讓一臉平靜的回答。

《新基督山伯爵》的故事走向和原著大致一樣，慘遭小人陷害入獄十八載的男主角，在一位神甫獄友的幫助下學習各種技能，並得到了基督山島的寶藏，後來主角成功越獄，搖身一變以基督山伯爵的身分王者歸來，復仇成果。是集各種爽梗於一身之大成者。

「你明知道我說的不是這個！」

一部好的電影自然要有其創新和想要表達的靈魂思想。《新基督山伯爵》也不例外，電影並沒有結束在男主角復仇完的那一刻，最後還有長達十五分鐘的主角成功之後遠走他鄉的劇情。

「你在電影裡演得那麼好，無數外媒都在誇你是繼祁謙之後C國最優秀的演員，因為你把角色在復仇成功之後的狂喜荒誕與內心的空虛刻劃得入木三分，引人心疼。物質上你富可敵國，仇人戮盡，精神上卻變得一無所有。為什麼現實生活中的你就不明白呢？」這一席話阿羅近乎是喊出來的，他想讓楚清讓醒一醒，不要被復仇之刃傷害到。

楚清讓始終很平靜，他說：「因為多愁善感是有錢人的奢侈遊戲，有些人光是活著就已經拚盡全力了，又怎麼可能有空去想別的？我也一樣，哪怕復仇完之後會痛苦、會空虛，那也是已經復完仇爽過了的我該去操心的問題。現在的我只關心怎麼才能讓那些傷害過我的人付出代價！」

擁有困苦過去的言情小說女主角努力笑對人生，她們堅信儘管如此，世界依舊美麗。但楚清讓不是言情小說女主角，所以他選擇了在黑化這條路上一路狂奔，死不回頭。

楚清讓和阿羅過著完全不同的生活，縱使因為事業有了交集，卻還是很難做到彼此理解。

「我想我該離開了，你一個人好好想想。」阿羅主動離開，留下空間給彼此冷靜。

楚清讓冷靜的結果就是在第二天重新戴上他溫潤完美的面具，不再和阿羅提起那天下午的對話，堅持飛回了C國，開始了他的荊棘之路。

當楚清讓回過神時，電影已經進行到了最後的十幾分鐘，楚清讓東方異域版的基督山伯爵因為仇人的身死而狂歡大笑、肆意的奔向海邊隱喻希望的黎明日出。男主角在海邊站定，逆著光，背對著鏡頭。觀眾都在大呼痛快，但電影的拍攝現場，入戲極深的楚清讓卻淚流滿面。

連楚清讓自己都說不清楚他當時為什麼要哭，只是無論他怎麼演繹這一段，代入主角的他最終都會泣不成聲。

不是喜極而泣，他感覺得到，那是一種說不上來的悲壯。

「真糟糕啊，曾經我是那麼鄙視那些手段無恥的下流小人，他們口蜜腹劍、栽贓陷害，只能透過詐騙的手段達成目的。但為了復仇，我最後卻變得和他們一樣了。這個世界上還有什麼比這更糟糕的嗎？我變成了我曾經最厭惡的那種人。」

楚清讓不自覺的點頭表示同意，然後他才意識到這話來自他旁邊的霍以瑾。

一片黑暗裡，霍以瑾對楚清讓說：「你當時演這段的時候是這麼想的嗎？看到這一幕的時候，我也不知道怎麼回事，突然就想到了這些，這算不算一種對名著的過度理解？反正肯定是帶著我個人感情的，希望大仲馬先生在天有靈不要怪罪。」

楚清讓死死的盯著霍以瑾，緩緩問道：「如果是妳呢？知道自己會變成自己厭惡的那種人，所以會放棄復仇嗎？」

「為什麼要放棄？」

「嗯……嗯？」這和說好的不一樣！一般到了這種時候不是都會勸導人放棄的嗎！？醒醒！

「那些壞人罪有應得。到最後基督山伯爵也是採用了一定的法律手段來完成他的復仇計畫。我一直相信法律的公正性，哪怕它到現在還是有漏洞、不完美，但是我始終願意相信它存在的意義——公正公平。所以，為什麼要放棄復仇呢？只要手段正確，就不會變成那些糟糕的人。」

「如果控制不住自己呢？」楚清讓情不自禁的問道。

「我會拉住你。」霍以瑾笑了，哪怕深處黑暗，也彷彿閃著亮光。

一箭傾心。

……

……

……

「嗯？」楚清讓好一會兒才終於反應過來，他們的對話似乎有點不對勁，阿羅總不會連他的復仇都對霍以瑾說了吧？

「電影開頭女主角對男主角說的臺詞，我的記憶力不錯吧？」霍以瑾笑了。

「一字不差，真厲害。」慌亂中，楚清讓覺得自己心中那頭曾經以為只會惆悵的蹺起腿、夾著菸，擺出大叔臉說「老了，亂不起來了」的老鹿，再一次重喚了青春，激烈的跳動著彷彿能直接破腔而出。

——太可怕了！這個世界上不應該存在這樣的人，不應該存在除了他的女神以外的第二個這種人！

電影落幕，燈光重新亮起，楚清讓猛的起身，他迫切的想要離開，他根本不能和霍以瑾同處一室，有一種奇怪的病毒會在他和她獨處時四溢，麻痺他的神經，蔓延到他的全身。

但偏偏老天爺就是這麼一個死傲嬌，你越不想來什麼，就越會來什麼。

電影院外霍以瑾期待的那場夜雨終於傾盆而下，風雨大作，電閃雷鳴，彷彿有大能在渡劫。雖然晚了點，卻剛剛好。看著因為毫無準備而狼狽萬分的路人，楚清讓不得不上了霍以瑾的車，被她送回家。

這也就代表著更加狹小、密閉的兩個小時的獨處之旅……

——求來一道雷乾脆劈死我算了。

命運沒讓楚清讓得償所願，自然也會十分公平的讓霍以瑾不那麼高興。

本來一切還好好的，霍以瑾按照計畫開車把楚清讓送回送到了家。雨天路滑，車速不快，再加上L V市眾所周知恐怖的堵車情況，從娛樂中心的城南到新開發的城北新區，時間上差不多剛好是楚清讓預計的兩個小時。

楚清讓表示，他都不知道這兩個小時他是怎麼在霍以瑾的影響裡活下來的。幾乎是在霍以瑾的車開進連著樓上公寓的地下停車場的下一秒，楚清讓就打開了車門，想要用外界撲面而來的微濕冷意吹散自己臉上的熱度。

就在一切都朝著最好的方向發展時，霍以瑾卻沒能發現楚清讓這一晚異乎尋常的臉頰滾燙，她倒是先意識到了自己的失算——她的車是直接開進社區地下停車場的，停車場的電梯又直通樓上的住戶，她根本不可能遇到小說裡那種總裁為了送女主角回家而淋雨感冒的情節。

那麼問題來了，接下來的劇情要怎麼展開？

留宿——直接全壘打？

呵呵。

楚清讓已下線多時的智商重新上線，他委婉的用一個讓霍以瑾難以否決的理由把她請走了。

為什麼「委婉」？楚清讓堅持認為這是他一貫的對外態度，絕不是因為對霍以瑾心軟捨不得說重話。

理由大意如下：妳朋友就住我樓上，我不用以「天太晚，雨太急，路還堵，容易出車禍，不然今晚別走了」這種理由留妳在我這裡住了。

對此霍以瑾能說什麼？她只能上樓大半夜不睡覺的折騰謝副總。

※◆※◆※◆※◆※

「為什麼你要住在他家樓上，嗯，嗯，嗯！？」

睏得眼睛都睜不開的謝副總終於怒了，在睡意面前，哪怕半夜有個混血美女就坐在他床上，他也提不起什麼旖旎想法，更不用說這美女還是已經被他歸類在「漢子」這一欄的青梅竹馬。

「當初妳在我家地下停車場偶遇楚清讓的時候怎麼沒見妳抱怨我為什麼住他樓上！？」

「汪汪——」就是就是。狗兒子在床腳下跳高高，以壯自家人類爹的聲勢。

「是妳傻到非要送他回來，而不是趁勢說什麼『雨這麼大，路不好走，我家就在附近，要不要乾脆去我家住一晚吧』之類的話，這也能怪我！？」

「……！」

靜。

寂靜。

死一般的寂靜。

「我不管！」反正不按照計畫進行她就是很！不！爽！

時間轉瞬即逝，每週都這麼磨蹭，完全沒時間籌備婚禮了好嗎！？最重要的是，至今都不能在朋友圈把楚清讓這個外貌滿分的當男友曬，她不開心！

「……我想管也管不了啊！」謝燮同學都快哭了，最終急中生智道：「不然妳洗個冷水澡，晚上再不蓋被子睡一覺試試。」

霍以瑾上下打量了一下謝副總抱著被子的小受樣，一臉「真是沒想到啊，連你都叛變革命了」的表情說：「你是準備等朕洗冷水澡洗掛了好謀朝篡位嗎？」

「再管妳老子就是狗！」

「嗷嗚——」兒子同學友情配音。

結果吧，哪怕霍以瑾當晚真的沖了冷水澡，她也沒能如願的感冒。

「妳真的沖冷水澡了？一晚上沒蓋被子睡覺？結果還沒事？老實交代吧，妳的隱藏身分到底是superman（超人）還是spiderman（蜘蛛人）？」大清早起被霍以瑾再一次折騰醒的謝副總，抬手就給了霍以瑾一個讚的手勢。

「什麼意思？」

「我敬妳是條漢子！」謝副總雖然從不亂搞男女關係，但形形色色主動朝他撲上來的女人，他也算是見過不少，不說扶風擺柳吧，最起碼沒誰能壯實到霍以瑾這個程度，他甚至沒見過霍以瑾生理痛！

他篤定道：「妳媽不是把妳的性別生錯了，就是把妳的外表生錯了。」

他的潛臺詞是：一個纖細消瘦的美人卻一點都不脆弱這像話嗎！？

然後……

在凌晨六點半，天濛濛剛亮的時候，謝副總就被他敬重的漢子拉著去感悟她為什麼會身體這麼好——風雨無阻、雨雪不惰的晨跑有氧鍛鍊。

四十五分鐘之後，體力廢柴的謝副總連氣都喘不上來了，一直在嬌喘。

霍以瑾不得不提早結束了她的鍛鍊，攙著一副快不久於人世模樣的謝副總往回走，「都跟你說了，你可以坐在一邊看，不用跟著我跑。」

謝副總已經說不出話來了，但是卻不影響他在心裡回答：妳說這話的時候難道就沒看到旁邊那些早起運動的爺爺奶奶的眼神嗎？一個嬌滴滴的女孩子對一個好歹也有一百八十公分的大男人說「你就坐著看吧，別跟我跑了，我怕你跟不上」……但凡要點臉面的男人就不可能真坐下！

然後，霍以瑾和謝副總就以這樣一個相互攙扶著的曖昧姿勢，在謝副總家門口遇上了昨晚根本沒怎麼睡、滿腦子都是霍以瑾的楚清讓。

「這是妳住在我家樓上的……好姐妹？」來送早餐給霍以瑾的楚清讓愣住了，女總裁的好姐妹為什麼會是個男的！？

不過，他為什麼要送早餐來？

別問，因為他！也！不！知！道！

謝副總側目霍以瑾，「妳對別人介紹我是妳的好姐妹？」

「……」霍以瑾努力用眼神示意謝副總：我在追人啊大哥，我要是跟別人說我最好的朋友是個男的，肯定這輩子就注定要孤獨了啊！配合一點好不好？

不好！事關面子，絕不退步！被「好姐妹」了的謝副總如是回看。

「別人都說男女之間沒有純友誼，不過一個苦苦暗戀，一個裝傻到底——」楚清讓拖著慢吞吞的調子。

霍以瑾對謝副總目露凶光，決定回頭就公公了他！

「——不過，其實還是有別的可能，對吧？好比兩個人關係好到在自己眼中對方沒有性別，或者是第三性，再不然還有可能其中一個是同性戀。」楚清讓緩緩的把話說完，他也不知道他為什麼會主動替霍以瑾找理由，所以他欲蓋彌彰的又補了一句：「就像我和霍總一樣，也是純潔的朋友關係。」

霍以瑾的心情成功完成了由谷底到巔峰再到谷底的瘋狂雲霄飛車模式。

你們倆果然天生一對。謝副總咬牙，繼被「好姐妹」了之後，他竟然又被「第三性」和「同性戀」了一把。他決定更加靠近霍以瑾，以一種可以說是掛在她身上的姿勢，一邊嬌喘——跑步累得還沒緩過來——一邊冷視楚清讓，妄圖用意念殺死對方。

很顯然的，謝副總不會成功，楚清讓不僅沒死，還帶著早餐登堂入室了。

謝副總一邊小媳婦似的穿著圍裙在半開放式的廚房裡熬粥，一邊惡狠狠的用 ipod 公然放著馬丁・路德・金恩一段鏗鏘有力的演講——

「到頭來，我們記住的，不是敵人的攻擊，而是來自朋友的沉默！」

霍以瑾遮罩了一切雜音，幸福的抱著楚清讓買來的特調咖啡坐在沙發上，瞇起眼睛想著自己的追求方式也並不是完全沒有效果的嘛～

楚清讓則正襟危坐在霍以瑾的旁邊，目不斜視筆直筆直的看著前面電視裡的新聞，腦子裡卻怎麼都控制不住的想：陽光下慵懶的瞇起眼睛的霍以瑾真像一隻貓啊，好想摸一摸～冷靜！不能摸！摸了就是耍流氓了好嗎！？

最終，楚同學還是沒能耍成流氓，這倒不是說他有多高的道德底線，而是賢妻良母謝的愛心早餐粥熬好了。由霍同學去負責盛粥和擺放餐具。

「憑什麼！」霍以瑾在廚房裡小聲的對謝副總表示不服。

「憑粥是我做的！」謝燮難得強硬。

「不幹！」

「憑言情小說裡總裁總需要在女主角面前展現一下自己的體貼。妳不會做飯，至少也該擺個餐盤意思意思一下也好吧？妳以為我這都是為了誰！」謝副總改變策略。

「不早說！」霍以瑾毫不猶豫的上鉤了。

播放著娛樂新聞的電視機前，乳白色的真皮沙發上，謝副總與楚影帝狹路相逢，二人四目相對，都很禮貌的面上帶笑，氣氛卻尷尬的猶墜冰窖。

「我去幫忙。」楚清讓起身，想要擺脫這份尷尬。

「你是客人，怎麼能讓你動手。」謝燮卻以一種不容置疑的態度出手攔下了楚清讓，他倒也沒有繼續放任這份尷尬，而是趁著霍以瑾背過去和砂鍋裡的皮蛋瘦肉粥戰鬥的空檔，對楚清讓氣勢十足的低聲威脅道：「以瑾在追求你，但你們不可能。Are we clear?（清楚了嗎？）」

那一層窗戶紙，終於還是被捅破了。

楚清讓一雙黑得彷彿能滴出墨的瞳孔猛的收縮了一下。

看著楚清讓與想像中不一樣的反應，謝副總眨眨眼，再眨眨眼，這才意識到自己也許、可能、大概幹了一回蠢事，當了霍大哥的豬隊友，他不僅沒能拆散成功，反而當了霍以瑾的神助攻……

這個無理取鬧的世界簡直呵呵噠！

楚清讓很快回神，氣質陡然而變，勾起了一個他絕對不會在霍以瑾面前暴露的邪性笑容，反制住謝副總，挑釁的聲音緩慢卻堅定：「我要是把這個不可能變成了可能，你又奈我何？」

楚清讓好像一直都忘記說了，他這個人最討厭別人說他不可能做到什麼了。

年少而又充滿了憤怒的記憶裡，有人這樣說——

「你根本不可能在這個家裡長住下去，沒人歡迎你。」

「你不可能是我的兒子，不可能！」

「反正那孩子也不可能有多大出息了，送他去國外吧，破財免災。」

每每想及此，楚清讓背後的黑霧都彷彿能直接具現化出來。

謝副總的喉結滑動，不自覺的吞嚥了一下口水，很努力的才穩住了心神。他怎麼能被一個沒什麼背景的戲子嚇到！？

腦內的時間漫長的彷彿有一個世紀，現實中的時間卻不過短短幾秒，謝副總重新找到了他的嘴回擊，佯裝著不屑一顧的傲慢來保護自己，想讓自己顯得不那麼怕楚清讓：「我會告訴以瑾，你有一個深愛著的初戀，你覺得到時候以瑾會怎麼對你？既然有了別人，就不要來招惹我的朋友！你不配！」

一針見血。

被過去的記憶左右了感情的楚清讓理智回籠，他掩飾性的整理了一下謝副總的領角，拍了拍然後放開，身體退到一邊，假裝剛剛什麼都沒有發生。

謝副總也沒有再挑釁，他主動放輕動作，起身離開，彷彿他的沙發上坐著一顆不定時炸彈。

「如你所願。」楚清讓輕聲開口，輕得就像他根本不曾開口。

但謝副總和楚清讓都心知肚明，他承諾了，他就會執行到底。

餐桌上，楚清讓和霍以瑾之間本來有點黏膩的曖昧氣氛，蕩然無存。

霍以瑾不知道發生了什麼，情商低的她甚至沒感受到這種氣氛的轉變，她依舊在按照她的步調平穩的走著她的既定人生。

吃完飯之後，楚清讓就起身準備告辭離開了，謝副總跟著去送他時，霍以瑾冷不丁的扔下一顆「炸彈」。

「昨天晚上我忘了和你說一句很重要的話，我不是海蒂（《基督山伯爵》故事裡的女主角），你也不是愛德蒙（基督山伯爵的原名），想必你也沒什麼需要隱姓埋名的深仇大恨要報，但我依舊想當那個能拉住你的人。我喜歡你，要和我以結婚為前提的交往嗎？」

昨晚霍以瑾輾轉反側的反思了一下，鑑於目前只剩下不到兩個月的婚禮時間，她勢必要縮短追求程式，好比把表白提到他們第二次約會之後什麼的，她不介意走先結婚後戀愛的路線。

於是她就這樣表白了。

一點心理準備都沒有的謝副總和楚清讓一起驚呆了。

霍以瑾收穫了兩個木頭人，她有些無奈。沒有鮮花，沒有香檳，也沒有華麗的背景確實不夠浪漫，但……也算是一種新意，對吧？真不知道他們在驚訝什麼。最後，霍以瑾毫不猶豫的把謝副總和楚清讓一起扔出了門。

「她這是？」楚清讓被整得一愣一愣的。

「……害羞了？」謝副總說這話的時候連他自己都不信。

「她力氣可真大。」楚清讓猶如夢遊般道。

「是啊，人不可貌相。你能相信嗎？我們校運動會，她是長跑、舉重兩項校冠軍，體育生心中揮之不去的夢魘。」所以說他當初到底是為什麼要和這樣文武雙全、樣樣都比他強的女人當朋友來著？

「女性也可以很強的。」楚清讓回過神來，一邊搭乘電梯下樓，一邊為謝副總介紹他心目中黑大壯的女神形象。

謝副總表示：我一點都不關心好嗎！？

他只關心一件事：「你想好拿她的告白怎麼辦了嗎？」

「我會找個機會在私底下和她解釋清楚的，正式拒絕她。」曖昧不清，害人害己。楚清讓覺得這樣直來直去的對誰都好，包括他、他的女神，以及霍以瑾。

隨著「叮」的一聲，電梯到了楚清讓家所在的樓層，楚清讓掏鑰匙開門，謝副總就站在他旁邊，正在努力不把自己想像成強硬要拆散織女和牛郎的王母，硬著頭皮道：「霍大哥最近不在家，我會儘快安排你們在她家私底下見一面，你的隱私絕對有保證，希望你能說到做到。」

楚清讓按部就班的打開門，站在門裡，一手握著門把、一手搭在門邊對謝副總笑了，燦爛異常，「我果然很討厭你。」

「彼此彼此。」謝副總回嘴。

楚清讓的笑容更大了，打量了一下謝副總被推出來時匆忙錯穿了霍以瑾的粉紅色兔耳朵絨毛拖鞋，說：「你意識到了一件事嗎？霍以瑾把你和我都趕了出來，我有家回，而你……」

連句再見也沒有，楚清讓毫不客氣的當著謝副總的面摔上了門。

謝副總：「……」

門內，不需要再偽裝的楚清讓變得極其頹廢，他將自己像是扔沙袋一樣扔到沙發上，默默在心裡告訴自己：你的決定是對的，霍以瑾值得更好的人，而你也只應該愛你的女神。

楚清讓始終相信，愛情是從一而終的美好情感，不論世事如何，也不論別人如何，更不論他的女神長大之後是什麼模樣，甚至是生是死也無所謂，他都會堅持愛下去。

因為、因為他只剩下那段感情了啊……

「該死！」

門外的謝副總低聲的咒罵了一句，憤怒的轉身想要按電梯回去找霍以瑾算帳，卻發現兩部電梯都被占了，人在倒楣的時候真是喝口涼水都塞牙。又或者可以說楚清讓絕對是故意的，對方算好了要讓他在外面被人瞻仰一番。

其中一部電梯果然停在了楚清讓所在的樓層，阿羅和小趙走了出來。

西裝革領的精英羅 VS. 粉紅色絨毛拖鞋的賢妻謝，戴著同樣的金絲邊眼鏡。

謝副總發誓，在電梯門關上的那一瞬間，他聽到那個不戴眼鏡的小子（小趙），對和他戴著同款眼鏡的西裝男（阿羅）說：「撞衫不可怕，可怕的是一方的氣質比另一方高太多，我們甩了他十八條街。」

阿羅根本沒在意眼鏡的事，他直接掏出鑰匙進了楚清讓的家，對楚清讓道：「你最近沒什麼麻煩吧？我剛剛看到一個奇怪的男人在你家門口徘徊，又遇到狂熱粉絲了嗎？」

「噗……不是，不過你這麼說讓我心情很好。」

「那人你認識？」阿羅開始認真的覺得楚清讓的交友範圍真的越來越奇怪了，大男人穿著粉紅色的絨毛拖鞋到處亂晃，娘炮已經是他最小的問題了！

「不僅我認識，你也認識——那是 noble 服飾的副總。」

「謝燮！？」阿羅一臉「你騙我」的表情。

「什麼謝謝？」小趙聽得亂極了。

「一邊玩去！別搗亂。」

阿羅打發了自己的表外甥，繼續和楚清讓就謝副總做深入討論：「霍以瑾說她有朋友住這附近，不會就是他吧？那條叫兒子的狗也是他的？」

楚清讓點點頭，向阿羅全盤托出，說了今天早上發生的事情。

「你瘋了嗎？」阿羅的第一反應就是這句話，「你竟然真的答應了要去拒絕霍以瑾！？看著我的口型，那可是霍！以！瑾！哪方面都很優秀的霍以瑾！她還主動表達了對你的喜歡！我是你的經紀人都沒反對呢，談戀愛可是會影響你事業的事情，但若是和霍以瑾的話，我是贊成的，利絕對大於弊。你怎麼能反對？」

「因為愛情不是公司在徵才，優秀就要，不優秀就不考慮。和優秀的、適合自己的、但自己不愛的人在一起，只能是將就。」

就像是某天你突然很想吃披薩，但披薩店太遠，懶得出門，你便煮了泡麵，配了一根烤香腸和一個煎蛋，飯後又吃顆柳丁、喝了杯優酪乳，但到最後，在午夜夢迴的時候，你想吃的還是那口披薩。

「別跟我來那套。我只問你一句，你敢說你不喜歡霍以瑾？以你這輩子都找不到你的女神為賭注。」

楚清讓……賭不起，所以他逃避了：「這和我對她的感情沒關係。那位謝副總說得對，我這樣對誰都不公平，霍以瑾不需要我在還有個念念不忘的初戀的情況下和她交往。」

「你這樣的狀態真的能拒絕得了霍以瑾？」阿羅對此表示質疑。

「我好歹是個演員啊。」

楚清讓這麼說的時候絕對想不到，霍以瑾自認自己好歹也是個霸道總裁啊！

※◆※◆※◆※◆※

謝副總說會儘快安排楚清讓去拒絕霍以瑾，但楚清讓怎麼都沒想到會這麼快，就在他還沒有整理好情緒的當天下午，謝副總下樓敲響了他家的門，一臉興奮的對他說：「你可以去拒絕她了！」

這使得楚清讓不禁想問：你和霍以瑾有多大的仇？

而隨著謝燮的進一步解釋，楚清讓明白了，這兩人的仇應該挺深的。

霍以瑾「病了」，謝副總站在好友的角度本應該是來轉達這個消息好讓楚清讓去探望。但謝副總說的卻是：「她在裝病，你放心，拒絕她的時候千萬不要猶豫，也不要有什麼心理壓力。我會在事後負責安慰她的。當然，我同樣可以向你保證，你拒絕她之後不會遭到什麼打擊報復，我們家以瑾是個很有原則的人，談感情傷錢，她不會意氣用事的。」

「……意思就是壞人我來做，好人你來唄？」還真是小看了謝燮這個人，楚清讓想著，他簡單的幾句話不僅賣了霍以瑾還賣了他，兵不血刃的就輕鬆達成了「雙殺」成就。

「勉、勉強算吧，但做人不要這麼消極嘛！」謝副總積極的想要挖掘出楚清讓人性中真善美的一面。

「她為什麼要裝病？」楚清讓沒理謝副總，只問了他比較關心的問題。他真的有點不明白霍以瑾為什麼要裝病，總不可能是霍以瑾已經預知到了他要拒絕她，所以決定提前裝病，好讓他開不了口吧？

——我要你看的不是這一面啊渾蛋！

謝副總憂傷極了。

——因為霍以瑾想按照傳統言情小說的模式攻略你，結果昨晚她按照計畫送你回家卻沒能如願生病，半夜洗冷水澡也沒生病，中午重新翻言情小說的時候才意識到她可以裝病……這種神經病一樣的理由你讓我怎麼好意思開口？

謝副總只能默默的心裡想著。

掙扎半晌，謝副總最終給出的答案是：「這件事情說起來就老複雜了……」

「為什麼突然轉到了東北話頻道？」

「你管我！」

謝副總把這話說完之後就像是被打開了任督二脈，找到了身為有錢人和楚清讓溝通的正確方式——任性！

「就跟霍以瑾為什麼生病一樣，你管得著嗎？你只要去拒絕她，然後不理她的任何反應直接走人就可以了，管這麼多你是有錢拿還是能拯救世界？」

說完，謝副總沒等楚清讓的反應就直接走人了。

有錢人也許各有各的性格，但絕對有相同的討人厭氣質！楚清讓如是想。呃，霍以瑾除外。她身上有種說不上來的會讓人覺得很可愛、想會心一笑的地方。

哪怕霍以瑾板著臉一本正經的時候也跟喵星人似的，讓人無論如何都討厭不起來。就好像她天賦異稟，在靈魂深處噴了一種名為「楚清讓百分百毫無招架之力」的香水。

一遇到她，以前楚清讓覺得別人身上名為「蠢」的行為在她身上就只剩下了「萌」，「傻得可以」變成了「仗義執言」，連他內心深處本質的仇富心理都能硬生生轉成「要是沒有那麼多錢襯著，她這個性格要遭多少罪啊，幸好她有錢」。

楚清讓就這樣想著霍以瑾怔怔出神，直至金烏西沉，退無可退，拖延症也拯救不了他的時候，他才打起精神準備前往霍家。

臨出門前，在門口的鏡子裡，楚清讓看到了自己的嘴角弧度是已經多少年都少有的真正上揚。那麼陌生，又如此熟悉。他停在門口重新整理了下表情，等終於找到讓自己滿意的假笑之後才終止，然後抬手打板：「Action!」

《拒絕霍以瑾的告白》，第一場第一幕，也是最終場最終幕，沒有機位鏡頭。

Q：對總裁的印象……？

第五印象

說情話技能滿點。

為了醞釀一種「無論如何都會拒絕霍以瑾」的冷酷情緒，楚清讓的車在開進南山半坡這個世家成堆的富人區後，還特意到楚家繞了一圈，看著那棟在記憶裡十分深刻但其實他幾乎沒住過幾天的白色莊園，楚清讓眼裡的煞氣擋都擋不住。

楚清讓不得不在從楚家開去霍家的路上，不斷默唸那句心理醫生建議他去看的尼采名言：殺不死我的惡意只會讓我變得更強大。

於是，當霍家的老管家打開門時，歡迎的就是一個內斂壓抑到極致，也危險暴戾到極致的楚清讓。

楚清讓笑著遞上拜訪的禮物，然後就被老管家引到了霍以瑾正在「生病休養」的後院暖房。那是一幢外牆全部由透明玻璃構建的玻璃花房，擺滿了霍以瑾祖父母生前一直在侍弄的名貴花草。一開門，讓人心曠神怡的花香就撲面而來。

霍以瑾正蓋著薄毯躺在搖椅上，聽著蕩漾在花房每個角落裡的《金婚式》。那是霍以瑾在她祖父母五十年的結婚紀念日上彈奏的錄音，用歡快詼諧的曲調祝福她祖父母多年婚姻的始終不渝。她這次特意翻出來選擇在這個時候聽，就是希望她和楚清讓的未來也能如她祖父母一般。

但等管家走後，霍以瑾等到的卻是楚清讓直白的拒絕——

「抱歉，我不能和妳在一起。」

「妳很好，可是我已經有喜歡的人了，我很愛她，雖然我們現在不能在一起，但是我會等她的。」

「我不想耽誤妳，也不想傷害妳，我能做的只是當面和妳把這件事情說清楚，祝妳找到比我更值得妳愛的人。」

作為一個國際上的知名影帝，楚清讓拒絕了無數次的告白，卻沒有哪一次會比這次更讓他手足無措，明明來之前已經想好了比這更好、更委婉的話，但在看到霍以瑾的那一刻，他就大腦一片空白了。硬著頭皮上的結果就是這麼一個集各項表白拒絕語於一身的究極體。

「好人卡」、「朋友卡」、「妳能找到比我更好的人」什麼的，已經爛大街到連小孩子都耳熟能詳的地步，聽起來就感覺一點都不誠心，敷衍至極。

說完的下一刻，楚清讓下意識的閉上了眼，他已經做好為這個糟糕拒絕買單的心理準備。

結果……

「好。」霍以瑾點點頭，一副買賣不成仁義在的商人顏，乾脆俐落的根本不像是在談感情，眼睛裡全然不見一絲負面情緒，她很有風度的說道：「我很高興你能跟我直說，我這個人一向不喜歡拐彎抹角，喜歡就是喜歡，不喜歡就是不喜歡。很抱歉，之前造成你的困擾了，既然沒有緣分，希望你能不介意多我這個朋友。」

「當然，只要妳不介意就好。」楚清讓很意外，卻也對答如流，「真的很抱歉，在妳生病的時候跟妳說這個。」

楚清讓不是沒有遇到過這種告白不成最後當了朋友的事情。事實上，從來不缺潛規則對象的富商們其實遠比一般大眾想像得要大度多了，他們不會因為誰拒絕了自己覺得新鮮就一定要死纏爛打。

當然，大部分人也不會因為掉了面子而打擊報復對方，畢竟這樣做了才是真的丟了臉面。楚清讓在A國這些年能發展的如此順利，他幾個大方的富有朋友也可謂是居功至偉。

「我也不介意。不過是你情我願的事情，大家都是成年人了。」霍以瑾的語氣很是真誠，「要留下來吃晚飯嗎？我哥哥新請了一個A國廚師。」

「我的榮幸。」

苦等霍以瑾被拒絕後來求安慰卻始終沒等到的謝副總，最後實在是坐不住了，乾脆親自來霍家看人，結果他看到的卻是霍以瑾和楚清讓這樣賓主盡歡、一起吃晚飯的愉快場面。

「……」

霍以瑾態度十分自然的問謝副總：「吃了嗎？」

謝副總喀喀的搖搖頭，活像是一個機器人，「還沒。」

「那一起吧，讓管家替你添副碗筷。」

謝副總僵硬的入席，利用餐桌上花瓶的視線死角擋住自己，用眼神示意楚清讓——

『還沒拒絕？』

『拒了。』

『那這怎麼回事！？』

謝副總看了看那邊沒事人一樣的霍以瑾，他整個人都不好了。

任誰在病了——哪怕是假裝生病，心理狀態也是預設對方以為自己是真病了——還被追求的人拒絕之後，都應該會很傷心的吧？以霍以瑾的性格，她不會一蹶不振，但以她的驕傲，也不可能再去搭理楚清讓，最起碼不會這麼笑語晏晏的留人吃晚飯！

『我怎麼知道！』

楚清讓也很鬱悶。雖然能和霍以瑾以這樣一種「沒有傷害到誰，繼續當朋友」的關係結束是他所希望的，但當霍以瑾對這件事真表現得這麼看得開的時候，他反而有點不那麼舒服了，說不清、道不明的失落。

這大概就是人類的劣根性了——楚清讓這麼告訴自己。

吃完飯之後楚清讓就告辭了，這次霍以瑾也沒再說要送他的話，就好像她真的已經重新退回了朋友的那條線之內。

楚清讓很不是滋味，明明來的時候做好的心理準備是對即將傷害霍以瑾的歉意，怎麼到最後感覺被傷害到的反而是自己呢？這一點都不科學！

霍家隔壁的豪宅裡，長樂實業的繼承人楚天賜站在奶白色的露天陽臺上，笑著目送楚清讓的車從霍家離開。

他歪頭問身邊的特助：「楚清讓最近和霍家有聯絡？」

「有娛樂雜誌報導說楚清讓在和霍氏的二小姐交往。」

楚天賜「哦」了一聲，可有可無的點點頭，神色淡淡，也不知道到底是關心還是不關心，只是很快就轉身投入到一樓大廳的狂歡裡。

霍宅內，王母謝還在裝傻充愣，對霍以瑾急切的問道：「怎麼樣？裝病這招成功了嗎？」

「十動然拒。」霍以瑾從翁導的電影裡學會了不少網路新詞，這句十分感動然而還是拒絕了的四字成語讓她記得尤為深刻。

「妳沒事吧？可憐的，來，抱一下。」謝副總火速把自己調到了「知心姐姐」模式，他就是為了這個來的！

「你在說什麼啊？」霍以瑾愣住了。

「嗯？」謝副總也愣了，他對霍以瑾張開的雙臂就這樣擱在了半空中，「妳被拒絕了啊，妳就一點都不難過嗎？沒事啊，不要壓抑妳的本性，哭出來吧，我們倆多少年的交情了，我不會笑話妳的。哭完了，擦乾眼淚，我們明天再找個更好的。」

「我不難過。為什麼我有一種你巴不得我難過的感覺？」霍以瑾眯眼看向謝副總，「說！你是不是有什麼瞞著我！」

「天地良心！霍以瑾妳這個人怎麼這麼不識好人心呢？」謝副總立刻用強勢的反擊作為自己心虛的掩飾。

「不是就不是唄，吵什麼。」霍以瑾其實只是詐唬一下謝副總，見詐不出什麼來，她也就退讓了，「算我考慮的不妥當行了吧？我忘記了你的智商不太夠，不一定能跟得上我的思路。來，我慢慢分析給你聽啊。」

——這就是妳的退讓了！？

謝副總憤憤的用眼神問管家：『我能打她嗎？』

兩鬢斑白的老管家笑得一臉驕傲：『您打不過我家小姐的。』

「……」_(:3)∠)_

謝副總表示，這個連管家都這麼嘲諷的世界簡直生無可戀。

霍以瑾是這麼分析給謝副總聽的：「他在我表白之後，果斷而乾脆的拒絕了我，所以他一定是我的真命女主角，不對，男主角。」

——我知道這事啊，還是我策劃主使的呢。But why? Tell me why!

血紅的英文字母在謝副總的腦海裡加粗加大滾動循環播出。他真的挺好奇霍以瑾的思路生成方式，是什麼讓她在告白被拒之後還堅持認為楚清讓是她的本命？

「抖M嗎？」

「不是，你聽我把話說完。」總裁大人表示，最討厭別人在她沒說完話的時候打斷，「我就問你一個問題，你說有哪本言情小說裡女主角是一下子就喜歡男主角的？」

「這是個陷阱！我根本就沒怎麼看過言情小說！」

謝副總到現在都還記得霍以瑾冤枉他喜歡看三流言情小說的事，也不知道霍以瑾是怎麼和她的秘書說的，反正以前總愛在他面前爭奇鬥豔的總裁辦公室裡的秘書小姐們，現在都拿他當時尚顧問了！(╯‵□′)╯︵┻━┻

「……好吧，就算你不愛看好了，那麼以你有限的看書經驗來看，有女主角一下子就愛上總裁的嗎？」

「什麼叫就算我不愛看？我確實不愛看！」謝副總決定要在這件事上和霍以瑾據理力爭，他一點都不想再嘗試那種百口莫辯的感覺了。

「回答問題！」霍總怒了。

「沒在小說裡看到過。」謝副總立刻萎了，回答完之後他就一臉像是被強了的小受樣縮在牆角開始嚶嚶嚶：為什麼我就這樣屈服了？為！什！麼！

「是吧？女主角雖然在最後肯定會選擇總裁，但是在一開始她總會先愛上一個溫柔善良的男配角，什麼青梅竹馬、陽光學長、公司前輩的，在故事初期，女主角肯定會對男配角堅定不移，甚至為了他毫不猶豫的拒絕了多金深情的總裁。小說往往想用這種形式來凸顯出女主角不媚俗的正直形象，也順便能讓女主角不喜歡『人人肯定都會喜歡』的總裁橋段合理化，好方便製造劇情衝突。這……」

「這不正是妳和楚清讓嘛，對吧？」謝副總沒等霍以瑾的話說完就接著說了下去，「妳覺得這樣直接對妳講出他有一個初戀真愛，然後拒絕了妳的楚清讓很勇敢、很高尚？」

「是啊。」

——是妳個大頭鬼哦！

莫名其妙真當了一回神助攻的謝副總這回真哭了。

——霍大哥回來的時候一定會宰了我吧？QAQ提前自殺還來得及嗎？

最後，謝副總還是沒有放棄治療，他決定稍微搶救一下：「在他毫不猶豫的拒絕了妳，說他已經有了喜歡的人時，妳就真的一點都不傷心、不難過、不嫉妒？哪怕妳只是為了找個結婚對象，並沒有真的愛上他，人類正常的占有欲都不可能讓妳像剛剛那麼淡定。妳要是敢說什麼因為言情小說最後女主角總是會和總裁在一起，我一定咬死妳！說總裁不會接受讓他不滿意的答案也不行！」

霍以瑾回了謝副總一個「就說你智商低吧你還不承認」的鄙視眼神，不緊不慢道：「誰說我沒有這些負面情緒的？」

「沒誰說，我兩隻眼睛看到的，剛剛吃飯的時候，妳明明就笑得那麼開心哦。」

「為了刺激他啊。」霍以瑾聳肩，用一副「這不是一件很正常的事情嘛」的語氣說著完全不正常的話，「我看了那麼多言情小說，對女主角的性格也算是小有總結，無論那些女主角的人設是怎麼樣的，她們都會有一個不可避免的共同點——嘴上說著不要，身體卻很誠實。」

「……我們是不是不自覺的進入了什麼少兒不宜的話題？」

「你想太多了。」霍以瑾對謝副總的嫌棄達到了巔峰，「我是說女主角嘴上說著不喜歡總裁，不想讓總裁對她糾纏不休，但要是總裁真放棄了，肯定沒幾個女主角能心平氣和的接受的，讀者就更不用說了。」

「所以妳反其道行之，假裝大度，不僅能讓楚清讓難受，也能讓他感受到他其實並沒有真的那麼想拒絕妳？這樣一來還扯平了妳被他拒絕時的受傷感……」

「對！」斬釘截鐵。

言情小說的存在意義對於霍以瑾來說，就是去其糟粕取其精華，大方向是一樣的，小細節則全靠個人發揮。其實她本來也不準備這麼狠的，但誰讓時間不等人呢？她必須加快腳步。

——對個屁啊！妳這哪裡是在追人，根本是把對方當敵人一樣打倒好嗎！？

那一刻，謝副總是真正的悟了，霍以瑾對於愛情這回事，正應了那句老話——她十竅裡通了九竅，只剩下一竅不通。

面對謝副總死一般的沉默，本來挺自信的霍以瑾又有了那麼一點不自信：「呃，我是不是哪裡想的不太全面？」

「……不，妳就這樣，挺好，真的。」謝副總這句話絕對發自真心，「去吧，皮卡丘。」老管家後退半步，默默的在心裡為算是他從小看到大的謝少爺掬一把同情淚。

霍以瑾獰笑著磨刀霍霍向謝燮，一陣慘不忍睹的雞飛狗跳之後，被揙得臉都腫了的謝副總索性一不做二不休，在口齒不清的情況下，把楚清讓並不是三流小藝人而是楚影帝的事情說給了霍以瑾聽。

霍以瑾短暫的錯愕之後，右手握拳輕敲在左手掌面上，做恍然大悟狀：「怪不得我追不上呢，原來從一開始我就攻略錯了方向。」

謝副總表示：這理解能力，一個字，服！

※◆※◆※◆※◆※

行動力一流的霍以瑾遂決定邀請楚清讓去她的公司參觀學習。

楚清讓已經完成了《無與倫比的伊莎貝拉》的拍攝，正在投身準備著即將由他領銜主演的新電影《主守自盜》。劇本裡代表著正義一方、銀幕形象比較討喜的公司，已經確定為霍以瑾的

noble 服飾。

所以霍以瑾覺得讓並沒有經營過公司的楚清讓來實地考察一下，他肯定不會拒絕，順便還能再製造點好感值。

楚清讓本來是拒絕的，但被霍以瑾一句「是你說不要介意那件事，大家來做朋友的。現在你卻拒絕了，這是說明你其實還在介意嗎？」堵了個啞口無言。

朋友牌真的是很好用的一步棋。

謝副總對於楚清讓深表同情：「我大概又忘記告訴你了，這女人以前還是我們學校辯論隊的王牌。」

「那她一定很厲害。」楚清讓感慨。

「我們大學連續得了四年全國大專盃辯論賽的第一名，你說呢？她甚至在『正方覺得當反方比較好，反方覺得當正方比較好』的奇葩論題中辯贏了，正反兩次！」

第一場霍以瑾贏了之後，雙方交換立場，她的對手無恥的剽竊了她的論點，然後……所有人目瞪口呆的看著霍以瑾口若懸河的辯贏了剛剛的自己。

「她肯定早就知道對方會這麼無恥，所以提前設好了圈套。」楚清讓覺得他彷彿都能想像到霍以瑾當時驕傲的樣子了。

「你怎麼知道？」謝副總很是驚訝，他一點都不想承認這是什麼見鬼的心有靈犀。

楚清讓不自覺的勾起脣角，低喃了一句近乎情人般的耳語：「我就是知道。」

※◆※◆※◆※◆※

雙拳難敵四手，黑胖妹不可能以一己之力一直護著趙小樹。來一個她能打倒，兩個也沒問題，四個就有點困難了。於是，終於在某一天，一群小孩把大壯和小樹堵死在了小巷裡，她倒下了，面色青紫，呼吸困難。

趙小樹發了瘋，衝上去護著大壯道：「她有氣喘，她會死的！她要是死了，你們所有人都是殺人犯，不僅要坐牢，還要判死刑！快去找大人來啊！」

一開始孩子們還半信半疑，但隨著大壯慢慢的不再抽動，彷彿已經沒了呼吸的灰白模樣，他們慌了神，尖叫著一哄而散，卻沒有人去喊大人。孩子的天性裡其實是有一種很可怕的自我保護意識，他們好像天生就知道誰好欺負、誰不好欺負，以及他們在闖禍之後該如何掩蓋這件事情讓自己免於責任。

只有趙小樹抱著大壯嚎啕大哭，他好像一直都在哭，除了這個什麼都不會。

「嗚……我怎麼這麼沒用？」

「你很厲害噠～要自信一點！」躺在地上的大壯詐屍了。

「妳、妳沒事？」

「嗒噠～\(≧▽≦)/」大壯拍了拍塵土站起來，擺了個展示自己的 pose，「只要別繼續讓我躺在地上吸入過多塵土就沒事。」

「妳剛剛是騙他們的？這樣太危險了。」

「放心啦，我早就算好了的，管家——啊我媽媽之前已經和我約好了時間，如果剛剛那些人沒有被你嚇走，她一會兒肯定會過來教訓他們的。這也是沒辦法的事，他們那麼多人，我們兩個肯定打不過，只能另想辦法。等這次回去我就開始裝病，你一定要和他們形容我病得快死了，懂嗎？這樣一來，人少的打不過我，人多的不敢惹我，我們就安全啦。」

「妳好聰明啊！」小樹對大壯崇拜極了。

「那當然囉！我說過了嘛，我會罩著你的。只要我不生病。」

「什麼會讓妳生病？」

「挺多的耶，鮮花啊、塵土啊、冰淇淋什麼的……哦，對了，還有胡蘿蔔！我對胡蘿蔔過敏！」小女孩一本正經道。

「那我以後幫妳把午餐裡的胡蘿蔔都吃掉。」

「一言為定！」大壯高興極了。

小樹不覺得這樣的對話有什麼問題，他只覺得在他的世界裡最聰明、最美麗、最勇敢的大壯的黑眼睛在那一刻閃閃發亮，漂亮得不可思議。

等趙小樹長到足以明白人是不會對胡蘿蔔過敏的年紀時，他才知道當初他愛極了的閃閃發亮叫狡黠。

韶光荏苒，白雲蒼狗，很多人和很多事情都已經變得面目全非，只有小樹愛著的大壯的那些特質依舊在記憶裡熠熠生輝，從未改變。

※◆※◆※◆※◆※

霍大哥算準了時間，在妹妹早上吃飯的時候打了一通視訊電話，詢問她的近況，關心她有沒有生病，以及最主要的：「大哥好想妳，妳想大哥了嗎？」

站在霍以瑱背後的特助哪怕看了這麼多年自家總裁妹控的另一面，也始終沒能習慣這種冰山一秒鐘變活火山的精采情況。幸好……

「我們昨天晚上才通過話。」霍以瑾絲毫不給面子道。

二小姐還是正常的——特助先生各種感動。

霍大哥給了妹妹一個sad臉，妹妹無動於衷，他只能悻悻地端正態度，轉換了話題：「最近妳怎麼樣？有沒有什麼新鮮事？好比身邊有什麼事情發生或者有什麼新朋友出現？」

第一百八十遍的，霍大哥在跟妹妹拐彎抹角的詢問楚清讓。

而霍以瑾也是第一百八十遍的不知道她大哥在問什麼，只是無奈道：「這話你昨晚也問了，前後兩次的中間階段我在睡覺，你覺得我能跟你說什麼新人新事？昨晚做了什麼夢嗎？哥，我知道你關心我，我也關心你。但是認命吧，你的性格真的不太適合沒話找話。」

「……」霍大哥有點糾結，到底是直接暴露自己的目的比較好，還是認下這麼一個不太會聊天的指控比較好？

「說起來，其實還真有。」霍以瑾絞盡腦汁的終於想到了一件事，「長樂實業董事長的大兒子楚天賜，你知道吧？」

——知道啊，我還知道他的小兒子就是妳最近在鬧著要追求的楚清讓呢！

霍大哥在心裡這麼想，表面上卻是正經的冰山臉，「知道。我回國之後就準備開始著手和長樂實業的合作專案，長樂實業這次的主事人很可能是他，據說他父親病得挺重，一直沒出院。」

「怪不得，我說最近怎麼總能在早上晨跑的時候碰到他，明明楚家和我們家大概有差不多十分鐘的車程。」雖然楚家和霍家都在南山半坡，但南山半坡的區域範圍很大，儼然一副城中城的規模，所以並不是所有的世家都互相認識，甚至是互相知道的，「他為了在你面前好好表現，在我這裡也真的是滿拚的。」

「……滿拚的？」霍大哥對於妹妹嘴裡能出現這樣的新詞詫異極了，是什麼改變了她？

「網路流行語，哥，你好歹也緊跟一下時代嘛。」

——被妳這個古董級的電腦白痴這麼說總覺得是一種侮辱呢。BY：霍家以瑱。

「不用管他，他想套近乎就讓他套好了。」因為無論是楚家兄弟可以預見的繼承人之爭，還是新的合作專案，霍以瑾其實都不太清楚，她也不會摻合進去。

霍以瑱對妹妹很放心。他其實和他妹妹一樣，都喜歡工作認真、會在事先做好準備的人，但楚天賜用這樣接近他妹妹的小巧手段，就讓他有點看不上眼了。

——反正說到底還是妹控吧渾蛋，好難得你竟然還知道蓋一層遮羞布！BY：特助先生。

例行通話在霍大哥的難捨難分中艱難結束。每次掛斷電話的時候，霍大哥的悲傷臉都會讓霍以瑾有一種負罪感，覺得自己做了什麼天怒人怨的壞事。天知道他們兄妹小時候的關係其實並不算很好。

「你能想像嗎？就是這傢伙，在中二期的時候還想把我貼上郵票直接快遞到外太空去。」霍以瑾向老管家吐槽道。

霍大哥比霍以瑾大太多了，在霍以瑾還是個小嬰兒的時候，霍大哥就已經提前進入了叛逆的中二期，面對霍以瑾這個家庭新成員，霍大哥是真的把她當作階級敵人和入侵者敵對的，費盡心思的想把這個吸引了全家注意力的幼妹送走。

老管家笑了，霍家兄妹從小就有一種能自娛自樂的自 high 技能，無論做什麼都顯得很可愛。

「沒想到您竟然還有印象。」當時還是他替霍以瑱找郵票呢，紀念版的生肖套組。

「怎麼可能有印象！」霍以瑾聳肩，「我是聽祖母說的。我有記憶的時候，他就已經是這副恨不得把我放口袋裡走去哪兒就帶到哪兒、保護過度的樣子了。你知道他是怎麼從一個極端轉變到另一個極端的嗎？」

「對您的愛。」

「……別鬧。」

一如往常，霍以瑾沒能問出真實的答案。可她也沒有堅持，她只要知道她哥現在是真的愛她就可以了。

拿過管家遞上來的與以往風格略有不同、色彩明亮的新手提包，霍以瑾懷著充滿期待和愉悅的心情去了公司。楚清讓版的助理先生已經在公司裡等著她了。

——辦公室戀情什麼的簡直不能更棒。

隔壁的謝副總有話說：棒什麼！簡直是地獄好嗎！？

※◆※◆※◆※◆※

今天是楚清讓去 noble 服飾體驗生活的第三天，公司裡的女員工已經不會再一見到他就控制不住的驚聲尖叫，但依舊會在他路過之後交頭接耳的竊竊私語，「快看」、「快看」什麼的，彷彿他是從動物園裡逃出來的國寶大熊貓。

楚清讓早已習慣了這樣的場面，他會一直很好的維持風度，從容的完成一個助理該做的本職工作。

總裁助理並不等於總裁秘書，這其實是兩個完全不同的概念。秘書小姐主要負責的是檔案分類整理、辦公室的整潔衛生以及端咖啡給總裁等最基礎的日常工作，而助理的工作重點則是「協助」總裁工作，簡單來說就是總裁要求做的事情要完美執行，總裁沒想到的但對工作有益的要主動提醒、建議總裁去做。有時候總裁助理的行事是可以約等於總裁的。

這也是大部分富二代進入自家公司總會從「助理」這個職務開始的原因，那並不是什麼真的從底層做起，又或者是來自長輩的考驗和磨礪，只是一個很普通的過渡，幫助他們儘快適應助理名稱前面那個稱謂的工作內容，進而好把「助理」兩個字拿掉上位。

霍以瑾在大學實習的時候，當的就是她大哥的助理。而霍以瑾和她大哥現在身邊的優秀助理們，外放出去獨自掌管一個分公司都是完全沒有問題的。

所以，想讓楚清讓最快的瞭解到一個大公司是如何運作的，再沒有什麼職位會比總裁助理更適合，而且他們還能全天候的在一起……

——其實這才是重點吧，我早就看穿妳了！BY：謝副總。

當然了，大部分工作還是別的助理帶著楚清讓，她只須負責……看。

楚清讓是個會不斷帶給人驚喜的存在，在這短短的兩天工作裡，他出色的幫霍以瑾完成了一個挺重要的合約。

「他做得很好，好到都有點超乎我們所有人的預料了，妳確定他真的只是個普通明星嗎？」謝副總在私下裡和霍以瑾討論，他也不知道自己是不是被霍以瑾最近喋喋不休的言情小說論洗腦了，只是楚清讓在公務處理上的游刃有餘真的讓他很難覺得對方就是個小戲子。

「一般人把這稱之為天賦。」霍以瑾打斷了謝副總的天馬行空，「這不正說明了我們是天生一對嗎？也許結婚之後他可以不用待在家裡，繼續當我的助理會是很棒的主意，嗯？」

「呵呵。」但凡有點骨氣的男人都不可能吃軟飯吃到這種程度好嗎？

和喜歡的人一起工作的時間總是過得飛快，一上午的時間就這樣從眼前了無痕跡的劃過了。

中午吃飯的時候，霍以瑾對楚清讓提議：「下午要不要去我大哥的公司看看？霍氏國際的總部可比我這個小公司要複雜多了。」

「小公司？」作為這家「小公司」的副總，謝燮表示不服。

霍以瑾沒搭理謝副總，繼續遊說楚清讓：「正好下午我要去那邊開例會，你可以在我哥辦公室那層轉轉，安全和隱私也有保證。」

霍以瑾分遺產的時候得到了noble服飾，但卻不代表她沒有霍氏國際的股份。事實上，她現在是僅次於她哥的大股東，只不過他們兄妹兩人一體，在重要的決策上向來都是共進退。董事會的例會也只是在霍大哥出國在外的日子裡她才會出席，他哥肯定也會開視訊會議加入，但還是有個人在現場比較讓人放心。

「下午開例會？那國外的時間上……」楚清讓的關注點有點偏，霍以瑱還真是跟傳說中的一樣拚啊。

「他這次出國去了好幾個國家，現在在最後一站，和我們這邊只差兩個小時。」正好在那邊下班結束後能什麼都不耽誤的開國內的例會。

——真拚！

這個世界上最可怕的不過如此，比你優秀、比你命好的富二代其實比你還努力。

在前往霍氏國際總部的路上，與霍以瑾同坐在轎車後座的楚清讓突然問道：「你們兄妹很缺錢嗎？」

霍以瑾看了楚清讓整整有一分鐘才愣愣的回答：「不啊。」

竟然會有人問她缺錢嗎？這可以說是霍以瑾人生裡前所未有的體驗了。

「那為什麼你們還這麼拚？」楚清讓是真的想不明白，他拚有他要復仇的理由，但是霍家兄妹呢？他們完全不用如此。

「啊，這個……」霍以瑾笑了，她經常會被問到類似的問題，「你可以當我是天生的工作狂，閒下來反而會難受。我希望在天上的祖父母和父母能以我為榮，不想自己變得像別的富二代那樣墮落讓我哥擔心。而且，前人種樹後人乘涼，我現在消耗享受的是我的祖先奮鬥的結果，如果我不努力，我的子孫後代享受不到了怎麼辦？」

「如果他們讓妳失望了呢？他們有可能不像妳這麼努力，他們會紙醉金迷、鋪張浪費，他們會和妳期待的南轅北轍。」楚清讓也不知道自己為什麼要這麼潑冷水，但他還是問了，他莫名的很在意那個答案。

「那就更要努力了啊。」霍以瑾不假思索道。

「啊？」

「好賺上讓他們敗也敗不完的錢，總不能讓他們一分錢都無法留給自己的孩子吧？我們可是一家人啊，他錯了，我會想辦法幫助他改正；他對了，哪怕死後我也會在天國為他喝彩。」霍以瑾本質上其實是個很護短的人，家人就是她的弱點，她一絲一毫都不會讓別人動。

——這就是了！

楚清讓面色如常，心裡卻激動萬分，這麼多年來他一直在等待的就是這樣一個答案。真想和妳成為一家人啊。他想。

希望和欲望最簡單的區別就是，希望能讓你感覺到開心，而欲望只會讓你痛苦不堪。

楚清讓面無表情的看著車窗外快速掠過的高樓大廈，最終還是在腦海裡把「和霍以瑾成為一家人」的想法歸類到了欲望裡，它讓他痛苦，因為它不可能實現。先不說他才拒絕了霍以瑾的告白沒多久，只說他的黑大壯女神，他就不可能放棄尋找她。

還真是糟糕啊……楚清讓在心裡唾棄自己。男人好像總是會有這種紅、白玫瑰的劣根性，但他不應該如此貪婪的。

他曾堅定的認為就算自己的性格變得陰暗、變得不擇手段，他也有比他糟糕的兩任家人優越的地方——他不會變成一個渣男。但他高估了自己。在明知道自己還放不下童年女神的情況下，又會為了霍以瑾心動。還有比他更糟糕的人嗎？

「你在想什麼？」霍以瑾出聲打斷了楚清讓越來越深的自我厭棄。

楚清讓回神看向霍以瑾，心想：幸好妳比我看得開，早早的脫離了苦海，不會再捲入我糟糕的生活裡。這樣對誰都好。

他近乎強迫的讓自己繼續與霍以瑾保持距離，生硬的開始了別的話題：「我在想妳哥哥努力的理由，也和妳一樣嗎？」

霍以瑾搖搖頭，「他是那種如果子孫後代不努力就打斷他們狗腿的 Tough love（嚴厲的愛）派。」

霍大哥十分討厭那種自己不努力還怨天尤人、不斷替自己找藉口的人。最典型的例子就是曾有富二代指著霍大哥的鼻子罵：「你什麼都不明白，我父母根本不關心我，他們只愛錢，我憑什麼不能浪費他們的錢來報復他們！」

霍大哥則冷笑著回了一句：「活該。連你自己都不愛你自己，又怎麼指望別人愛你。」

「那他對妳？」楚清讓也不知道自己還在期待什麼，他只是莫名的希望霍以瑾和她大哥的關係並不如外界傳的那麼好，這樣他就能再一次找到霍以瑾和他女神的共同點——有一個並不親密的哥哥。

記憶裡黑胖的小女孩失落的坐在馬路邊說：「你也很討厭你爸媽偏愛的弟弟嗎？怪不得我大哥那麼討厭我，他從來都不接我的電話，在家裡的時候也不許我進他的房間，不和我玩。」

可惜，霍以瑾再一次成為了夢想終結者：「我大哥對我很好，從來沒要求過我什麼。事實上，大部分時間都是他強迫我停止工作去休息。他這個人很古板，才三十幾歲活得卻像六十歲的老頭子，篤信男孩窮養、女孩富養的理論。」

「哦。」楚清讓點頭笑了一下，談不上有多失望吧，因為他根本不敢懷抱希望。

「其實有時候我也搞不懂我大哥在想什麼，為什麼這麼拚。不過我可以舉個相同的例子給你聽。你知道A國有名的天使投資人女神風投嗎？他們那個據說是這世界上最神秘的老總蘭瑟，一直被媒體拿來和我哥相比較——」

同樣的富有！同樣的眼光奇準！同樣的金融天才！金融雜誌用了三個排比驚嘆號。

「雖然我哥因為男人之間莫名其妙的競爭關係不太喜歡蘭瑟，說他肯定是個老頭子，但私底下我只和你說，我其實滿欣賞蘭瑟的，就像是很多人把你當作偶像崇拜一樣，我把蘭瑟當作我的偶像。」

真被楚清讓當初和阿羅說對了，霍以瑾的偶像只可能是同在商海沉浮的金融大鱷。

楚清讓神情微妙的看著霍以瑾，聲音有點乾澀：「妳崇拜他什麼？」

「沒上過大學，白手起家，在不到十年內締造出這樣規模的金融帝國，連我大哥都承認如果他們倆的情況對調，他肯定達不到對方如今的成就……哪一點都足夠讓我崇拜他。」

楚清讓沒說話，只是用眼神鼓勵著霍以瑾說更多，他很喜歡聽。

「蘭瑟在接受電話採訪時說過這樣一句話，當錢對於他來說只是不斷變化的數字之後，他得到的就不再是錢，而是一種成就感。我想我大哥大概也是這樣吧，他肯定是不缺物質生活的，所以使他不斷向上動力的大概就只剩下了精神。」霍以瑾說完之後還不忘問楚清讓：「你呢？是什麼讓你想要成為一個演員並當上影帝的？」

三百六十行，行行出狀元，霍以瑾雖然不太關注演藝圈，但那並不代表她不會對這一行優秀傑出的才人保持一份尊敬。在她看來，職業沒有高低貴賤之分，只有努力或不努力的從業者之分。

當然是為了錢和復仇！楚清讓想都不用想的在心裡回答，嘴上卻說著已經對媒體說爛了的那一套：「對演戲的熱愛。有可能妳會覺得這很假，但……」

「我相信。」霍以瑾不假思索的打斷了楚清讓準備好的能把人繞暈的長篇大論。

「妳祖母也肯定是這樣對妳說的吧？」楚清讓表示理解，正是霍以瑾的祖母伊莎貝拉教會了他什麼叫戲如人生，人生如戲。

霍以瑾搖搖頭，「不，我只是想要相信你。」

楚清讓的臉再一次很不爭氣的紅了。

霍以瑾笑彎了一雙眼睛，嘿嘿。

※◆※◆※◆※◆※

很快的，霍氏國際的總部就到了。霍以瑾是個極其不喜歡遲到的人，無論是別人遲到，還是她自己遲到，這在她看來都是一件十分不尊重人的表現。所以在他們一行人到達時，離例會開始還有整整十五分鐘的時間。

霍氏國際的總部位於ＬＶ市寸土寸金的中央商務區中心處一個半扇形的聯排大廈，中間的主大廈高一百八十八公尺、有五十層，共有兩千五百名以上的員工在裡面工作。由Ｅ國著名建築師耗時多年打造。這是一座主體百分之九十以上由包含再生材料的鋼結構組成的環保型摩天大樓，未來科技感十足，是ＬＶ市地標性的建築之一。

看著大廈前空曠的猶如一座小型公園的廣場，楚清讓感慨霍家果然很有錢，別人恨不得把在中央商務區中心的每一寸土地都利用起來，霍家卻用來建餵鴿子的廣場。

霍以瑾的車到達時，門口並沒有出現電視劇裡那樣員工早早的在大廈門口列隊迎接的宏大場面，用霍以瑾的話來說就是：「我又不是沒有腿或者不認識路，只是去自己家的公司，天天玩要人迎接這一套累不累？」

一路走來，暢通無阻。搭乘電梯時也不需要員工磁卡，因為專門為高層準備的幾部電梯是自帶指紋和虹膜掃描的智慧電梯。搭乘電梯之前，需要先在三層挑高的電梯大廳中準備的幾個智能機上選擇要去的樓層和搭乘人數，然後在指定的電梯門口等待，這提高了電梯的使用效率。

霍以瑾剛出生時，她的資料就已登錄了資訊庫，保證不會有自家二小姐被自家公司拒之門外的情景出現。

「我父母很忙，總要加班，小時候我經常和我哥一起在放學後被司機送過來，在辦公室裡寫作業，留下不會的題目等著爸媽忙完之後輔導。」

霍家很重視親情，他們覺得忙事業並不能成為無法照顧孩子的藉口。

「所以我和我哥不斷的努力，也有可能是父母言傳身教的影響。」

霍媽媽也是個能幹的女強人，她的陪嫁noble服飾在她手上時之所以始終只是個小規模的工作室，那是因為她把全部的精力都投入到了協助丈夫工作以及照顧兩個孩子身上。

「他們聽起來很幸福。」

霍以瑾毫不掩飾自己對父母的驕傲：「是的，他們夫妻感情很好，在工作上默契，在生活中恩愛，就像是我祖父母的翻版，我很希望我將來也能延續這樣的家庭傳統。你說呢？」

「祝妳早日找到妳的良配。」在霍以瑾不斷的攻勢下，楚清讓發現這樣的套話他說起來變得越來越艱難了。

霍以瑾在心裡稍稍遺憾了一下，然後重整旗鼓，再接再厲。

進了大廈之後，霍以瑾一行人遇到不少迎面而來的員工打招呼的場景，好像整個總部沒人不認識霍以瑾的，因為……

楚清讓無語的看著充斥了整個總裁辦公室的各色照片，主角只有一個，霍以瑾。

——集團總裁是個無可救藥的妹控！

霍以瑾甚至能直接用自己的虹膜打開霍以瑱辦公室的門，這就好像在說，他對她敞開了懷抱，全無保留，在這裡她可以去任何她想去的地方。關係好到這樣的兄妹在經常會為了財產打得頭破血流的世界中是十分罕見的。

看著楚清讓有點古怪的神情，霍以瑾趕忙解釋：「這個通行證不是我哥設置的，從我祖父開始我就可以自由出入了，只是接下來的我爸和我哥都沒有更改設置。」

進門之後，霍以瑾還指了一些照片框向楚清讓介紹道：「這是我爸放的，這是我媽放的，這是我祖父、祖母的最愛……」她最後總結了一下：「大家的審美不太一樣，所以放的照片多了點，這裡並不都是我大哥一個人的傑作，他沒有那麼，呃，那麼……」妹控，真的。

——所以說這是全家都是霍以瑾控嗎？

即便霍以瑾解釋了，楚清讓還是覺得霍以瑱是個妹控。他的意思是說，如果霍以瑱不喜歡霍以瑾，那麼在霍以瑱當了霍家的掌舵人之後，霍以瑱完全可以按照個人喜好換掉辦公室裡的東西，不是嗎？

總裁董事長們的辦公室總是會各有各的風格，唯一不變的是他們都愛在辦公室裡展示他們引以為傲的東西，古董字畫、獎盃成就以及個人特殊收藏等，展示家人照片的也不是沒有，但炫耀到霍家這個程度的也算是少見了。楚清讓發誓他甚至其中看到了一張小學三年級以下組讀寫大賽一等獎的獎狀。

如果我有這麼一個樣樣優秀，還能把很隨意的生活照拍得像是藝術照的家人，我肯定只會比霍家人做得更誇張——楚清讓最後在心裡如是想。

「你隨意，我大哥出差前已經把重要的東西都鎖到左邊的房間裡了，擺出來的就是能讓別人看到的，不要太拘束。你想喝什麼？茶？咖啡？紅酒？」霍以瑾一邊向楚清讓介紹，一邊駕輕就熟的從實木吧檯裡找出了玻璃杯和酒水飲料。

「白開水就好。」楚清正站在透明的落地窗前向外眺望，將整個中央商務區都盡收眼下。

霍大哥的辦公室差不多是霍以瑾辦公室的兩倍大，右邊是一室一衛用來休息的套房，左邊則有個專門用來存放重要文件和物品的房間，需要輸入指紋、虹膜、二十四小時變動一次的智慧密碼、以及一個固定不變的初始密碼之後才能打開。這裡比大部分人一輩子居住的家還大，各種設施應有盡有，書櫃、沙發、吧檯，甚至包括一個室內迷你高爾夫球機。

——並不是所有的工作狂都不懂得享受生活的。

「有發現什麼感興趣的事情嗎？」霍以瑾不僅為楚清讓倒了水，還拿了幾本她哥書櫃上相對不那麼枯燥的書給他。

霍以瑾一向如此，除非是在工作特別忙碌的時候，否則一般她都自己親自動手——「我又不是沒有手。」她總是這樣對謝副總道。

「我發現自兩歲之後妳小時候的照片就很少了，幼稚園時期更是一張都沒有，真好奇妳那時候是什麼樣的。」把辦公室裡的照片一圈看下來，就會像是經歷了一次霍以瑾的成長史，從小女嬰變成小女孩再到少女、成年，他迫不及待想要補全幼稚園時期的空白，一定是同樣豎著黑長直髮型的萌蘿。

「我以死相逼沒讓我的家人把照片擺在這裡。」

「哈！」楚清讓笑了，他覺得霍以瑾偶爾的冷幽默還挺有趣的。

霍以瑾奇怪的看了楚清讓一眼，她剛剛說了什麼搞笑的話嗎？她確實是「以死相逼」，家裡人才勉強放棄了把她堪稱黑歷史的黑胖照也擺到這裡。事實上，全家只有她祖母支持她這一決定，幸而只要祖母支持，在家裡也就會政令無阻了。

霍以瑾為楚清讓倒完水之後，拿出了一個奶白色的淺口小碗繼續倒入……兒童香蕉牛奶。

「哪來的牛奶？」楚清讓覺得他能接受冰山總裁是個妹控的設定，但絕對接受不了這位總裁像小孩子似的抱著香蕉牛奶喝的畫面。

「哦，這個啊，我哥以為我喜歡喝，但其實我是用來餵下面設計部偷養的貓，那是個血統很正的藍色系英國短毛貓，名字叫小主。」會畫畫的人好像總是對貓類有一種特殊情結，無論是畫漫畫還是繪畫設計都一樣，「這是個秘密，別告訴我大哥，他會發火的。」

——霍大哥也是不容易，自家妹妹幫著自家員工一起瞞著他偷偷在自家公司裡養貓。

……不對！

「貓不是不能喝牛奶嗎？說是大部分貓有乳糖不耐。」

「我一開始也以為不能，但後來我發現小主大概是那一小部分，喝得不要太 happy，一切正常。」霍以瑾動作嫻熟的拌好加了維生素的牛奶，「一會兒我去開會的時候，你能下樓幫我餵一下嗎？設計部那些人不知道我其實知道他們在偷偷養貓。我動物緣不佳，每次餵貓都很艱難。」

楚清讓來之前得到了一張總部的臨時員工卡，能在今天之內自由出入整個霍氏國際的大樓。

「當然，我很樂意。」楚清讓答應得很痛快，心想著這樣對動物始終不渝的單相思的霍以瑾真是很可愛。就像他的女神一樣，哪怕知道自己不受小動物喜歡，也還是很難硬起心腸去不喜歡那些絨毛生物。

霍以瑾像是完成了一件多麼重要的交代，得到楚清讓的再三保證之後，這才放下心帶著秘書和助理去開會了。

楚清讓與霍以瑾一起搭乘電梯離開了頂樓，在不同樓層分別，一個去餵貓，一個去開會。

合上的電梯門掩去了霍以瑾颯爽的背影，也緊緊的閉上了楚清讓的心房。他筆直而立，閉上眼睛，回想著在來之前手機上收到「楚天賜已經到達了霍氏國際」的訊息，直至電梯到達指定樓層的叮的一聲提醒音響起，他這才重新睜開了雙眼，那裡只剩下終年化不開的寒冰。

好戲開始了，楚清讓對自己說。

與此同時，霍氏國際最大的會議室裡，董事會的成員已經全部入席，所有人都知道霍氏兄妹極其討厭別人不守時，他們本人也會像機器人一般嚴格遵守約定的時間。

但這次的會議卻注定沒辦法準點開始了，因為……

「我對面的幾個空椅子是為誰準備的？」霍以瑾皺眉。

董事會的座位一般都是按照股份持有數的多少安排好的固定座位，如果這次會議需要加上議題的相關人員，好比別家公司的重要合作夥伴，對方的位置就會是總裁對面。

「臨時通知要來的長樂實業的楚公子。」

霍氏國際即將和長樂實業就「新能源」展開一個合作專案。

霍以瑾的腦海裡很快就有了對應的印象，最近每天早上晨跑都會遇到那個穿著白色運動服的男人，面容精緻，身體頎長，無論什麼時候說話都會刻意拖著慢吞吞的語調，端著一副貴公子的做派。據說對方年少時生過一場大病，身體不算特別好，雖然最後被搶救回來了，但還是不能做劇烈運動。明明只能陪霍以瑾跑一段，卻非要天天堅持，讓人都不知道該如何形容他好了。

「通知他是這個時間點開會了嗎？」霍以瑾再問。

「我們確認過兩遍。」

意思就是對方真的遲到了。

霍氏兄妹同時沉下了臉，眼睛裡醞釀著幾乎一模一樣的標誌性暴風，與他們合作過的人不可能不知道他們的行事風格，即將合作的人也會提前打聽清楚，這樣都還能遲到？呵呵。

「也許是有什麼事情耽誤了，我這就去聯絡。」霍以瑱留在總部的秘書小姐慌了，如果對方沒出什麼意外、只是單純的遲到，那麼作為聯絡人的她也肯定會受到牽連，她一點都不想因為這麼一件小事就失去一份高薪工作！

從出門到撥打電話的整個過程裡，秘書小姐已經在心裡詛咒了那位楚公子無數次：不負責任的富二代，為什麼他們不能像是我們家總裁一樣！？

結果等聯絡上楚天賜的助理、聽到他們發生了什麼事的時候，秘書小姐傻了。

對方並不是故意遲到的，只是他們出的事讓秘書小姐有點不知道該如何向霍以瑾彙報。最後秘書小姐還是決定走到霍以瑾身邊，貼耳小聲道：「楚公子在樓下設計部被楚助理潑了一身牛奶。」

Q……對總裁的印象……？

第六印象

拒絕讓狗血誤會梗發生

在自己身上！

「……他為什麼會出現在那裡？」霍以瑾在帶人前往現場的路上對秘書小姐詢問道，「人沒事吧？」

「我、我不知道……楚助理的卡可以去任何他想去的樓層，我也不知道他怎麼就去了設計部。」她甚至不敢告訴霍以瑾，就對方助理所說的，楚清讓是故意的。楚影帝這是想幹嘛啊？二小姐一定氣瘋了，畢竟是她把人帶進來的，「幸好楚公子沒什麼事，只是需要換套西裝。」

霍以瑾看上去更不高興了，直接無視了秘書，轉而看向自己的助理小錢，示意對方說。

「楚公子據說很重視這次的會議，就我瞭解到的，他比您還早到了五分鐘，總部的幾個經理看時間還早，就帶他先去參觀了這次主要合作的幾個部門。」助理已經在短短的幾分鐘內透過他的管道瞭解到事情的始末。

霍以瑾這才滿意的點了點頭。

霍大哥的秘書好半天才反應過來自己究竟哪裡讓二小姐不滿了——她搞錯了剛剛二小姐的問題！她以為霍以瑾問的是「楚清讓為什麼出現在設計部？楚天賜沒事吧？」，沒想到霍以瑾其實是問「楚天賜為什麼出現在設計部？楚清讓沒事吧？」。

「楚助理是不是被誣陷了？」錢助理和楚清讓相處的時間不多，但已經足夠他明白霍以瑾對楚清讓的重視，所以他盡可能的在霍以瑾面前為楚清讓開脫。

一如霍以瑱的秘書做的，楚天賜是霍氏國際未來重要的合作夥伴，所以她會在報告的時候站在楚天賜的角度來講這件事。

霍以瑾其實沒有站在哪個立場，她沒為楚天賜說話，也同樣沒站在楚清讓那一邊，她問錢助理：「他們誣陷彼此能得到什麼好處？」

眾所周知，名門楚氏有一個優秀的繼承人叫楚天賜，被楚家寄予了很高的期望。但很少有人知道，楚家還有一個小兒子，還在襁褓時便被人從醫院抱走拐賣到了偏遠的小鎮，直至十三歲時才被找回——楚清讓就是這個倒楣孩子。

楚家並沒有對外大肆宣揚這件事，因為就在小兒子楚清讓被找回來的那年，大兒子楚天賜得了白血病。

對，沒錯，就是那個在電視劇中出鏡率高達百分之七十以上的男女主角必得的謎之絕症！

而這，其實還是個無法跳過的開頭片段！

就在十三歲的楚清讓被帶回楚家不久，剛查出白血病的楚天賜就再一次進了醫院，病因是一時不慎從二樓滾了下去。

對於傷口很難癒合的白血病患者來說，這種見血方式簡直就是在要他們的命。

仁愛醫院的加護病房外，楚母傷心不已：「傭人都說了，天賜從二樓滾下來的時候只有清讓在二樓的樓梯口，不是清讓推的，難道是天賜自己摔的嗎？我兒子能活多久還不一定，他這麼以命相搏的誣陷清讓幹嘛？他是能讓清讓替他死啊還是得到什麼好處？我不管，反正清讓絕對不能再在這個家裡待下去了，今天他能把天賜推下樓，明天說不定還能幹出什麼事來呢！」

「天賜是妳兒子，清讓就不是了嗎？」楚父拔高聲音反問。

「是，清讓當然是，兩個孩子我都愛。但清讓明顯對天賜充滿了敵意和怨恨，繼續放任他們在同一個屋子裡長大，不僅會害了天賜，也會害了清讓。他該怨恨的是當年那個偷偷抱走他的女人，他也可以怨恨沒有保護好他的我，但我的天賜做錯了什麼？他是無辜的。我們不能再放任清讓這麼偏激下去了，溺子如殺子。」

「那麼，被送走的不該是天賜嗎？」楚父表現的冷酷極了，他需要的是一個健康的、優秀的繼承人，「反正那孩子也活不了多久了。」

「你知道你在說什麼嗎？這還是人話嗎？天賜養在我們身邊十幾年，清讓才幾天，我死也不會讓你把我的天賜送走的！」

楚父笑得更冷了，「所以就活該把清讓送走？妳又比我好到哪裡去？最起碼我光明磊落，而妳連偏心都偏得這麼虛偽！」

「……又不是送清讓去別的城市，只是我們在別處的房子。」見丈夫如此強勢，楚母只能軟下態度，「等天賜去了，我們再接清讓回來好不好？正好還能讓清讓在別處安心學習，不被天賜干擾，變成符合你期望的繼承人。就當是我求你了……我知道是我對不起清讓，我以後會對他好的，我們和他有一輩子的時間相處，我可憐的天賜又能活幾年呢？」

事實證明，禍害遺千年，白血病不是徹底的絕症，尤其是兒童，有百分之八十的治癒可能。楚天賜奇蹟般的好了，並越活越健康、越活越折騰——楚清讓對此深有體會。

十三歲時，楚清讓只是因為楚天賜重病而被避讓到另一處的房子；十六歲時，他就直接被發配到了A國。

那天董事會即將開始的時候，楚清讓端著餵小主的香蕉牛奶，就這樣狹路相逢了參觀霍氏國際的楚天賜。

楚天賜和楚清讓差不多大，西裝革履，精英風範十足。身子略顯消瘦，面色比一般人更加蒼白，一張好似修圖過的過於精緻的面孔像極了時下流行的小鮮肉，全身上下都透著一股刻意經營出來的「別碰、別摸、別奢望」的所謂的「貴氣」。

楚清讓一直記得他們年少時第一次見面的場景，他剛被楚家找回，站在與他格格不入的大廳，看著楚天賜從鋪著紅毯的樓上緩步而下，就像是直接從童話故事插圖裡走出來的王子。

可惜王子是個黑心的。

在爸媽面前，楚天賜熱情的對楚清讓說「在訂做的衣服做好之前，弟弟介意先穿我還沒來得及穿的衣服嗎？總好過穿那些流水生產線製作的大眾牌子」；可在爸媽背後，楚天賜卻神情倨傲的嘲諷他「穿上龍袍也不像太子」。

楚清讓和楚天賜是徹頭徹尾的兩種人，如果不提前點名他們的兄弟身分，絕對不會有人誤會他們有什麼血緣關係。

換句話說就是，他們兄弟倆的風格相差太大。無論楚清讓再怎麼拚命的學習禮儀風度，穿著本來是為楚天賜量身打造、帶著很濃厚的楚天賜個人風格的訂製服，楚清讓總會給人一種強烈的違和感。而這正是楚天賜的目的，他要讓所有人在第一時間就明白，這個突然冒出來的弟弟根本和他沒有任何可比性！

這是加入演藝圈惡補了衣著打扮的楚清讓後來才明白的事實，而當時對此一無所知的他只感覺到來自心底深處的自卑。

他在小鎮長大，養父是個喝醉了就打人的酒鬼，養母有親生兒子，夫妻倆不要說照顧他的日常生活了，連義務教育都只是斷斷續續讓他去上。他當時唯一學會的就是揮起拳頭保護自己，衝動又無腦，粗魯的就像是直接從蠻荒時代穿越而來。

連楚清讓自己都看不起自己，也就更不用說別人了，噩夢從此開始。

多年後兄弟倆再相見，楚清讓終於找到了他的定位——成熟優質的溫柔影帝，找對角度的微笑會給人一種滿目深情的致命誘惑。

再面對楚天賜時，楚清讓不會再覺得自卑、緊張，因為他發現楚天賜的貴氣是一種刻意經營，他說話緩慢的調子矯揉又造作，他對他看似嫌棄的瞧不上，不過是在掩飾他對他的敵視與緊張。兩人之間確實沒有可比性，只不過是楚天賜比不上他楚清讓！

「你在這裡做什麼？」私下裡，楚天賜面對楚清讓時永遠都學不會什麼叫客氣，他看他的眼神就像是看到了什麼髒東西，想要用這種虛張聲勢搶占先機，「又或者我應該問，你竟然回國了？爸媽都沒跟我說過這件事，還是說其實他們也不知道？他們好像總是不太關心你，真可憐，要不要哥哥我幫你和爸媽聊聊？」

一個人越缺少什麼，他就越會炫耀什麼。楚清讓在心裡勾脣冷笑。他並沒有理會楚天賜的挑釁，只是很平靜的指了指自己手裡的碟子道：「餵貓，長著眼睛的人都能看出來。」

「真是同人不同命，嗯？我為了這個家忙得要死，大老遠來霍氏國際開會，你卻有閒心到處亂晃的餵貓。當明星都是這麼閒的嗎？啊，我忘了，爸媽給了你不少生活費，明星的工作也不過是玩玩。我可真羨慕你，能不求上進的這麼理直氣壯。」楚天賜話裡話外的嘲諷和指責之意明顯的就差直接寫在臉上。

楚氏兄弟的矛盾，從已經是中二少年的楚清讓被冷不丁的找回楚家，出現在與他差不多大的楚天賜面前時，就已經注定沒辦法調和了。因為他們當時已經明白了什麼叫資源、金錢以及殘酷的現實。

「不然我們倆換換？」楚清讓微笑。

「哈，換換？是什麼給了你這麼可笑的自信？霍以瑾嗎？別做白日夢了，她不過是把你當個玩意在擺弄而已。信不信只要我開口，晚上你就要自己想辦法從這裡搭計程車回家了？」楚天賜一直都很喜歡壓楚清讓一頭，只有這樣他才能感到安心，「就像爸媽當年一樣。沒有人會喜歡你的，不過就是一張臉能看，等他們知道了你的本來面目，你就沒戲唱了。」

「本來面目？怎麼？你又要故技重施了？」楚清讓看了看自己手上的牛奶碟子，「你以為你還是國中生嗎？又或者小女生？手段也稍微升升級吧。」

「對付你足夠了。因為你永遠都是那個青城來的小流氓，沒有教養、蠢笨至極，別人笑話你時你都聽不出來。」

在楚天賜沒有主動撞上牛奶碟子、然後說成是楚清讓故意潑他之前，楚清讓已經搶先一步把牛奶澆到了楚天賜的頭上，從面部流下，破壞了一身昂貴的訂製西裝。當年被誣陷說是他把楚天賜推下樓之後他就一直想這麼試試看了——做一件他確實做了的壞事。

秘書小姐對霍以瑾的報告其實並不全面，楚清讓不僅在眾目睽睽之下潑了楚天賜一身香蕉牛奶，他還毫不客氣的揍了他一頓。

——你再裝啊！你不是說我欺負你嗎？我就是打你了，怎麼樣！？

那一口積年的惡氣，終於長吁而出。

一開始眾人並沒有注意到角落裡發生的事，等楚天賜倒下後才發現了不對勁。楚清讓打了楚天賜，這是所有人看到的事實。

「看，我說吧，對付你，足夠了。」在只有楚清讓看得到的地方，楚天賜笑得漂亮極了。

小時候楚天賜還會自己滾下樓梯，誣陷說是楚清讓推的，長大後他已經不用再自己去做這樣殺敵一千、自損八百的事情了，因為他出言挑釁之後，性格衝動的楚清讓就會主動將把柄送到他手上，誰讓世人總是會不問原委的胡亂同情「弱勢」的一方呢？誰先爆粗、動手，誰就先輸了，簡直贏得輕鬆到不可思議。

千夫所指的楚清讓也笑了，在心裡。

看著楚天賜竟然這麼輕易的就上當相信了他依舊如過去一樣衝動，說實話，楚清讓對楚天賜簡直失望透了，雖然從剛剛見到他的外表時，他就已經有了這種預感，但他沒想到他曾經以為的算無遺策、彷彿無所不能的楚天賜會好騙到這種程度。

枉費他這麼多年精心設計了那麼多的計畫，唯恐對付不了楚天賜。

很多時候我們以為無論如何都邁不過去的坎坷、打不倒的敵人，等長大之後再看都會驚奇過去自己為什麼會輸在這樣的事、這樣的人身上。我們完全可以在心裡說一句：對方也不過如此。

就在眾人認出了楚清讓和楚天賜，並對他們剛剛的行為和相同的姓氏議論紛紛時，接到消息的霍以瑾終於帶著人匆匆趕到了現場。

「讀不懂僱傭合約7.7.2條的人，現在就可以收拾東西走人了。」

霍以瑾用很簡單的一句話作為她的開場白，也是她的結束語。

本來還興致勃勃拿手機拍照或者是錄實況的員工立刻噤若寒蟬，都不用霍以瑾帶來的人上前檢查，現場圍觀的員工已經十分自覺的開始低頭刪手機內容了。

霍氏國際僱傭合約的第七大條是關於保密條例的，不經允許，任何員工都不能把在大樓內發生的任何事以任何的形式記錄下來。一旦被發現，沒有辭退補償的三倍薪水就直接被解僱，已經算是他們最小的問題了。

霍氏經營了這麼多年，與員工簽訂的僱傭合約早已細緻到了一個略微有點恐怖的程度，方便他們隨時得到他們想要的結果。

沒能如願在網上破壞一下楚影帝的形象讓楚天賜有點遺憾，同樣讓他遺憾的是他沒有機會表達對不懂事的弟弟的「大度原諒」。不過這些都是小細節，可有可無，他想到他真正在意的只是霍以瑾對楚清讓的態度。

雖然楚清讓不足為懼，但要是真讓楚清讓搭上了霍家的大船，霍以瑾也許未必有多愛楚清讓，會為了他衝冠一怒為藍顏什麼的，但以霍氏兄妹的精明，他們完全有可能利用楚清讓的身分來插手楚家事務，在身體已經日薄西山的楚父去世後趁機蠶食掉整個楚家。反正，如果雙方立場對調，楚天賜覺得他肯定會這麼幹的。

很是忌憚霍氏兄妹的楚天賜，這才不得不冒險在霍家真正的掌事人霍以瑱回來之前，先會一會霍以瑾，哪怕有可能打草驚蛇他也認了。

霍以瑾接下來的第二句話降低了楚天賜的擔心。

霍以瑾對楚清讓毫不客氣道：「還傻愣著幹什麼？回辦公室去！我沒說話不許出來。」

然後沒等楚清讓回答，霍以瑾就轉而對楚天賜道：「先去會客室的套房裡換一下衣服吧？我已經讓秘書去買了，很快就能回來。我哥讓我代為轉達歉意，讓你在霍氏遇到這種不愉快的事情。我們會為了你延遲整個會議，不著急，慢慢來。」

楚天賜得意的看了一眼已經匆匆離開的楚清讓的背影，心道：看吧，霍以瑾也相信了我，不會為了你而得罪我，你只能如喪家之犬一般離開。

「妳對他還真保護啊，嘶──」楚天賜倒吸一口涼氣，臉被打得可真疼。

沒有人會關心的問一句你的臉怎麼了，因為楚天賜為了表現大度，刻意讓身邊的人只說了牛奶的事情，對被楚清讓打的事情絕口不提；而霍以瑾覺得身為未來潛在的合作夥伴，她有義務配合楚天賜實現他的願望。

至於楚天賜是不是明著隱瞞，暗裡卻迫切希望霍以瑾提起，那就不是霍以瑾需要考慮的問題了，她就是這麼一個耿直的人，嗯。

楚天賜其實不是就這麼傻，完全沒有看出這裡面的問題，他很清楚霍以瑾呵斥楚清讓並不是真的在責備他，而是為了保護他，想讓他儘快遠離這個人多口雜的是非之地──

隱瞞一件說不清楚的緋聞最好的辦法不是解釋它，而是提都不要提它。多說多錯，少說少錯，不說不錯。霍以瑾儘快把兩人都帶走，沒了當事人，已經刪了照片和錄影的員工也就沒了繼續深究的八卦。最多不過是私下裡互相說說，對楚清讓的影響不會太大，甚至這個消息最後只會限於設計部，同在一棟大樓裡工作的別的霍氏員工都未必能知道。

但性格衝動的楚清讓可就未必能理解霍以瑾的苦心了。楚天賜十分篤定，楚清讓在這個時候說不定會有多委屈呢，等他再因為不識好歹和霍以瑾發生衝突，哈，他什麼都不用做，就可以等著看笑話了！

楚清讓此時也在冷笑，霍以瑾讓他們兄弟兩個一個回了霍以瑱的辦公室，一個卻被客客氣氣的請到了會客室的套房，傻子都能明白這裡面的親疏遠近好嗎？

更不用說霍以瑾在楚天賜被帶去換衣服的空檔，還特意上樓找楚清讓又解釋了一下。

霍以瑾對於和楚清讓發生那種言情小說裡經常會有的「我不說，你不懂」的狗血橋段真的是一點興趣都沒有。

有時候她真的搞不懂那些言情小說裡的邏輯，明明幾句話就能說清楚的誤會，總裁卻打死也不和女主角說。要是有什麼難言的苦衷也就算了，但他只是幫了女主角一把啊，女主角不理解總裁的解圍方式，那就解釋一下嘛，都費那麼大的勁幫忙了，再配個解說能有多難？一個大男人還不如個女人來得痛快。這種邏輯不通的誤會必須堅決抵制！怎麼能為了虐而虐呢！？BY：霍以瑾的怨念。

現在，霍以瑾曾經付出的吐血三升的委屈終於得到了回報，她條理清晰分步驟的開始了和楚清讓的溝通。

先是開誠布公的解釋了自己當時為什麼會那麼武斷的處理，再是為她「沒來得及事先通知楚清讓，有可能在當時傷害了楚清讓感情」的做法道歉，最後她握著楚清讓的手道：「別多想，我始終都相信你不是有意的。」

眨眨眼，又眨了眨眼，楚清讓到最後也只是巴巴的回了一句：「我真的沒多想。」

——為什麼就是會覺得這樣明明應該很窩心的互動處處透著說不上來的彆扭呢？

霍以瑾真的是深諳各種破解誤會橋段手法的技巧，楚清讓覺得哪怕他一開始很傻子的誤會了霍以瑾，現在經過這樣掰開了、揉碎了的反覆講解他也懂了。而讓楚清讓覺得最可怕的是，他竟然從頭到尾一點都沒懷疑過霍以瑾會誤會他。

要知道，他當年可是遭受過親生父母都不相信他的糟糕往事的，他以為他已經失去了這種盲目的信任一個人會相信他的能力，但現實卻告訴他——你錯了。

楚清讓近乎盲目的覺得霍以瑾會相信他，就是那種哪怕全天下都在說他的壞話，霍以瑾也不會武斷的說出什麼「啊，真是看錯你了，我對你好失望啊」之類很不負責任的話，她會堅定不移的相信他不是那樣的，並想盡辦法去證明。

霍以瑾這個人真是……太糟糕了！

直白楚捫心自問：「直接說一句我很感動，我也相信著霍以瑾能有多難？」

傲嬌楚強烈反駁：「我、我才不會這麼想！」

「如果我說，我確實是故意的呢？不是他碰撞到了我、然後誣陷我，確實是我自己主動澆了他一頭並打了他。」

楚清讓也不知道自己為什麼要這麼說，連他都覺得自己這麼問實在是太過分了，但他還是堅持沒有收回他的話，並期待著他也不知道到底在期待著什麼的答案。

然後……

霍以瑾笑著給出了那個答案：「那就請你相信我，我會替你處理好的。」

※◆※◆※◆※◆※

在等待會議重新開始的時候，掛斷了視訊的霍大哥閒來無事和特助聊道：「只會耍弄小巧的人注定不會有什麼大出息。」

「您說的是楚公子？」特助先生說的時候有點遲疑，他是聽過霍以瑱對楚天賜的評價——善用小巧。但……這次的事情不是說是楚清讓潑了楚天賜嘛？還是說這裡面果然另有隱情，然後自家英明神武的 BOSS 一眼就看出了個中玄機！？

——我家總裁就是這麼機智啊！

「我是在說他們兩個。」霍以瑱臉上的嫌棄之意簡直不能更明顯。

「……」

——剛剛還在二小姐面前先是通情達理的說「我從祖母口中聽過她對楚清讓的評價，如果不是被逼急了他不可能如此衝動」，又說「楚天賜我也接觸過，不是看上去會幹蠢事的人」，最後總結「不要擔心，他們倆之間應該不會出什麼大問題，這裡面肯定有誤會」的那個您去哪裡了啊!?您這麼精神分裂，二小姐知道嗎?

「她當然不知道，以瑾是小天使，我怎麼捨得讓她去接觸成年人糟糕的一面?」霍大哥表示，特助這樣的懷疑完全是對他的妹控程度和個人能力的一種侮辱!

——竟然會莫名覺得哪怕是這樣妹控的總裁，也比剛剛表裡不一樣的他顯得正常一些呢。

BY:特助先生。

「但二小姐對楚影帝很重視，以她的護短性格，她早晚還是會接觸到成年人的糟糕面的。」

「這就是我這個大哥為什麼會存在的原因了。」霍以瑱握有一張絕對會讓楚清讓保證不再把霍以瑾牽扯其中的底牌，至於楚天賜……霍大哥表示這傢伙根本不足為懼，楚家兄弟裡也就楚清讓還算能看，「現在萬事俱備，只欠我回國了。」

「那二小姐怎麼辦?」特助一臉「總裁大人我真是看錯您了，沒想到您竟然也是這種人」的受傷表情看著霍以瑱。

「什麼怎麼辦?」霍大哥皺眉。

「二小姐想和楚影帝談戀愛，您怎麼能打著為了二小姐好的旗號卻完全不顧二小姐的意願，去拆散他們呢?」

「……我有這麼說過?」

「呃……」似乎還真沒有，腦補過度的特助先生有點小尷尬，「但是、是您說回國後要找楚影帝談談的。」這和威脅人說我要和你談談人生有什麼區別!?

「是啊，不談怎麼能讓他在做糟糕事時注意不要扯上以瑾?至於以瑾想和他談戀愛，那就談啊！我努力這麼多年，要是還不能讓我妹妹隨心所欲的談場戀愛，那我是有多失敗？」霍大哥表示他從頭到尾就沒把談戀愛這事算到需要一級警戒的那一欄裡好嗎？

這時，遠在C國，徹頭徹尾誤會了霍大哥意思的謝副總莫名覺得背脊一涼。

※◆※◆※◆※◆※

霍大哥的辦公室裡，楚清讓聽到了霍以瑾的答案，然後不自覺的就想到了他演過的一部電影裡的旁白——

這個世界上並沒有無緣無故的愛，只有連我們自己都意識不到的愛上的理由，這與那人好看不好看、聰明不聰明、富有不富有沒關係，只是在很特殊的某一刻，那人給了我別人給不了的深刻感情，也許只是恰到好處的一句話、一個微笑甚至是一個簡單的揮手，他就會成為我的全世界。

自楚天賜從樓梯上滾下之後，楚清讓和楚家之間又發生了很多事，他們已經沒辦法回頭了。但在無數次午夜夢迴，楚清讓還是會忍不住的想，要是沒有發生那件事，要是他的母親如霍以瑾這般毫無理由的選擇了相信他，那麼一切是不是就會變得不一樣？

那個時候的他剛上國中，養父還沒殺人，他也沒因為親手把養父送到監獄的事情東窗事發而被生父生母忌憚發配A國，他還……手握希望。

他已經錯過了他的生母，他不能再錯過霍以瑾！楚清讓在心裡這樣告訴自己。

於是緊接著他就對霍以瑾脫口而出：「我騙妳的，我不是故意要打他的，而是……」有那麼一刻，楚清讓是想把一切都對霍以瑾全盤托出的，他的女神、他的過去、他的復仇計畫。但就在他有了這個想法的下一刻他又意識到，他和霍以瑾認識才一個多月，連和他認識了七、八年的阿羅都還不知道他的全部。不那麼有底線的阿羅都不太贊同他的做法，始終堅持原則的霍以瑾就更不可能了。

最後，楚清讓還是怯場了，在臨門一腳的時候，他犯了一個幾乎每本言情小說裡的女主角都會犯的錯誤——因為種種原因，女主角做下了一些不可挽回的事情，為了不破壞總裁心中自己的形象，她決定開口欺騙，苦苦隱瞞。

「……是他先挑釁我的，他激怒了我，我一時沒控制住自己才做了這樣的事情，我不是有意的，妳相信我。」

比起在霍以瑾心中當一個過於有算計城府的人，楚清讓寧可當一個略顯衝動的人。

「我說了啊，我相信你，你不用這樣試探我。」霍以瑾抬手做了一件當初楚清讓想做而沒做的事——摸頭順毛，手感一級棒=V=。霍以瑾在腦內「找個戀人的十大好處」中又添了一條：戀人可以彌補沒辦法隨意撫摸小動物的遺憾。

「很抱歉給妳惹了這麼大的麻煩，妳不用幫我的，我會自己負起這個責任。我也不知道我是怎麼了，只是一聽到他說、說妳……他不該那麼說的！」楚清讓開始誤導霍以瑾，讓她以為是楚天賜說了霍以瑾什麼難聽的話，他才會失去理智。畢竟位高權重的女性總會在男性多的領域備受詬病，不少剛開始和霍以瑾合作的人都會在背後議論她。

「冷靜，我懂你的意思。你沒有給我造成什麼困擾，你做的再過分一點我也不會生氣，我很樂意幫忙處理這件事。」

楚清讓雖然沒問出口，但他的表情很明顯——為什麼要對我這麼好？

誰讓我寵你呢——霍以瑾回了這樣一個此時無聲勝有聲。

霍以瑾覺得自己簡直帥爆了！真的是完美的執行了霸道總裁在女主角闖禍之後該做的所有事是不是！

「確實挺帥的，如果妳最後沒加這段自戀獨白的話。」謝副總在電話裡發表了他的感想。

霍以瑾和楚清讓說完之後，她就迫不及待的出門和謝副總打電話分享了這件事：「我彷彿已經聽到了教堂鐘聲的響起。」

「……我不明白。」謝副總對於話題的跳躍度有點跟不上，「從楚清讓闖禍了由妳來收拾的這件事情裡，妳是怎麼聽到未來婚禮的鐘聲的？妳一次次幫他收拾麻煩，好讓他就這樣一點點的喜歡上妳？我以為妳討厭這樣的麻煩事。」

「都說人醜就要多讀書，你連書都不讀，以後可怎麼辦？」霍以瑾為自己的朋友擔心極了，接著又道：「恕我糾正一點，他已經喜歡上我了。」

「——！」謝副總這次是真的被 shock 到了，shock 到他都沒反抗霍以瑾對他的智商和外貌的嘲諷。他是說，以前大學裡多少人喜歡霍以瑾，暗戀、明戀甚至直接開口說「我喜歡妳」的都大有人在，但霍以瑾硬是不知道，她是真的不知道的那種，讓多少男同學哭暈在廁所。時隔多年的今天，霍以瑾還是那個霍以瑾，可她卻突然開竅了，世界真奇妙。

「你也很意外吧～」霍以瑾全身上下都透出一副想要得瑟又不好太得瑟，免得秀恩愛分得快的矜持感。

——不，我對於他喜歡上妳的這件事完全不意外，我只意外妳是怎麼發現的。

「因為他嫉妒了。他以為楚天賜想追我，所以他失去了理智。以楚楚平時的為人，他怎麼可能幹得出因為別人隨意挑釁兩句就打人的事情呢？」

「……妳為什麼以為『他以為楚天賜想追妳』？」

「很簡單的分析嘛，楚天賜和楚楚按理來說應該是完全不認識彼此的對吧？他們除了都姓楚以外，幾乎沒有任何共同點，除了我。你我都知道，楚天賜接近我只是想透過我對他的好感來達到討好我大哥的目的，但楚楚不知道。那麼楚天賜作為一個未婚的優秀的企業繼承人，最近頻繁的接近我，在楚楚看來會是什麼原因呢？」霍以瑾一步步的啟發著謝副總。

「他想追妳。」謝副總覺得這絕對不是霍以瑾以為的楚清讓誤會了的事情，楚天賜很有可能是真的在追霍以瑾，只不過霍以瑾完全沒看出來而已。

「Bingo！」〃≧▽≦〃

謝副總明智的沒再問楚天賜為什麼要針對楚清讓，因為他覺得自己已經知道了真相——楚天賜就是在追霍以瑾，所以他才會對楚清讓抱有強烈的敵意。但既然霍以瑾沒看出這點，那他就先不提醒她了，免得這次換當楚天賜的神助攻。

「所以楚楚嫉妒了，就像是每本言情小說裡的女主角那樣，嘴上說著希望總裁不要追她、改去糾纏別人，但等總裁身邊真的出現別人了，她們又會很嫉妒，進而發現自己對總裁的真正感情。如果用一本小說來衡量我和楚楚的進展，那我們現在勢必已經進展到了主角即將兩情相悅之前的那一波高潮。」

一旦他們倆確立關係，霍以瑾肯定自己不會像那些故事裡那樣給現實再生事端的機會，會果斷結婚。換句話說就是，現在的情況在她看來完全就是好事將近的節奏，她已經可以開始訂婚紗樣式了。

「我總覺得還有別的理由。」謝副總苦苦掙扎。

「那你說還有什麼別的可能嘛～」霍以瑾很大度，準備聽聽謝副總的想法。

「……」有限的情報讓謝副總推斷不出真相，所以他只能淚流滿面的想著還真沒有別的可能了。霍以瑾一直都說得好有道理，讓他無言以對。

「不過為了以防萬一，我決定再試探一下。」

「怎麼試探？」

「利用楚天賜唄。」在霍以瑾的人生裡，她是絕對不會讓這種能利用起來的大好資源白白浪費的。

「別亂來啊！妳知道有多少小說都是因為總裁這麼一個小小的嫉妒性試探，活生生的又寫出了一百萬字狗血波折灌水的嗎？」

「我又不是真要和他有什麼，只是稍微試探一下。」

「請神容易送神難，懂？」謝副總覺得他們的世界已經夠亂的了，真的不太適合再插進來一個楚天賜，沒位子了。

「我當然懂，安心啦，我會注意尺度，不讓楚天賜誤會的。我才不要當那種同時玩弄了兩個無辜女人感情的渣男呢。」

「哈，終於暴露妳的真實性別了！」

「……小心我揍你。」說完這句後霍以瑾就掛斷了電話。

利用楚天賜試探楚清讓的事，就這樣被愉快的決定了下來。

謝副總心裡嘀咕：明明是單方面告知好嗎！？

霍以瑾試探楚清讓的機會也很快就來了——會議之後，楚天賜主動送上門找霍以瑾攀談。

當時霍以瑾和楚清讓一行人正在大樓的挑高廳裡等待她助理把車從停車場開過來，同樣在等車的楚天賜就這樣藉機和霍以瑾聊了起來，霍以瑾也沒有拒絕，在楚天賜希望借一步說話時更是十分配合的借了一步，站在一個別人能看到他們倆卻聽不到他們倆說什麼的地方，開始了和楚天賜的沒話找話。

霍以瑾全程面帶微笑，在聽不到他們聊什麼的前提下，這會給人一種他們好像聊得很投機的錯覺……也就是錯覺而已。

真實對話的幾個範例如下：

「貴公司可真人性化，楚清讓『不小心』灑到我身上的牛奶據說是用來餵貓的。但是據我的瞭解，貓不能喝牛奶。」

「謝謝關心，一樣米養百樣人，貓也一樣，牛奶是我餵的，有好幾年了，一直沒事。」

「……」

楚天賜想了很多種可能，好比貓其實子虛烏有，也好比即便貓真實存在，用有可能會害了牠的牛奶去餵，楚清讓也只會落個偽善者的形象。但他卻怎麼都想不到貓竟然是看上去完全不是會養小動物類型的霍以瑾養的。

挑撥離間失敗。

「我們竟然是高中同學妳知道嗎？怪不得我會覺得妳那麼面善。要知道，晨跑時搭訕可不是我一貫會用的模式。」

「……」

「真是抱歉啊，我沒認出你。」霍以瑾回答的順暢極了，一看就常遇到這種情況。

——我不想得到妳的道歉啊！要不是特意找了畢業紀念冊，我也認不出來妳啊！別搞得好像我心心念念妳好多年，妳卻對我一點印象都沒有，很傷面子的好嗎！？BY：快崩潰的楚天賜。

套交情失敗。

「晚上要不要賞光一起吃個飯？我保證只是商業聚餐。」

「除了商業聚餐還能是什麼？」

「……當然沒什麼。」

「抱歉，我拒絕，我大哥很快就會回來了，你該約的對象是他。」她要下班了，恕不奉陪。

「……」

——既然無論如何都會拒絕，那妳再一次強調商業聚餐要幹嘛啊？給人希望又讓人失望很有趣嗎！？

藉晚餐之機讓楚清讓搭計程車回家的羞辱失敗。

楚天賜被噎得有好幾次都差點沒控制住脾氣，要不是怕引起霍以瑾的警覺後不好在背後下手，讓她為她的無禮和看不起他的行為付出代價，他早就翻臉走人了。

霍以瑾對於楚天賜的心理變化一無所覺，因為她和他說話的時候根本沒專心，完全是依據本能敷衍，她全部的注意力都集中到了一旁的楚清讓身上，看著他頻頻向他們看來的舉動，以及臉上掩都掩不住的在意表情，她在心裡歡呼：楚清讓這絕對是吃醋了！oh yeah！

在霍以瑾又一次朝楚天賜靠了靠之後，楚清讓終於按捺不住的動了，朝著他們倆徑直而來，霍以瑾都快維持不住自己的嚴肅臉了。

可惜，楚清讓來不是為了直接拉走霍以瑾，只是說了一句：「車來了，霍總。」

霍以瑾和楚天賜尷尬的談話被打斷，「終於能告一段落了」的慶幸，兩人同時都感覺到了。

霍以瑾：雖然楚清讓的舉動不是我最想要的，但對於彆扭的楚清讓來說算是不錯了。\(≧▽≦)/

楚天賜：難怪霍以瑾會和楚清讓在一起，他們倆都是這麼討人厭！我一定要讓他們好看！

在回去的路上，楚清讓果然如霍以瑾所料的那樣，對楚天賜如臨大敵，開始各種拐彎抹角的想要阻止他們繼續深交。

先是試探——

「妳和楚天賜私交不錯？」

「還好，高中同學。」現學現賣。

再來是深究——

「即便是同學，他也不能來參加霍氏國際的董事會議吧？我是說，他可是長樂實業董事長的兒子。妳和他有合作？如果是商業機密就不用告訴我了。」

「不算是什麼秘密。如果你很想知道的話，我可以告訴你。」

「請務必告訴我，我很想知道。」楚清讓也算是豁出去了。

「楚天賜在和我大哥談有關於新能源應用的合作。你知道幾十年前發生在B洲L市的天外來客的傳言嗎？說是某一天晚上該市有很多市民同時都看到了從天而降的外星人飛船，後來證實了那不過是隕石。而那些隕石中的一塊砸出了一個天坑，當地政府在天坑的淺表層下挖到了一直深埋地下經過萬年變化的礦產，經過多年研究，這個新型礦產很有可能取代石油、天然氣，成為一種節能的新能源。楚家研究出了利用新能源作為驅動力的辦法，他們一家吃不下，想和霍氏國際聯合。這裡面和我關係不大，我只是暫代我大哥而已。」

逗弄夠了，就該不著痕跡的表達自己和別人是清白的事實了。霍以瑾想到。

最後是警告——

楚清讓明顯鬆了一口氣，但還是不忘對霍以瑾道：「楚天賜很危險，妳……和妳哥都要小心他。」

「他能不懷好意什麼？我們霍家和他無冤無仇的。」霍以瑾覺得吃醋到已經有點不講邏輯的楚清讓簡直可愛到爆，怎麼能這麼犯規！怪不得總裁們總是喜歡故意逗女主角吃醋，還真是一項娛樂身心的活動。

「總之答應我，離他遠點好嗎？我不會害妳的。」

——當然、當然，不就是想讓我離他遠點嘛，你這個磨人的小妖精！安心啦，只要你和我在一起，我保證不會看別人一眼！

這麼羞恥 PLAY 的話，哪怕神經粗如霍以瑾，最終也只敢在心裡想想，沒能說出口。

※◆※◆※◆※◆※

回去之後，謝副總早已等在了霍以瑾的辦公室裡，打斷了霍以瑾本來準備的再次對楚清讓告白的計畫。

在女主角吃醋之後，往往是總裁們告白的最佳時機，既能解釋清楚事情，還能快刀斬亂麻的趁著女主角看破自己的真實情感，一舉將人拿下。

「你有很重要的事？」霍以瑾的言下之意是沒有重要的事就先出去。

「很重要。」謝副總聽懂了霍以瑾的話，卻沒有退讓。

「你堅持？」

「很堅持。」

「……」霍以瑾只能遺憾的與楚清讓說拜拜。工作第一，告白的機會以後多的是。

關上門，霍以瑾坐到了她哥專門為她從國外訂做的據說十分符合人體力學、久坐也不會感覺到疲倦的真皮總裁椅上，瞇眼對謝副總道：「你最好給我一個很緊急的理由。」

「妳哥和長樂實業的新能源計畫，被長樂實業的老對手anti-chu知道了，這個理由夠不夠緊急？」

「這不可能！」聽到謝副總帶來的壞消息，霍以瑾的第一反應就是否認，這倒不是她在逃避現實，而是她真心覺得這件事情空穴來風。

一是因為今天下午才是他們的第一次會議，開會之前連霍以瑾都不太清楚合作專案的具體內容，而因為牛奶事件，下午的會議只能草草收場，他們自己都還沒討論出個什麼呢，anti-chu能知道什麼？

二則是因為與會的高層大部分現在還在到處都是監視器的總部上班呢，公司的網路又有一整個小隊的技術人員在後臺監控，稍有個高一點的下載或者上傳流量就會提醒預警，多少人上班偷用公司的網路下載A片都是這麼暴露在技術人員眼前的？明知道這點的高層人員要怎麼往外傳遞會議內容？anti-chu又怎麼知道？並且還被謝副總知曉他們知道了。這是什麼速度？超人嗎？

「我也希望這不可能，但對方確實是知道了。在這個高科技時代，一切都有可能。而正因為這次的速度過快，才讓我們能把懷疑對象圈定在一個很小的範圍內。」

也就是提前準備好提出計畫的長樂實業，以及在消息傳來之前就已經離開了總部大樓的人。

「你最好祈禱消息不是我們這邊洩露的，否則……」霍氏國際就要作為主要責任人，攤上一場必輸的官司了。

anti-chu能被稱之為長樂實業的老對手，自然是因為這兩家公司有不少眾所周知的恩怨舊史。其中最出名的就是anti-chu喜歡搶長樂實業的計畫提前推向市場，大學課本上最新的經典商業間諜案例裡總少不了anti-chu活躍的身影，哪怕被抓了、被警告了、被罰款了，他們仍是死不悔改，積極的和長樂實業各種作對。

人們不知道anti-chu和長樂實業究竟有什麼仇什麼怨，他們只知道作為被anti-chu主要針對的對象，長樂實業對anti-chu的警惕性已經達到了空前變態的程度，不要說履歷裡之前有在anti-chu任職經歷的人，哪怕親戚裡有，也是不會被長樂實業錄取的。所以最近兩年anti-chu改變了他們的風格，開始轉而找和長樂實業合作的對象下手竊取情報。

道高一尺、魔高一丈，長樂實業在吃過暗虧後也幡然醒悟，走上了一條和曾經的合作對象要求賠償的致富之路。

兩家公司同時投入大量的人力物力合作，卻被anti-chu的商業間諜摘了果子，作為丟失情報的主要責任方，不僅要承擔全部的損失，還要對被連累的長樂實業進行補償……這可能嗎？

長樂實業用官司全勝的輝煌戰績告訴了人們——可能！他們不僅真的向法院提告了自己曾經的合作對象，還贏了三次。

這種最大限度的降低了自己的損失、轉嫁危機給合作夥伴的手段雖然不夠厚道，但也無可厚非，畢竟如果合作成功，長樂實業賺到的會是他們得到的補償的幾倍甚至是十幾倍，可嚴格來講他們也算是賠了，還賠上了世代經營出的好名聲，如今毀譽參半，讓人對其的感情十分複雜。

長樂實業作為一個經營多年的上市集團，他們與別的公司有合作的專案可以說是不勝枚舉，只出了三個翻臉的例子，也只能算是個例，還不至於引起別家公司的警覺。哪家公司能沒有過和合作對象翻臉的歷史呢？所以該合作還是會合作，這其中就包括了在此之前兩家完全沒有接觸過的霍氏國際。

「長樂實業的律師團如今已經打出了經驗，他們對把和自己有過合作的夥伴因為這種情報洩露的事情告上法庭可謂是得心應手，尚未嚐過敗績。要不是除了賠償金以外，長樂實業實在是沒得到什麼好處，我都快要懷疑這是不是長樂實業和 anti-chu 一起玩的名為敵對、實為合作的把戲了。」

「也不是不可能。」霍以瑾說道。如果不算過程，只說結果，這完全就是長樂實業和 anti-chu 的雙贏局面，長樂實業可是趁機吞併了不少被連累到傾家蕩產的企業。

「就像妳說的，妳大哥才和長樂實業開始合作，這是第一次會議，即便是個圈套，收網的時間是不是太早了一點？而且長樂實業為什麼要對霍氏設圈套？這樣的小損失根本不會妨礙霍氏什麼，反而一個操作不當，等妳大哥騰出手來，那就是長樂實業的死期了。之前他們告過的合作對象，都是本身就對付不了他們或者經營不善的企業。」

「所以說來說去你要告訴我的，還是我們這邊出了差錯的可能性最大？」

謝副總一臉沉重的點了點頭，「我們必須提前做好準備，不用我提醒妳董事會那邊有多少老爺子一直都在想抓妳的小辮子，好讓妳出局吧？」

女性再怎麼解放，再怎麼遊行運動提倡公平，其實還是很難做到被社會公平對待，特別是在被男性統治的幾個領域，最簡單的例子就是經典不衰的、會被當作笑料的有關於女司機的笑話，出車禍的新聞報導裡也總會重點提一下女司機的性別，但天知道謹慎的女性開車出車禍的機率還不足男性的一半。

霍以瑾要不是有個什麼都能答應她的親哥，這些年的發展也不會如此順利，甚至直到今天還有不少董事會成員覺得霍以瑾的存在意義是聯姻，並忌憚著婚後她會把本該屬於她母親的陪嫁、如今被視為霍氏不可分割的一部分 noble 服飾帶走，便宜了未來的夫家。

「那些老爺子不過是閒得沒事、整天在俱樂部裡打高爾夫打壞了腦子，不足為懼。我現在比較關心的是大哥對這件事情怎麼說。」

「他還不知道呢，但我有理由相信快了。」

「那你是怎麼知道的？」霍以瑾一愣，她還以為謝燮是從她大哥口中知道了消息……等等，謝燮怎麼可能比她大哥還快？這不科學！

「有人寄了一些有趣的東西到我的郵箱裡。」

「栽贓？」霍以瑾幾乎是第一時間就想到了這個已經被無數小說用爛了的梗，透過 E-mail 發影片、照片什麼的栽贓嫁禍。

「也有可能是披露真相。我也有我的一些門路，我是先知道了 anti-chu 的事情之後，才收到了這封沒辦法追蹤來源的 E-mail。」謝副總看完之後整個人都不好了，所以他才會坐在霍以瑾的辦公室裡等她回來，希望第一時間和她面對面溝通一下。

「那 E-mail 裡到底有什麼？」霍以瑾的心臟猛的不按規矩的跳動了一下，她有一種很不好的預感。

「妳也許該問是關於誰的，然後自己看。我個人不太想轉述 E-mail 內容，因為那會帶有鮮明的偏見，不太公正。」

「是誰？」霍以瑾雖然問了，但其實她內心深處已經有了答案。

「楚清讓。」

果然。霍以瑾抿脣，閉眼。

「E-mail 裡的內容，其實總結一下就是他做這件事情的動機、手法以及有點模糊的證據。我都列印出來整理好了放到妳桌子上的牛皮紙資料袋裡，由妳來決定看或者不看。」雖然謝副總不喜歡楚清讓，覺得他一邊有個情深似海的初戀，一邊又來招惹霍以瑾的行為很渣，但他也不會在這種事情上插手，替霍以瑾做決定。

「你的意見呢？」霍以瑾靠在椅背上，突然覺得很累。

「妳的意見就是我的意見。看了 E-mail 之後我也不知道該不該相信，所以我決定聽妳的，一如我們過去遇到問題時的處理辦法，妳信，我就信；妳不信，我們就來想辦法查查幕後黑手是誰。」一如霍以瑾對楚清讓深信不疑，謝副總對霍以瑾一直以來也是如此。

「給我點時間。」

「我知道，不然我現在報告的對象就不會是妳，而是妳哥了。」

謝副總躬身，給了霍以瑾一個「請」的手勢，之後就轉身退出霍以瑾的辦公室，還不忘從外面替她關上門，留下足夠思考的私人空間給她。

※◆※◆※◆※◆※

霍以瑾盯著桌上的牛皮紙袋一直到華燈初上，整個noble服飾的辦公大樓裡只剩下她和保全人員，連清潔工都做完清掃工作下班走人了。離下午的會議也不過幾個小時，她卻覺得像是過了一個世紀那麼漫長。

明明天平的一邊是她最重要的大哥和工作，另一邊只有楚清讓而已，她卻還是少有的猶豫不決了。

果然還是女生向外嗎？她自嘲了一句家族長輩們總會在她哥那邊挑撥離間的話。

謝燮十分瞭解霍以瑾，所以在吃晚飯的時間發來了簡訊：「其實妳現在能做的不過有二，要嘛看了之後選擇相信或者不信，要嘛直接把袋子扔進碎紙機裡，一點都不信。無論如何都不要和自己的胃過不去，胃潰瘍、胃穿孔、胃癌可都不是什麼好詞。」

霍以瑾看著簡訊笑了，她終於做出了決定，她選擇三——帶著資料袋敲響了楚清讓家的門。

「介意讓我來蹭一頓晚飯嗎？」

「當然不介意，歡迎，快進來，我剛做好晚飯……呃，就是簡陋了一點。」

霍以瑾看著桌上的泡麵愣了好一會兒才道：「你說泡麵叫簡陋了一點？我聽謝燮說你好歹也是片酬千萬起跳的影帝，這樣的晚飯會不會對不起國際影帝的格調？我以為你會做飯。」

「是什麼給了妳這樣的錯覺？」

「……」言情小說裡就沒有哪個年少艱苦的女主角不會做飯的好嗎！？

Q：對總裁的印象……？

第七印象

付出的信任只有一次。

「我最忙的時候同時接了五部戲、三部廣告，以及我也不記得具體數字的通告，一回家就恨不得倒在床上再也不起來，根本沒時間去發掘廚藝方面的天賦。我實在是找不到一個比三分鐘泡麵更速成省時的食物，連冷凍水餃、火鍋料以及義大利麵都不能望其項背。」

最重要的是他沒找到親自下廚的理由，畢竟吃飯的只有他自己，怎麼樣都能湊合。

「但你現在並不忙。」

「是啊，可我已習慣成自然了。泡麵真的是個不錯的東西。」楚清讓邊說邊走向廚房，「電視劇裡不也總是這麼說嘛，做人呢，最重要的就是開心。好啦，不要不開心了，妳餓不餓？我下碗麵給妳吃？」

霍以瑾一愣，「你怎麼知道我不開心？」

楚清讓面對一臉認真回答的霍以瑾也愣了，她真的不是來搞笑的？他只是在唸臺詞啊，竟然就這麼誤打誤撞的遇上了她心情不佳……

「妳不看電視劇的？」

「不看。」

懂了。

……不知道這些網路流行梗的霍以瑾好萌怎麼辦！？這一次楚清讓終於心隨意動的笑著抬手揉了一把霍以瑾的頭，完美得到了對方的瞪視，笑得更開心了。真的像是貓一樣啊，只有她動別人的分，別人要是敢動她，肯定撓人一臉。

「別只顧著笑，你還沒回答問題呢，你怎麼知道我不開心？」

「因為我就是知道。」楚清讓情不自禁的起了逗弄之情，「妳可以把這當作魔法，男人特有的天賦，以及……」

「你對我的瞭解？」

傲嬌楚激動了：「我、我為什麼要瞭解妳啊渾蛋！霍以瑾這種生物簡直無理取鬧！」

直白楚開心了：「心有靈犀什麼的，嘿嘿。」

楚清讓紅著耳根，轉過身開始專心致志的開火煮麵。

「泡麵到底不錯在哪裡？」霍以瑾決定當一個體貼的好總裁，不戳穿楚清讓的傲嬌，「我是說除了你剛剛那奇怪的強調以外的不錯。」

「呃……不錯在我現在能讓妳隨意選擇口味，還能妳想加荷包蛋培根就加荷包蛋培根，最重要的是可以用一公升一千元的CHATELDON煮泡麵，我打賭妳一定沒吃過用王室專用水煮出來的泡麵。」

CHATELDON，霍以瑾知道，這個可以說是礦泉水界的奢侈品了，在一六五〇年被確定為F國王室的專用飲水，在現代社會因稀缺性而昂貴，只有米其林兩星級以上的高級餐廳及當地的奢侈品超市才能買到。但霍以瑾對此卻不以為然，因為水在靜置幾天後水分子結構都會被破壞，失去活性，哪怕是最昂貴的礦泉水也沒辦法違背自然科學，所以所有的水都是一樣的，沒什麼高低貴賤之分。

「和用普通白開水煮出來的泡麵有什麼區別？」不太懂泡麵哲學的霍以瑾最後還是決定虛心請教。

「沒有。」楚清讓毫不猶豫的搖了搖頭，這事他很有經驗，「但妳可以想像。」

「想像不出來。」霍以瑾照實回答。

「Why?」楚清讓詫異的回頭。

「我就沒吃過泡麵。」

「……那今天就是妳的第一次了，我也是第一次煮泡麵給別人吃，妳想吃什麼口味？我這裡有叻沙、咖哩、海鮮、排骨以及辛味拉麵。」

本來找楚清讓是想問清楚霍氏和長樂實業合作內容洩密的事情，最後卻莫名其妙的坐在他家餐桌上吃起了人生中的第一碗泡麵……霍以瑾想了好久都沒能明白這一切到底是怎麼發生的，好像從進門開始就這麼自然而然了。

誇張的長條餐桌上，霍以瑾和楚清讓相對而坐，默默無言的各自吃完了一碗聞起來很香，吃後卻會有點想吐的泡麵。

「所有的泡麵都具有這樣的特質嗎？」還是只有你做出來的黑暗料理會如此？霍以瑾情不自禁的發問。

「所有的泡麵都是這樣。」楚清讓立刻開始為自己的廚藝申辯。

霍以瑾把泡麵歸類到絕對不會想再嘗試一遍的食物列表後深吸一口氣，打開了楚清讓家的音響，決定放點舒緩的背景音樂，以紓解接下來可能出現的尷尬氣氛。她在網路上看到小說故事主角在幹一件大事前都是這樣做的，自帶背景音樂的主角運氣總不會差！

在全部準備妥當之後，霍以瑾把資料袋推向了楚清讓。

「這是？」楚清讓絕不會承認他剛剛以為霍以瑾放音樂的動作是準備再告白一次！絕不！

「據說我們和長樂實業的會議內容外洩，已經被長樂實業的敵對公司 anti-chu 知道了，有人發了 E-mail 指認你是第一嫌疑人，這裡面是那封 E-mail 裡提供的證據，你做這件事的動機、手法都在裡面。」

楚清讓在聽到 anti-chu 的名字時就挑了一下眉，心領神會的收起了笑臉，嚴肅以對，兩人之間本來不錯的氣氛陡然而變。再舒緩的背景音樂打底都沒用，該尷尬的還是會尷尬。

「我還沒看過內容，因為我說了，我相信你。但我也要對我哥和我們家的公司負責，所以我來找你，希望能從你口中瞭解事情的始末，而不是從別人口中瞭解你。」

霍以瑾一直覺得從別人口中瞭解另外一個人，是人類判知中最大的錯誤。一如前段時間她和離姍的事情爆發時一樣，大部分不理智的網友都是從對她有敵意的離姍口中瞭解她，然後就武斷的下了結論。

好吧，霍以瑾到現在還堅信著楚清讓是被誣陷了。最簡單的理由，下午開會時楚清讓根本不在會議室裡，他不可能知道會議內容，她在車上也只是告訴了他合作專案的名字，而不是內容。

「妳不怕我騙妳嗎？」楚清讓的關注點有點偏，因為他覺得這才是對他來說比較重要的事。

「不怕。」霍以瑾緩緩地搖了搖頭，很小的時候她的祖母就告訴過她，對喜歡的人付出信任並不可怕，因為如果信對了，那就是一輩子的幸福，如果被騙了，也就是一次寶貴的經驗教訓，怎麼想都不虧的，只需要做到……

「我的信任只有一次，你騙了我，我就不會再原諒你。」

很多人被騙得傾家蕩產、跳樓自殺，並不是因為他們輕信了對方一次，而是他們一錯再錯，在第一次發現上了小當時並沒有及時抽身，反而趕著找死，這才釀成大禍。

霍以瑾一直嚴格的遵循著這一點，用人不疑，疑人不用，一旦被騙，就絕對不會再給對方第二次機會。

「看來在『霍以瑾的信任』這個遊戲裡，我只有一條命啊。」楚清讓笑得很輕鬆。

「是的，所以好好把握。」霍以瑾很配合。

「我能先看看袋子裡的內容嗎？其實我已經有一些猜測了，但是在沒有確定之前不好妄下結論，等我確定了才好對妳解釋我為什麼會陷到這樣的局面裡。」

「當然。」霍以瑾拿資料來的目的就是為了得到楚清讓的解釋。

楚清讓打開資料袋、拿出資料，只掃了幾眼就笑了，確定和他的猜想一樣，「妳想先聽我大略的講一下這些資料裡的內容，還是自己先看一遍？」

霍以瑾接過了資料卻沒看，「我想聽你說。」

反正資料就擺在這裡，楚清讓想騙也騙不了她，為避免第一印象受到惡意影響，她決定先聽楚清讓是怎麼說的，然後再看。

楚清讓點點頭，擺出一副長談的模樣，平靜的開口。

「那就由我來說好了。」

「首先是動機，我肯定和妳以及霍家沒仇沒怨，也和 anti-chu 沒關係，那資料裡說我會洩密是因為我和楚家有仇。這點我沒辦法否認，我確實和楚家有仇，準確的說是和楚天賜有仇。一如資料裡說的，我一直沒有告訴妳，我其實是楚家的小兒子，楚天賜是我的兄弟，小時候我被拖走，十三歲才被楚家找回，十六歲又因為楚天賜的原因被送往了國外。」

「我想說的是，我之所以沒有告訴妳，不是有意瞞著妳，也不是為了惡意接近妳好伺機報復楚家。我只是不想認這門親戚。既然連身為我生父生母的楚先生和楚太太都不太想認我，那我也沒必要認他們，對吧？不過在這個故事裡，他們不是重點，重點是我和楚天賜的私仇。」

「文件裡提了兩個論據：一，我十三歲被認回去那年，對在楚家長大的天之驕子楚天賜心懷怨恨，把當時身患白血病的他從二樓推下，差點造成他的死亡。二，我十六歲那年設圈套讓從小對我拳腳相向的養父殺了他的親子，親手把他送進了監獄，楚天賜向楚先生和楚太太告發了此事，我因此被送往了A國接受精神治療，也就是我第一次在仁愛醫院外面遇到妳的時候。」

「我想解釋的點有三個。」

「一，不是我推楚天賜下樓的，是他當時以為自己活不長了會被楚先生拋棄，本著他不能好過也不讓我好過的心態，從我面前滾了下去。很可惜，我沒有證據證明這點。但這份資料卻有身為我生母的楚太太對我的指控。」

「二，不是我設圈套讓我的養父殺了他的親子，而是他和他的兒子想殺我，當時屋子裡只有我養父一家三口和我四個人，扭打中我的養父錯手殺了他的兒子，養母接受不了打擊導致精神失常，我把養父打暈，報了警。我懷疑是楚天賜給了我養父錢，讓他來殺我，但我還是沒有證據證明這一點，只是個人推斷，信不信由妳。」

「三，楚天賜為什麼從我進門開始就對我心懷怨懟，想盡辦法誣陷我呢？因為我和他不是親兄弟，我們之間的故事很狗血。」

楚清讓和楚天賜之間的狗血故事，一言以蔽之就是女配角性轉版的《●色生死戀》。兩個家庭抱錯了孩子，一家富到極點，一家窮到極點。電視劇裡講的是被錯抱到富人家的窮人家女孩的各種真善美，最後卻得了白血病掛掉的故事。而楚清讓在楚太太眼中，擔任的就是劇中那個被錯抱到窮人家的富家女角色，也就是傳說中的惡毒女配角；楚天賜自然就是可憐的得了白血病的女主角。

和電視劇不同的是，楚天賜得病的時間比較早，正是因為這個病才暴露了他不是楚家親子的事，然後楚家經過多方調查終於找回了楚清讓，但在把親生兒子找回來之後，在楚母和楚天賜的堅持下，兩家卻沒有交換孩子，而是全部被楚家養了起來。

楚母就像是電視劇裡那個明明親生女兒就在身邊，卻活生生想養女想到重病的富家母親一樣，覺得生恩不如養恩，心心念念的只有自己養大的兒子，而對親子視若無睹。

「從我被楚家找回去之後，楚天賜就一直害怕我們早晚會身分對調，被我搶走他的爸媽和財產。哈！他的爸媽和他的財產，可笑嗎？而楚太太也堅信著，我會因為楚天賜占據了本該屬於我的位置而對他心懷怨懟，想辦法和他過不去。」

「為了照顧楚天賜『脆弱』的心理，楚太太更是對外拒不承認楚天賜不是她的兒子，只說我是比楚天賜小一歲的弟弟，還在襁褓裡就被人從醫院抱走了。其實這還不是最可笑的地方，最可笑的是楚太太一面恨著我的養母抱走了本屬於她的兒子，一面又忌憚著我的養母會把本該屬於她的楚天賜搶走，她的楚天賜！」

「因為楚天賜的病需要我養母和她小兒子的骨髓，又為了避免白血病復發、將來還會用到，楚太太一直在用錢精心養著曾經對我拳腳相向、家庭暴力的那一家人。在他們想要殺我，我只是自衛的時候，她不問緣由上來就責問我為什麼會這麼對待養父。我實在是不知道該感謝他們什麼，謝謝他們打我？謝謝他們想殺了我？」

說到最後，楚清讓紅了一雙眼睛，卻抿脣堅持沒讓自己更丟臉，他不斷在心裡默唸尼采的名言：殺不死我的惡意最終只會讓我變得更強大。

「你養父一開始就知道你不是他的兒子？」不然當年也不會對楚清讓家暴了。

「我養母是改嫁。」楚清讓言簡意賅道。

「抱歉。」

都說有了繼母就會有繼父，有了繼父就會有繼母，被抱錯，童年又攤上這麼一個家庭，楚清讓投胎之前一定忘了點亮「幸運」的技能樹。

「那都是過去的事情了，不會再對我造成影響。」楚清讓笑得雲淡風輕，好像真的已經不在意了，「畢竟我和楚先生、楚太太也沒什麼感情，他們不認我，我也不認他們好了。」

霍以瑾在為楚清讓糟糕而又狗血的過去遺憾的同時也終於明白了一件事，今天下午她確實想的有點多，楚清讓根本就不是什麼嫉妒，只是在好心提醒她，楚天賜是個表裡不一的人。幸好她沒再一次告白，不然就糗大了。

「不過說句良心話，楚天賜若只是為了陷害我就耗費如此大的手筆，甚至不惜損失自己的利益，我感覺這說不通。」楚清讓較為客觀的說了一句。

「如果加上我也得罪了他呢？」霍以瑾從謝副總那裡得到消息後，就一直在回想最近發生的事，她後知後覺的意識到自己今天下午離開總部之前，為了引起楚清讓的注意而對楚天賜的敷衍態度，絕對能算得上是得罪他了。

「就我的個人經驗來說，如果妳也得罪了他，那就沒什麼好奇怪的了。不過，還是有別的可能，只是恰好找我當了代罪羔羊，我不希望妳因為我而失去判斷力。」

霍以瑾點點頭，表示她自有她的想法，不會輕易因為別人而改變。

「繼續，資料裡還說了什麼？」

「接下來就是手法和證據了。資料裡說我和楚天賜在設計部發生衝突時，瞭解到了妳今天的會議內容是和長樂實業有關的合作專案，然後我就惡向膽邊生的決定把會議內容賣給長樂實業的老對手。這裡的證據是我的私人帳戶在今天晚上突然多了一筆來源不明的轉帳款項，我確實多了一筆我也解釋不清楚來源的款項。」

「而消息之所以走漏得這麼快，則是因為我不是在會議之後才把會議內容賣了，而是你們一邊開會，我一邊就把會議室裡的監視畫面透過妳哥辦公室的電腦傳了出去。這裡提供的證據是一句話——技術部的監控後臺一定留著今天下午妳哥辦公室裡電腦的流量活動。」

總裁的電腦上到底幹了什麼，這個肯定是沒辦法在後臺知曉追蹤的，但有流量活動卻能看到。而霍以瑱身為集團總裁和董事長，他辦公室的電腦和霍以瑾的電腦一樣，有隨時能調取整個公司監視畫面的權利，其中就包括會議室裡的。

這些霍以瑾都知道，她只是有一點不明白，「你動我哥的電腦了？」

「……動了。」

「Why?」

——我懷疑妳是我的女神，哪怕明知道可能性不大，但我還是想從妳哥的電腦裡看能不能找到妳幼稚園時期的照片好徹底死心這種事，妳讓我怎麼好意思開口？

「當時阿羅透過 E-mail 發了個電影臺詞的壓縮檔給我，手機沒辦法打開，妳又說過妳哥擺出來的東西就是能讓人碰的，沒什麼機密，我就用妳哥的電腦登入了我的郵箱、下載了壓縮檔。」

楚清讓只能這麼騙霍以瑾。

霍以瑾懊惱的想著她該死的確實說過這句話，但突然她又想到一件事，「等等，我哥的電腦需要人臉識別和指紋的雙重操作才能打開，你是怎麼打開的？」

「人臉識別靠的是妳哥辦公室裡無處不在的他和妳的合影，這點妳可以用妳的手機試試，那個抓拍人臉的功能對著照片也有用。指紋則是電腦系統為了怕機器不靈敏指紋過不去，一般都會有個密碼的雙重保險，我輸入了密碼。」

「……你怎麼知道密碼的！？」

「我就是用妳的私人電話號碼試了一下，本來也沒抱多大希望的，想著要是不成功就算了，哪想到……」一次就成了。妹控這種弱點真的很容易出問題，就像我電腦的密碼是「hei da zhuang（注四）」加上我和我女神初見的年份一樣，瞭解情況的人其實很好碰對答案——當然，這些話楚清讓是不會說出口的。

「我會提醒我哥這個漏洞的。」以前她哥用她的出生年月日當密碼時，她就已經說過他一次了，結果哪想到他換密碼換的還是這麼隨便！

※◆※◆※◆※◆※

「妳哥真的不是猴子請來的蠢貨嗎？」半夜，謝副總家裡，謝燮同學對霍以瑾如是吐槽。

「有本事你和我哥說去。」霍以瑾表示簡直煩死了。

一說直面霍大哥，謝小受立刻退縮了，只好問道：「那現在我們怎麼辦？要不要告訴妳大哥？妳相信楚清讓的解釋嗎？」

「我相信他，因為一旦他被洗清了，那麼楚天賜就會成為最大嫌疑人，他傳消息的便捷性可比楚清讓這種利用我哥電腦的手法要站得住腳，最重要的是如果是他作賊的喊捉賊，霍氏就沒事了。」霍以瑾第一次如此感情用事。

「在這點上我不得不贊同楚清讓。」謝副總皺眉，「確實，懷疑楚天賜是最簡單也是對我們最有利的，但妳不能因為妳想懷疑他，所以就疑人偷斧。長樂實業這樣根本得不到什麼好處，新能源的利用可不是隨隨便便能捨得出去的小財，這關乎到長樂實業能不能更進一步。楚天賜除非瘋了才會這麼幹。不過，他小時候那種玉石俱焚的做法確實有點神經病的潛質。」

「所以我們只需要證實兩件事就可以知道是不是他了。」

「哪兩件？」

「一，長樂實業和 anti-chu 到底是什麼關係。二，楚先生對待楚天賜到底是什麼態度。」

楚清讓的生母楚太太有可能會對非親生的兒子視如親子，因為女性都是感性動物，連霍以瑾本人都無法否認這點，她也覺得生恩不如養恩大。但楚先生可就未必了，同樣是世家，霍以瑾即便沒有和楚先生接觸過，她多少也能知道楚先生那一輩人的想法，優秀的繼承人固然重要，自己的血脈更重要。不是親生的始終不是親生的，不然楚天賜對楚清讓也不會有非要置他於死地的危機感和敵意了。

「如果楚先生對楚清讓一點感情都沒有，根本不會送他出國上學、提供給他衣食無憂的生活費直至今天。哪怕真的對兒子失望了，也會把他當一個備選項目，就像是你父親那樣。」

謝燮的爹是私生子，一直沒回過謝家，也沒貪圖過謝家什麼，可當謝家的嫡子全部玩完之後，謝家找的也只會是謝燮的爹，而不是旁系的孩子。

「所以妳的意思是楚先生不是重病住院，而是發現了楚天賜和 anti-chu 在背後眉來眼去，然後被楚天賜囚禁在了醫院裡？」

「……我真好奇是你是怎麼長大的。」能滋生如此陰暗的想法。霍以瑾表示，她根本就沒這麼想過好嗎！？

不過，真順著這條思路一想，好像更能說得通了。楚先生住院的時間實在是太巧了，就在楚清讓回國的那幾天。如果楚先生發現了楚天賜的不爭氣，想要把楚清讓找回來，卻又做得不夠隱蔽被喪心病狂的楚天賜發現，而楚太太不僅好糊弄還一直幫著楚天賜……簡直不敢再想下去了！

「最後兩個問題：一，妳準備什麼時候告訴妳哥？二，楚清讓對妳接下來的調查方向有沒有什麼表示？」

「明天早上我哥打電話來的時候我就告訴他，順便問問他一般合作之前都會對合作對象進行的基礎調查裡，有沒有楚家兩個兒子的私事。至於楚清讓那裡，他說他會先打電話給楚太太試探一下口風，讓我暫時不要管，但你也知道我的性格的……」

「妳不可能不管。」謝副總默契道。

不說霍以瑾性格裡本身就存在很強的掌控欲，單說這次受到牽連的都是霍以瑾最重視的存在，護短的她就不可能不插手。

「楚楚真的就像所有言情小說女主角一樣，那麼善良柔軟，沒有攻擊力……」

對於這個評價，經歷過楚清讓恐嚇的謝副總持保留意見。

「作為他命中注定的總裁，我怎麼可能讓我的人受委屈？我必須替他找回場子！即便這次洩密的事情不是楚天賜做的，我覺得我也該去和楚太太談談，不是說養子不能愛，但最起碼的公平總要做到吧？楚楚嘴上說著不在乎，可如果親情是這麼好割捨的，也就不能被稱之為親情了。楚太太日後要是拿孝道壓楚楚，他肯定還是會妥協。這個時候就需要一個替他唱黑臉的人了。」

言情小說裡總會有這麼一個模式，面對女主角的極品親戚，總裁必會出馬打臉、安撫以及替女主角解決後顧之憂，無論是現實生活中還是道義上的。

「我就沒見過哪個母親像楚太太這樣的！」霍以瑾不解氣的再次說了一句。

「……這不能說明三次元沒有，只能說明妳論壇網站上得少，多少現實向的八卦比小說還狗血。」謝副總上班摸魚的閒置時間可沒少看這種八卦。霍以瑾的家庭和睦、親友正常，自然很難明白為什麼有的家庭會那麼扭曲以及不正常。

「不管，反正我一定要幫楚楚討回公道！」霍以瑾信誓旦旦。

謝副總長嘆一口氣，他就知道霍以瑾的內心深處有著濃重的hero（英雄）情結。而這正是謝副總和霍以瑾成為朋友的原因。

他終於回想起來了，那個在他無數次的吐槽中，被漸漸模糊了的他們最初成為朋友的起點。

那時他還年少，還沒用會讓人顯得犀利起來的金邊眼鏡遮住自己的一臉呆樣。他因為父親被謝家莫名其妙的認回，不得不跟著搬到了南山半坡，轉學到了世家子弟成堆的朝夕第一中學。

朝夕者，取義《論語》裡仁第四篇，朝聞道，夕死可矣。

朝夕中學不算是傳統意義上的貴族中學，因為學校裡的學生涇渭分明的分為兩個雲泥之別的階層，住在南山半坡的世家子弟以及……為那些世家子弟服務的傭人員的子女。

騎自行車上學的未必就是普通人家的孩子，好比霍以瑾；坐豪車來上學的也未必就是世家子弟，還有可能是司機的兒子。

謝小燮是裡面最特別的，內心深處他還保留著生活了十幾年的草根認知，但身分上他卻是謝家新任家主的兒子，再沒有比他更純的世家子弟了。

這種情況，會做人的會被兩個不同的階層都當成自己人；不會做人的就是剛入校的謝小燮，傭人的孩子嫌他身處高位，世家子弟又嫌他草根出身，入學一個月，他始終沒被任何圈子接納，形單影隻的猶如一抹幽靈。

直至秋高氣爽，學校運動會即將開始，各班報上了參加比賽的學生名單。男子三千公尺長跑在都是世家子弟的A班無人問津，白斬雞似的謝小燮自然也沒興趣，但也不知道是誰惡作劇，在校方最後確認的名單中加上了他的名字。

謝小爕肯定是不想跑的，但他卻不知道該怎麼做，只能先前去和當初申報名單的體育股長林樓溝通，林樓表示他也沒轍，然後就把謝小爕推給了身為班長的霍以瑾。

「我知道了，但木已成舟，你現在只有兩條路可以選——」

「一，找你爸出馬，讓他打電話給校長，謝家家主的面子，在學校運動會這種小事上校長不可能不顧及，甚至他們還有可能幫你查出惡整你的『真凶』，但同時你很有可能會被全班孤立，誰也不喜歡只會告家長的人不是嗎？你會在事後遭到更加猛烈的打擊報復。」

「二，每天早上跟我一起跑步上學，勤加練習，好在運動會上一鳴驚人，讓惡整你的人看不了你的笑話，偷雞不著蝕把米的給你一個為班級爭光的露臉機會。」

「你選哪個？」

最後中二期不爭饅頭爭口氣的謝小爕同學選擇了二，他倒不是真被霍以瑾描述的前景說動了，而是霍以瑾這麼一個看上去身嬌肉貴的大小姐竟然都自願跑女子三千公尺了，他一個大男人怎麼能輸給女人！

後來，謝副總輸了個徹底。

再怎麼臨時抱佛腳的練習，也只能幫謝小爕堅持跑完三千公尺，而不能幫他成為飛人，他雖然不是最後一名，但跑下來的時間卻肯定比不過霍以瑾的。

「這是當然的囉！好歹我也是女子組的第一。」霍以瑾安慰道。

「……」真是一點都不想被妳這麼安慰呢！謝小爕在心裡開始了第一次對霍以瑾的吐槽。

雖然成績不理想，但謝小變身邊從開學後不久就沒斷過的惡作劇終於告一段落，好像真的應了霍以瑾最初告訴他的，他終於用他的實力贏得了同學的認可；他雖然還是沒被哪個圈子接納，卻也不再形單影隻，因為他成了全校聞名的霍女神的小跟班。

當然了，長大之後的謝副總才知道，哪裡是他堅持跑完三千公尺贏得了同學的認可，根本是他每天風雨無阻的跑步努力贏得了霍以瑾的認可，然後護短的霍以瑾私下裡替他去和那幾個一直在針對他的世家子弟談了談人生，在罩了他的同時，還順便又收穫了幾個拜倒在她校服裙下的追隨者。

因這段往事，如今的謝副總又再次一邊嘴上抱怨著：「找人調查，不就是又要我沒有薪水的額外加班？」一邊在心裡笑著開始了他的任勞任怨。

因為他啊，真的不想他最喜歡的霍以瑾有一絲一毫的改變。

夜半時分，在謝副總家住下的霍以瑾輾轉反側，無心睡眠，然後……她再一次摸到了謝副總的床前。

「……早晚有天我會被妳嚇出心臟病的。」謝副總緊緊的捂著被子，想要遮住自己一貫裸睡的身體，他和霍以瑾之間一定有一個人有性別認知障礙！但那個人不會是他！

「千萬不要啊，在有心臟病之前先幫我個忙。」

「妳又要幹什麼了啊我的大小姐？」謝副總警惕的看著霍以瑾，「這次的洩密案還不夠妳忙的嗎？」

「再忙那也是等調查事情的人帶回來答覆之後的事情了，至於合作專案，反正洩露的也就是第一次的會議內容，霍氏國際在前期還沒開始投入資金，沒什麼好損失的，即便楚家得到消息之後要打官司，我們也絕對能奉陪到底。法律是講究流程的，你看我告離姍的事情到現在法庭不也還沒判決嘛。霍氏和長樂實業這麼大的糾紛，只會更慢，足夠我們找到證據了。」

「我大哥總教育我要勞逸結合，工作是工作，也要有屬於自己的私人時間。現在就是我的私人時間，我有一個很私人的感情問題要找你諮詢——楚清讓對楚天賜的敵意並不是因為吃醋，那我怎麼才能和他修成正果呢？」

——呵呵，我當初到底是為什麼要和妳做朋友？果然人年紀大了，就容易記不住事呢。

「相信我，妳要是能幫楚清讓洗清罪名，再解決掉楚天賜這個心腹大患，他一定會哭著喊著要為妳生猴子，死抱住妳大腿不放的。」

「毫無邏輯可言的狗血言情小說裡都懂的道理，你怎麼就不懂呢？感激不能代表感情，我幫他是因為我願意，見不得我的人被欺負，要是挾恩圖報那也太差勁了。」霍以瑾皺眉，感情要基於雙方自願而不是欺騙、監視、脅迫，又或者是更極端的限制別人行動的囚禁，這不僅在道德上是不對的，還嚴重的違反了法律法規。

「說要按照小說那套追人的是妳，最後又說這套不行的也是妳。」謝副總無奈極了，「妳到底想怎樣？」

「我想，還是找個人讓他嫉妒一下比較有用。你想想嘛，哪本言情小說裡總裁沒有未婚妻或女友或青梅竹馬的？也就是傳說中的惡毒女配角。這樣既能製造劇情衝突，又能從搶手的側面描寫中凸顯總裁的優秀，讓女主角產生危機感。怎麼想我都覺得這是個不錯的主意。」

「但妳沒有未婚夫或男友或青梅竹馬啊！妳要是有，我們現在也不用費這力氣想了。」早知今日霍以瑾會這樣麻煩，當年在學校的時候說什麼他都會幫霍以瑾找個情緣的！

「所以，嘿嘿～」霍以瑾笑看著謝副總，「我的意思是呢，我不是有你嘛～」

「我？」愣了有好幾秒，謝副總才明白了霍以瑾的意思，她想讓他假扮她的未婚夫！想明白後他立刻道：「想都不要想！真是謝謝妳了，還記得嗎？前不久我才演出了妳的『好姐妹』一角，沒這麼快被掰直的。」

至今謝副總還在怨念著楚清讓那天說他是同性戀的話。

霍以瑾沒再說話，只是坐在床邊，睜著一雙水潤的眼睛，可憐兮兮的看著謝副總，擺出一副狗兒子平時祈求吃一頓好食的表情——我就這樣靜靜的看著你不說話。

謝副總不斷的告訴自己要堅強、要堅強、要……心旌開始搖曳，情緒起伏，難以自持。

最終，謝燮在即將屈服的前一秒，悄悄把手伸到枕頭底下，艱難的撥通了霍大哥的電話，決定還是派這個終極 BOSS 出馬收拾他妹妹。

電話幾乎是在撥出去的瞬間就被接通了。

謝副總手忙腳亂的快速把手機遞給霍以瑾，兩人閉息凝神，相對而視，同時相當有默契的對口型道：『你／妳接！』

基於霍以瑾對自家大哥的瞭解，在這個時間點他還能這麼快的接通謝副總的電話，這只能說明一點……

『你和我哥有姦情！』

『呸！什麼鬼！說好的默契呢！？明明是妳哥已經知道合作洩密的事情，正在連夜處理！』

「你們這是打算透過這種方式告訴我你們在一起了？秀恩愛的方式真特別。」視訊電話的那頭，被晾了有一會兒的霍大哥決定強調自我的存在感。

深更半夜，他妹妹和一個男人在床上，對方還沒穿衣服，怎麼想都找不到一個合理的解釋。

「啊——」謝副總只剩下尖叫了。

「不不不哥你誤會了！你聽我解釋，我和他沒什麼……真的，你不能這麼侮辱我的品味！」

「啊」字音還沒叫完的謝副總中場收聲，怒瞪霍以瑾，「妳這話是什麼意思？」

「看不上你的意思。」霍大哥替妹妹直言，「麻煩下次打電話給我時穿上衣服，你不介意，我的眼睛還介意呢。」只有一塊腹肌的上身真是毫無看點。

「這是我的家、我的床！大半夜我憑什麼不能不穿衣服！」被嫌棄得很徹底的謝副總決定一會兒就去繞著跑步機跑五圈！

「呵呵。」霍氏兄妹表情一致的冷笑。

一陣兵荒馬亂之後，霍以瑾和終於穿上衣服褲子的謝副總安靜的並排坐在一起，聽……霍大哥怒罵。

果然如謝副總所料，沒等霍以瑾說，又多繞一個國家的霍大哥也已經收到了消息，還得到了一封和謝副總一樣的 E-mail。

「你們明明下午開完會之後就知道了，為什麼不和我說？」霍大哥很生氣。

「我想先找楚清讓瞭解清楚情況。」霍以瑾弱弱的辯解道，然後大略把楚清讓告訴她的轉述給了她哥知道，以防她哥一個不小心被那封斷章取義的 E-mail 蒙蔽了。

霍以瑱一直保持沉默，直至霍以瑾說完才說了一句：「妳想過我其實已經知道了的可能性嗎？」

霍大哥對合作夥伴的調查是很詳細的。

「那你為什麼還要和楚天賜那種心胸狹窄的兩面派合作？」霍以瑾表示不忿。

因為能賺錢。

霍大哥是個商人，他的工作範圍不包括調解別人的家庭矛盾。他知道楚天賜是個什麼樣的人，自信能在合作中掌握他，獲取更大利潤，他為什麼不合作？

「現在你傻了吧。」楚天賜沒被掌控住。霍以瑾難得遇到一次她大哥也會犯錯的時候。

——那是因為我沒算到楚清讓這個變數！BY：霍大哥。

在設計部發生的牛奶事件，楚清讓根本就是故意的，他就差把「這是一個對付楚大賜的大好良機」這句話直接寫在臉上了。他讓楚天賜以為他還是和過去一樣好對付、一樣衝動易怒，然後在事後私底下透過別的事挑撥刺激楚天賜，楚天賜要是還能忍著不動手，也就不會是今天的楚天賜了。

換句話說，現在的誣陷 E-mail 也在楚清讓的預料之中，他很清楚自己那麼做會面臨什麼，他早算計好了一切，就等著楚天賜把情報賣給 anti-chu 來陷害他，好展開下一步的報復。

從幾年前 anti-chu 異軍突起開始，楚清讓就已經在布局了。楚天賜以為和 anti-chu 合作是出自他自己的本心，卻不知道為他種下這個想法種子的人就是楚清讓。也只有霍以瑾會傻到相信楚清讓能有多好欺負。某一瞬間楚清讓表現出來的涼薄心性，就連霍大哥都會忍不住背脊發涼。

事實上很多年前，比楚清讓找上伊莎貝拉更早之前，霍大哥就見過楚清讓，他料定楚清讓不會是一個安分的人，現實也證明了他的前瞻性。

楚母能同情「病弱」的養子，為什麼不能同情從小接受家庭虐待的親子？這裡面固然有她偏心的因素在，但也有她在接回楚清讓時，已經不是楚清讓在被家庭暴力，而是他在暴力別人的因素影響。

那個只會哭、不懂得反抗的豆芽菜一樣的小男孩，早在六歲之後就徹底改變了。楚先生和楚太太懷著最期待的心情去接親生兒子，看到的卻是梳著視覺系髮型的楚清讓在撞球室用啤酒瓶砸人，血流了一地。

楚清讓十六歲時，他的養父殺死了自己的親生兒子，楚父楚母比警察更早趕到第一現場，楚清讓就安靜的坐在客廳的沙發上，守著一具屍體，看著一個昏了的男人和一個瘋癲的女人，優雅的微笑著。

不過，確實是楚天賜給了楚清讓養父錢讓他殺人，但一直受楚家供養的養父為什麼會因為一點錢就鋌而走險呢？因為楚清讓從十三歲到十六歲的三年期間，為他養父量身訂做了一個專門針對他的賭桌騙局，讓他欠下大筆的高利債，照當時那個趨勢下去，沒有楚天賜，楚清讓的養父也離死亡或監獄不遠了。

事物總有兩面性，霍以瑾明白不要從別人口中瞭解一個人的道理，卻不懂人這種生物在洗白自己時也是會撒下一手好謊的。

……但這些霍大哥都不可能向霍以瑾說，最起碼這話不能從他嘴裡說出去，因為他愛他的妹妹，他不想以任何方式傷害她。

霍以瑾想要楚清讓，他就給她楚清讓。

楚清讓很危險沒錯，可他手上也有能讓楚清讓乖乖聽話的底牌。只要楚清讓能保證會騙霍以瑾一輩子，不讓她摻合到他那堆麻煩事裡，他是不介意配合楚清讓圓謊的。

「好了，洩密的事情我會處理的，妳不用操心了，我保證楚天賜不敢對霍家怎麼樣，他和anti-chu玩的那一套名為敵對、實則合作的小把戲我很清楚，只是沒料到他敢在新能源這麼重要的事情上和我玩。只要有這個把柄在手，他不想被曝光，以後就會停止的。」霍大哥比霍小妹還要簡單粗暴。

——霍大哥果然威武霸氣。BY：謝副總。

「你明明什麼都知道，卻不告訴我！」白擔心一場的霍以瑾鬱悶的看著自家大哥，「特別是楚清讓的事，我簡直丟死人了。」

「妳也沒告訴我妳想追楚清讓啊。」霍大哥故作輕鬆，聳肩和妹妹開玩笑道。

「……那我現在追了，你有沒有什麼表示？」霍以瑾突然福靈心至，一雙大眼睛充滿期待的看向她哥，既然謝副總不願意再次友情出演，那就只剩下最後一個終極大招了——來自總裁家人的天價支票！

這絕對是男女主角感情昇華前最至關重要的一個波折，一個BOSS關卡。

不到萬不得已，霍以瑾是不太想用到這招的，要是大哥和丈夫因為這件事互相仇視，她就得不償失。特別是在她肯定會選自家大哥之後，想哄丈夫消氣可不容易。不過，為了能拿下楚清讓，她也只能先如此，以後再想辦法化解矛盾了。

「什麼表示？」霍大哥聽得一頭霧水，「……祝妳幸福？我會代替爸爸挽著妳、把妳送到聖壇前？這話我以為是在妳訂婚之後我才該說的，現在會不會早了點？」

「……」霍以瑾愣了，心想：大哥你怎麼能不按照常理出牌！自家妹妹找了一個草根演員，你竟然都不反對！？這和說好的不一樣！你置一直提心吊膽就怕你阻止的我於何地？

——呵，風水輪流轉，霍以瑾妳也有今天！等等，霍大哥不反對？Oh no！

終於意識到自己做了蠢事的謝燮一臉驚恐。

「安心吧，哥哥絕對不會當那個破壞妳感情的壞人，哥哥百分之百相信妳的眼光，會給妳絕對的支持，是不是很感動？」霍大哥早就在期待這天了，當妹妹以為他肯定會反對，但他其實根本不反對的時候，她一定會為了這個峰迴路轉激動萬分的。

——跪求你來當這個感情破壞者啊！嚶嚶嚶，這個世界實在是太無理取鬧了！BY：霍以瑾。

「怎麼了？」霍大哥終於意識到了不對勁，視訊那頭的妹妹怎麼會是一臉快哭暈在廁所的表情，他哪裡又做錯了嗎？「當然，哥哥也是很捨不得妳談戀愛嫁人的，哥哥永遠愛妳～只是因為這是妳想要的，哥哥才沒有阻止。」

很顯然的，霍大哥誤會了霍以瑾的表情，以為她這是失落了，覺得哥哥不阻止其實是不愛她，霍大哥表示這怎麼能行！？必須表明立場，哥哥 love you！

「……」深吸一口氣，霍以瑾在做好準備後，才把自己的總裁理論對大哥坦白從寬。

聽完之後，不要說霍大哥了，連霍大哥身邊的特助都傻了：天啊！霍家唯一的正常人也淪陷了，不對，應該說霍家有過正常人嗎！？媽媽，我總覺得碩士畢業之後，我找錯工作了……QAQ

「所以，妳覺得，只要，我對楚清讓丟出一張空白支票，說數字隨你填，離開我妹妹，妳就能和他在一起了？」霍大哥已經震驚得不知道該如何斷句了。

「我希望是。」霍以瑾陪著笑，「支票我出。」

霍大哥的回答是直接掛掉視訊電話，手動再見。這還是這麼多年來，霍大哥第一次先掛了霍以瑾的電話。

「怎麼辦？我哥不管我了！」QAQ

「妳大哥不管啊……」謝副總一臉安慰樣的摸著霍以瑾的頭微笑以對，「嘿嘿，我也不管。出去！我要睡覺！」

霍以瑾抱著被吵醒的狗兒子一起被丟出了謝副總的房間，她穿著絨毛拖鞋蹲在房門口畫圈，想著這男人真是翻臉比翻書還快，除了他再無別的親密朋友的自己混得可真慘。

「啪！」兒子毫不客氣的給了霍以瑾一爪子，斷了她全部的文藝心情。

第二天早上，霍以瑾跑完步回來之後還是悶悶的。

人妻謝把特意早起捏好的甜品小豬包端上桌，實在是受不了霍以瑾的長吁短嘆之後，無奈道：「算我怕了妳了。」

「你同意假裝我的未婚夫了？」霍以瑾雙眼一亮，她就知道謝燮是個好同志。

「死也不同意！」謝副總毫不猶豫的再一次拒絕了——妳嫌棄我，我還嫌棄妳呢！

「我是說，既然我們本來嚴陣以待的事情被妳大哥輕鬆搞定了，那麼我們不就有空閒時間可以做些別的事了嘛？好比妳本來打算無論幕後黑手是不是楚天賜，都要幫楚清讓去楚家鬥極品親戚的決定。」

「哦哦，對，我有說過要這麼做。不過，先說好啊，我總覺得在什麼都不太清楚的情況下貿然上門，有可能會被反打臉啊。」本來霍以瑾打算搜集好楚天賜吃裡扒外、表裡不一的全部證據，再去甩楚太太一臉的。

「年代久遠的事情確實不太好查，但 anti-chu 的事情呢？」

「我哥不是說這件事不讓我們插手嘛？」

「楚清讓也說過這話呢，怎麼沒見妳停止？」

「這不一樣。」無論如何，霍以瑾都堅持認為家人才是第一位的，戀人只能排在家人後面，而且她大哥有能力、有自己的打算，她不想破壞他的計畫，但楚清讓卻是個弱勢分子，需要她來撐場子。

「我也沒說讓妳插手霍氏國際和長樂實業之間的事啊，我是說我們私下搜集一下楚天賜和 anti-chu 有聯絡的證據，我就不信在自家利益受損面前楚太太還能繼續偏心下去！我的人剛剛給了我消息，據他連夜調查的結果，確實有跡象表明楚先生是在知道了楚天賜和 anti-chu 之間的事情之後才氣病的。等楚太太知道了楚天賜的狼子野心，丈夫又臥病在床……」

接下來的劇情就只會是楚太太抱著楚清讓的大腿痛哭識人不清、悔不當初了。這樣一來，霍以瑾想幫楚清讓撐場子的事情也就成了，還不會破壞霍大哥的事。

「我認識一個人，駭客……先說明，一般我是絕對不鼓勵用這種手段的，這次是例外。他應該能弄到一些別人弄不到的監控影片，好比楚家書房、anti-chu總裁辦公室之類的。」謝副總用了一個天大的人情找對方出馬，本來是想搞定這次的洩密事件，但事情被霍大哥搞定了。謝副總想著，既然人情已經不能收回了，不如想辦法止損，能得到一點別的是一點。

霍以瑾俐落的拍板決定：「成！」

做出這個決定的時候，霍以瑾並沒想到她到底打開了怎麼樣的潘朵拉魔盒。

這個世界上有個詞叫「有心栽花花不發，無心插柳柳成蔭」。謝副總雇的駭客對挖掘各種黑料確實有一手，但用力過猛，他不僅找到了楚天賜和anti-chu聯絡的證據，還發現了一些本不該出鏡的人，一些霍大哥和楚清讓絕對不會想讓霍以瑾知道的東西。

霍以瑾和謝副總拿到資料時都傻了。

「能請他再幫個忙查點東西嗎？」霍以瑾沉著臉。

「可以。」

※◆※◆※◆※◆※

一週後，輾轉又多去了一個E國的霍大哥終於啟程準備回家，特助對他彙報道：「本次航行時間預計十二個小時，E國中午一點（LV市晚上九點）起飛，LV市上午九點抵達南山半坡私人機場，我提前幫您和楚清讓先生約了十一點在您旗下的咖啡廳見面。」

「不能第一時間見到以瑾？」霍大哥表示 so sad。

「就算您不見楚清讓先生，您也見不到正在上班的二小姐。但在見過楚清讓先生之後，您可以選擇和二小姐共進午餐。」特助誘哄道。

「就這麼決定了！」妹控表示基本上啥也沒聽見，就聽到能和妹妹吃午餐了，好棒～

與此同時，LV市的晚上，霍以瑾拿著全部調查的資料，再一次敲響了楚清讓北城望庭川的家門。這一次沒有晚餐，也沒有背景音樂，只有徹底死心的霍以瑾。

注四：中國大陸的中文注音是用漢語拼音，「hei da zhuang」是「黑大壯」三字的拼音。

Q……對總裁的印象……？
第八印象
楚清讓的女神。

第二天早上十一點，霍氏旗下的咖啡廳。

「抱歉，來晚了。」隱蔽的隔間內，揮退身後一群尾巴，霍大哥獨自坐到楚清讓的對面。

「不，是我來早了。」楚清讓這不是謙辭，而是真的，他從早上咖啡廳剛開始營業就坐在這裡了。整個人都很恍惚，神情憔悴，失魂落魄的不想做任何事，要不是還記得對方是霍以瑾的大哥，他大概也會像對待其他工作那樣讓阿羅全推了。

霍大哥看出了楚清讓的不對勁，但……這關他何事？他只是開門見山對楚清讓說了自己約他出來的目的：「有一張照片希望你能看看。」說完便把準備好的照片拿出來放在桌上推向楚清讓。

那是一張看起來就很古老的合照，歐式家具的室內，一個極其不情願入鏡的中二少年，和一個穿著粉紅色公主裙的……滾圓滾圓的小女孩並排站在一起。

照片裡的小女孩真的不太適合穿這種衣服，衣服緊繃，毫無萌點，卻讓楚清讓激動到手抖，拿了好幾次才把照片艱難拿起。

這是他的女神！雖然照片裡的對方還沒有他記憶裡那麼黑，也沒有那麼壯，但他永遠都不會忘記她笑起來的樣子。他不會認錯的，這就是他苦苦尋找了多年卻始終無果的女神！

「你從哪裡找到的？她在哪兒，告訴我！」楚清讓形象全無的站起身，好像恨不得鑽到霍以瑱的腦子裡去探尋真相。

「冷靜，看背面。」霍大哥對楚清讓的表現滿意極了。他表現得越迫切，越說明他的在乎。

照片的背面是一排清新雋永的鋼筆字：

人物：以瑱寶貝和以瑾小天使

地點：家裡的客廳內
拍照人：孩子爸爸
記敘人：孩子媽媽

霍大哥看著跌坐在沙發上、整個人都傻了的楚清讓，心想著反應有必要這麼誇張嗎？然後心平氣和的按照自己本來計畫好的說下去：「我本來不打算告訴你的，以免你纏著我妹妹。你當年離開她時，她哭得很傷心，你明知道她有氣喘不該那麼哭的。因為你，我差點失去了她。可……」

可誰讓她又一次喜歡上了你呢？

「……只要你保證不會再讓她失望、不利用她，不把她牽連進楚家的事情裡，你的秘密在我這裡就會很安全，我不會因此阻止你們在一起的。」

「但是我們已經分手了。」也不能說是分手，因為他們從來就沒在一起過。

楚清讓預感到和霍以瑾分開他會很後悔，卻沒想到他能這麼後悔。

那一刻，整個世界都變成一片空白，他看不到人，也聽不到聲音，大腦裡只剩下一句話──報應果然來了。

※◆※◆※◆※◆※

楚家來接十三歲的趙小樹時，那其實已經不是他第一次有機會離開青城這個小鄉下，甚至不是第二次。

最近的一次機會是幾年前，還沒成影帝的十六歲童星祁謙來青城拍電影。演男配角小時候的小演員由於水土不服引起急症，劇組不得不臨時在當地尋找適合的男孩代替。趙小樹因其出色的外貌脫穎而出，得到了一筆對於當時的他來說無異於是天價的報酬，他用那筆錢離開了青城去尋找他的女神，卻在花光最後一分錢後仍沒找到人，並最終被警察發現、遣送回了原籍。

這段經歷讓趙小樹牢牢記住了「演戲＝有大筆的錢拿」的等式，也記住了祁謙和他精明的經紀人阿羅。

青城由於祁謙的明星效應，後面陸陸續續來了很多需要到大自然取景的劇組，趙小樹跑過不少龍套，但由於年齡限制，他再也沒能拿到比飾演男配角小時候更好的戲分，也就沒有太多報酬，需要存一段日子才能離開一次。

事實上，楚父楚母來時看到趙小樹打人，是因為他好不容易快賺夠的第五次旅費被偷了。

楚母飽含熱淚的一連串深情演講，對於當時沒了錢的趙小樹來說，還不如最後一句簡簡單單的「我們接你去ＬＶ市生活」來得有吸引力。

趙小樹一直記得，大壯告訴他說：「我也可以帶你去ＬＶ市生活的，所以……」

不要跟別人走，好不好？

這是楚清讓最大的噩夢，始終沒能走出來的童年陰影。他的女神邀請他一起生活，他卻選擇了來接他的「爸爸」。

楚清讓的養母趙豔女士改嫁之前，在ＬＶ市當一個炒房地產的暴發戶錢有錢當了三年的「同居女友」，後來錢有錢因為要娶一個道上大哥的妹妹，便和懷孕的趙豔強行終止了關係。

趙豔當時的肚子已經很大了，墮胎會有生命危險。她狠下心，用錢有錢給的「打胎錢」，在擁有全市最好的婦產科的私立仁愛醫院把孩子生了下來。也因此，趙豔這才和當時同在醫院生兒子的楚太太有了交集，最後抱錯了孩子。

錢有錢新娶的妻子強勢又霸道，怕遭到打擊報復的趙豔在剛生完孩子就急匆匆的回了她的老家青城，小有薄產的她帶著剛出生的兒子就這樣輕鬆改嫁。但誰也沒想到，暴發戶錢有錢的妻子不孕，被錢有錢形容為「不會下蛋的母雞」。於是在楚清讓還叫趙小樹、年僅六歲的那年，錢有錢帶人找到了趙豔的老家青城，想把自己的兒子趙小樹接走好傳宗接代。

楚清讓當年就是貪慕錢有錢這個所謂的「家人」，而離開了他的女神，然後他因為DNA檢測不符合，再次被送回了青城。可當他想要回頭尋找他的女神時，她已經不在了。

他堅信那就是他的報應，因為……

「我的病好得差不多了，媽媽說要接我回LV市，我把你的情況和媽媽說了，她說我可以邀請你和我一起去LV市生活，我們家多養一個人還是沒有問題的。」

當年，趙小樹的女神黑大壯這麼對他說。

而在那個蟬鳴繁盛的仲夏，趙小樹握緊雙手，神情緊張，汗流不止。他小心翼翼的對大壯說道：「我親生父親來接我了，他說他一直不知道我的存在，知道了之後很驚喜，他很期待能和我一起生活，會很愛我，他、他希望我能和他一起離開這裡。」

他為了他的暴發戶「爸爸」，拒絕了他的女神。

「可是我們不是說好要當一輩子的好朋友，永遠不分開嗎？」大壯急了，「我也是要帶你離開這裡啊！」

「不只是離開這裡的問題，我想有個喜歡我的家人，妳明白嗎？」

「不明白，我也可以當你的家人，會很喜歡、很喜歡你的。」

「妳怎麼能這麼自私呢？我以為妳會為我找到家人感到開心，但妳卻只想我留下陪妳玩。」

那是趙小樹第一次明白話急傷人這個道理。

在他開口之後，大壯就沉默了下來，沉默到讓他在最炎熱的夏季卻彷彿如墜冰窟。

他緊咬著牙告訴自己不能退讓：想想你身上這身衣服，這可是你第一次穿得如此體面，不再是不合適的、淘汰的、十天半個月也沒有洗過的，而是只屬於你的、合身的、嶄新的，帶著一股新衣服特有的味道的衣服。「爸爸」說只要跟他走，以後自己都會過上這樣的好日子。他想過上這樣的好日子，不想再吃殘羹剩飯，不想再衣不蔽體，不想再被打了。

最後，經過窒息的等待，小樹贏了。

大壯終於想通，重新揚起笑臉，缺了一顆門牙的笑臉。她語無倫次的說：「你說得對，我不應該這麼自私。對不起啊，我剛剛只是因為門牙掉了有點不開心。你終於遇到了一件好事，天大的好事，比我的壞事要好的好事，它能遮蓋住我的壞事，我應該為你高興的，恭喜你，你爸爸來接你了……」

女孩笑著笑著就哭了，哪怕被很多人圍著、無法以少勝多時她也沒有哭過，但現在她卻哭了。

趙小樹慌了，他差一點就脫口而出說「我不走了，我留下來陪妳」，但最後他還是忍住了。

大壯也沒需要小樹的安慰，她一邊倔強的不斷擦著眼淚，一邊已經安慰了自己：「我不能哭，這對你來說是好事，我真為你高興，哪怕你要走了，只剩下我一個人，我也不該哭，哭多了會發病，媽媽爸爸會擔心的，我討厭那樣。哭沒有任何用。我們還是來想想你的新名字吧。」

「新名字？」

「你被新爸爸找回去之後，肯定不能再跟著過去的壞爸爸一個姓了，而既然姓要改，不如一起把名字改了，小樹太普通了，去了大城市會被別人取笑的。你新爸爸姓什麼？」

「姓錢，他叫錢有錢。」

「……我們需要一個文藝一點的名字。」大壯委婉道。

「好啊。」

可惜直至金烏西沉，知識儲備量有限的大壯和小樹還是沒能想到什麼好名字。

大壯安慰小樹：「不要擔心，我今天晚上回去就打電話問問我爺爺，他很會取名字啦！我爸爸的、我的、還有我哥哥的名字都是爺爺取的，大家都說很好聽。」

那是楚清讓最後一次見到他的女神，因為連夜他就跟著錢有錢走了，沒有告訴大壯。他不想她再哭了，但告別總會讓人哭，所以他選擇了不告而別。

等後來趙小樹因為ＤＮＡ不符合、被錢家送回來的時候，他的女神已經走了，她住過的小鎮上的大屋早已人去樓空。

他每天都會去大屋門口等一段時間，希望有天女孩會回來。可惜，大屋再也沒有來過人。

最後，他決定主動去找他的女神。他翻進了已經被廢棄的猶如鬼屋的大屋，一間一間房的艱難翻找線索，然後從某個櫃子裡找到了一本不知道是被忘記、還是刻意沒有帶走的牛皮本子。本子第一頁有大人的字體零散的寫著一些綴著錢姓的名字，而在頁面一角，是小孩子信筆塗鴉的一個十分幼稚拙劣的火柴人，腦袋邊劃著一個指向箭頭，寫著小樹的名字。

那一刻，趙小樹抱著本子哭得泣不成聲。

自此心魔叢生，執念深種。

每當遭受毒打、誣陷以及苦難時，他都這樣告訴自己：這都是你拋棄了唯一對你好的人的報應，你活該，如果你沒有被虛榮迷了眼、盲目的跟著別人走，此時你已經和你的女神一起離開了，在LV市過上了幸福的生活。

人生是由無數個選擇構成的，楚清讓始終無法從幼年的那個選擇中走出來，那個或許真的會改變他一生的選擇。

所以在楚父楚母認回他時，他只提了一個要求：「我要叫清讓。」

那是那個本子上唯一被畫了圈的名字。

六歲的大壯在向爺爺問完名字之後，大哥第一次主動透過電話和她交流道：「清讓這麼好聽的名字，讓妳那麼土的朋友用了可真可惜。」

大壯恨恨的用筆在管家阿姨寫好名字的本子上把「清讓」著重圈了一下，想著明天一定要記得告訴小樹，這個名字不好，不許叫！

趙小樹正式改名楚清讓，帶著他唯一的行李——被撕下來的火柴人簡筆劃，懷揣著激動的心情，再一次去了ＬＶ市，期待著能在有兩千萬人口的ＬＶ市找到猶如滄海一粟的大壯。

「怎麼可能找得到！」阿羅第一次知道這件事的時候差點向楚清讓跪下。在這個尋人的故事裡變數太多，而楚清讓僅僅知道對方是個跟他差不多大的、有氣喘的、叫大壯的黑胖女孩……噢，對了，還要加上也許會存在著老家是青城，居住或曾居住在ＬＶ市這兩個條件。

「你知道小孩子也有可能會騙人嗎？你當時要走，她情急之下騙你說也能帶你來ＬＶ，這完全有可能。」

「她不會騙我的。」楚清讓篤定道。

「她對你說她對胡蘿蔔過敏！」這還不叫騙？

這些細節阿羅以前是不知道的，今天才從楚清讓事無鉅細的回憶裡聽到。也不知道是怎麼了，楚清讓升起了又一股尋人熱情，這倒不是說他以前不熱情，而是他的熱情從一個高度再次波動到了一個更高的高度。

阿羅覺得這種異乎尋常的舉動背後一定是有原因的，而這個原因不是楚清讓的思念升高，更像是他做了什麼虧心事，迫不及待的想彌補贖罪。

——呃，對！就像是第一次外遇偷腥的丈夫回家後對待妻子過分殷勤的那種感覺。

極其熱愛狗血劇的阿羅，從最近種種的蛛絲馬跡中得出一個十分符合他腦洞的想法：「你是不是發現自己喜歡上別人了？你最近身邊也沒出現什麼女人啊，除了noble服飾的總裁霍以瑾……哈，是她對不對？你喜歡上她了！我就說嘛，那麼優秀的人倒追你，你怎麼可能不動心？」

「……」這次楚清讓沒有再否認，因為連他自己都覺得要是再拒不承認下去會顯得很矯情。

合作洩密那麼大的事情，證據就在眼前，霍以瑾卻還是在第一時間找到了他，心平氣和的表示願意先聽他的解釋。

人這一輩子，能遇到幾個這樣的霍以瑾呢？萬中也無一！

霍以瑾表現出一次比一次更加深沉的信任，讓從小就嚴重缺乏這方面感情的楚清讓簡直難以招架，他也不想招架。這場感情對他來說無異於一場颶風，來勢迅猛而不容置疑，以一種摧枯拉朽之勢想要橫掃他的內心，而他丟盔卸甲，潰不成軍。

「錯過這麼好的女人，你一定會後悔的。要把握機會啊年輕人！」作為過來人的阿羅簡直恨不得變身楚清讓，這就去替他點頭答應了。

就在這個時候，霍以瑾帶著她新查到的東西，驅車到達了北城新區的望庭川社區。

阿羅開了門，在見到霍以瑾的下一刻，他立刻表示他有事要先離開了，直接拿上門口的外套匆匆就往外走，只來得及留給楚清讓一個「這就是上天的徵兆啊年輕人，我就不留下當電燈泡」的眼神。

可惜，朋友再有力，也攔不住當事人根本不是那麼想的。

霍以瑾這次帶來的是一疊黑白照片，一看就是利用監視影片截下來的內容。

「影片原版我隨身碟裡有，如果你想看，我也可以現在放給你看。」

那段影片裡的主要內容是 anti-chu 的總經理私下發手機簡訊給楚清讓，有關於楚天賜的行蹤的簡訊。

證據確鑿，楚清讓不準備狡辯了，坦白道：「我確實是和 anti-chu 的總經理私下有聯絡，楚天賜去妳公司的那天，我也確實收到了他發來的提示簡訊。」

「所以即便沒有我讓你去餵小主，你也會想辦法去設計部那裡和楚天賜發生衝突，對嗎？」按錯樓層就是個很好的藉口。

楚清讓點點頭，沒再有任何辯解或掩飾，他覺得這是個好機會，讓霍以瑾徹底不再和他來往的好機會。當斷不斷反受其亂，如果他沒有找到他的女神就和霍以瑾在一起，他心中始終會惦記著自己當初要是沒有放棄尋找結果會怎麼樣，紅白玫瑰這一套是對霍以瑾最大的不尊重，他不能再一次對不起他的女神，也不能傷害這麼好的霍以瑾，所以……

他只要自我抹黑就好了。

這樣，霍以瑾會看透他是一個什麼樣的人，就不會再和他來往、對他抱有期待，而他也能對霍以瑾死心，重新回到尋找女神的正軌上。

其實這也不算是什麼自我抹黑，只是把真相據實以告，他從來就不是什麼好人。

「楚天賜之前還在猶豫這次到底要不要和 anti-chu 合作，他膽子太小了，anti-chu 的總經理使勁渾身解數也沒能讓他點頭，我必須做點什麼去刺激他。牛奶事件只是個引子，讓他意識到我有可能會和妳聯手，使他產生危機感。然後等下午開完會，再將E國的林氏能源也有意和長樂實業合作，並且是比霍氏國際要讓利很多的消息透露給楚天賜知道，他那麼貪婪，果然上當了。」

「林氏能源？」

「騙他的。林氏能源的少東家林樓欠我一個人情，所以答應幫我演場戲，林樓甚至都不知道我和楚家的關係就答應了。」

富二代裡有楚天賜這樣表裡不一的小人，自然也有霍以瑾和林樓這樣頗有義氣願意為朋友兩肋插刀的真誠之人。只不過以前的楚清讓一直把後者稱之為好利用的傻子。

「anti-chu 是你弄的公司？」

「不，我要 anti-chu 這麼一個已經聲名狼籍的公司幹嘛？等著將來陪葬嗎？我只是利用了 anti-chu 的總經理想要不擇手段往上爬的心理而已，他根本不知道一直跟他聯絡的人是我。」

要不是霍以瑾這邊出手的早，等一般只保留一到三個月的監視影片自動洗帶，誰又能知道他參與過呢？

「所以從一開始你就在算計霍氏國際？」這才是霍以瑾最關心的問題。

「不，我只是在算計和楚家合作新能源的企業，合作沒開始之前，我也不可能料到楚家會和霍氏國際合作。當然，等知道了，我也沒改變主意就是了。」楚清讓聳肩，故作瀟灑道：「霍家這樣的龐然大物是不會因為楚家就陰溝裡翻船的。」

「而楚天賜還會因激怒我哥，遭到疾風驟雨似的報復。」霍以瑾接著楚清讓的話說了下去。

楚清讓點點頭。

「真是好算計，能折了楚天賜，又能拉上我哥這麼一個戰鬥力超強的隊友。誰也損失不了什麼，簡直是雙贏局面。」霍以瑾笑了，她情不自禁的都想要為楚清讓鼓掌了。

霍以瑾一貫如此，在很想哭的時候努力笑，因為哭一點用都沒有。

「那些是你不認識我之前設計好的，我可以不怪你，但當你我認識之後，你想過當時負責這件事的人是我，無論結果是不是我哥力挽狂瀾，我都會被董事會責難嗎？」

第一嫌疑人楚清讓是霍以瑾帶去的，第二嫌疑人楚天賜是霍以瑾得罪的，新能源利用這麼大的事，霍以瑾也是第一次主持，她本身就承受了極大的壓力，不少老資格的董事會成員都在強烈反對，要是出事了，後果可想而知。

楚清讓沒說話，但他的沉默本身就代表著默認，他知道，但他還是一意孤行。

霍以瑾的話還沒完：「責難我也就算了，大不了以後只拿分紅，不管事，我還有noble服飾。你意識到如果我哥不顧後果的報復楚天賜，就會和楚家交惡，引起更惡劣的後果嗎？」

楚清讓還是沒說話。他知道，而這正是他未回國時就定下的目的。

「從一開始你要報復的就不是楚天賜一個人，而是整個楚家。」霍以瑾懂了，把楚天賜和anti-chu暗中合作的事洩露給楚父知道的人就是楚清讓暗中安排的，謝副總的朋友可是費了不少勁才查到這件事，這就是她後來讓謝副總的朋友幫忙查的內容，「在報復的過程裡，受到牽連的人會如何，你根本不關心。」

「他們與我何干？不過大魚吃小魚、小魚吃蝦米，再正常不過的商業競爭。」

「那我當初第一次問你的時候，你為什麼不說？」如果不是她哥提前做好了準備，只一心按照她從楚清讓這裡知道的那些行動，他們肯定還是會照著楚清讓所希望的和楚家對上，一旦出現意外，最後變炮灰的就是他們兄妹了。

楚清讓聳肩，「我們一定要說得這麼明白嗎？」他當然是在騙她和利用她。

「受教了。」霍以瑾沒再繼續問下去，以免自己更難堪，「抱歉，是我一廂情願——」

——一廂情願的以為你是言情小說裡總是受欺負的柔弱女主角；一廂情願的以為和你相處了

這麼長時間，你對我多少也會有些感情，哪怕不愛，也不會傷害。

「想必這段日子給你造成了不少的困擾，放心吧，以後我不會再成為你的問題。」

霍以瑾說完就毫不留情的轉身離開了，一如她之前對楚清讓說的，她的信任只有一次。

「妳要是不開心，歡迎妳隨時報復我。」楚清讓覺得這是他最後唯一能為霍以瑾做的。

霍以瑾離開的步伐連停都沒停一下。報復他？他根本不值得她再費這麼大的心神。她的祖母告訴過她：「我們這一生總是難免會遇到幾個傷我們至深的人，妳完全沒必要和那些傻子計較，因為他們辜負了妳，已經是他們最大的損失。」

※◆※◆※◆※◆※

結果就在楚清讓自認為自我抹黑計畫成功的第二天，他卻冷不丁的被告知霍以瑾正是他苦尋多年卻求而不得的女神。

老天好像總喜歡和他開這種很殘酷的玩笑，在他以為自己得到了想要的東西後，下一刻就立即失去；又或者在他失去之後被告知，那正是他想要的。

從至喜到至悲的突兀轉變，讓楚清讓的整個人生都彷彿就這樣戛然而止了，那是一種打從心底深處涼到指尖的感覺。他茫然無措的坐在咖啡廳的沙發上，雙眼始終找不到焦距，有整整一分鐘，他甚至都不知道該如何反應。

對面霍大哥的時間卻還在繼續，他挑眉，意味深長的哦了一聲：「又是這樣嗎？你和以瑾還真是有緣無分……」

「怎麼說？」楚清讓已經痛到不會呼吸了，但他依舊在維持著自己不要倒下，不要錯過任何一丁點與霍以瑾有關的資訊。

最重要的是，對面那人是霍以瑾的大哥，他女神的大哥，他想給他女神的家人留下好印象，哪怕是僅剩下的唯一一點好印象。無論如何他都不想讓事情變得更糟了。

但老天卻好像覺得這樣的楚清讓還不夠慘似的，讓他聽到了霍大哥口中接下來的故事。

楚清讓在錢家待了三個月，然後就被錢家送回了青城，而在他回到青城的前三天，病情稍微有起色的霍以瑾也央求父母讓她回去收拾東西……順便看看趙小樹有沒有回來又或者留下口信，她想知道他跟著新爸爸走了之後過得好不好。

那次是還在中二期的霍大哥主動請纓陪著妹妹回去的，他們等了趙小樹三天，每一天晚上霍以瑾都很晚才睡，甚至幾乎偷偷不睡，就怕錯過趙小樹的消息。直至楚清讓回來的那天上午，她才終於放棄了，因為她和祖母打勾勾保證過，她只有三天的藥足以保證她在青城等待。

就在楚清讓回來的那天上午，霍大哥才抱著疲倦至極的妹妹上車離開。小孩子的精力總是有限的，三天就是霍以瑾的上限，她幾乎是上了車的瞬間就睏到趴在霍以瑱的腿上睡著了。

楚清讓剛好與霍家的車擦肩而過。

挺直著坐在車裡用手拍撫著妹妹的霍大哥，正好看到了目不斜視的、從他身邊跑過的楚清讓的側臉，對方猶如狼崽子的眼神讓他一直記到今天。

霍大哥沒讓司機停車，一如他瞞著霍以瑾悄悄留下寫滿趙小樹新名字的牛皮本子一樣，那是剛開始試著去愛自己妹妹的霍大哥覺得正確的事。他覺得，朋友應該是讓彼此變得更好、帶來積極影響的人，而不是不斷的讓他的妹妹傷心哭泣、徹夜不睡、帶給她很壞影響的人。

「第二次見你是在我祖母的病房外面，你肯定不記得我了，我卻記得你，你利用我妹妹想要見到我祖母，帶著虛偽的笑容，和眼底彷彿來自地獄的惡意。原諒我這麼形容當時的你，這是我祖母的原話。」

霍大哥當時剛接手霍家不久，忙得腳不沾地，一天幾乎只有三個小時的睡眠時間，但他的祖母卻讓他擠出時間去調查一個他聽都沒聽過的小人物，這讓他暴躁極了。所以等調查結果出來，霍大哥看也沒看，直接讓助理轉交給祖母了事。等他知道楚清讓就是當年因為他一念之差而讓妹妹錯過的趙小樹，想要修正這個錯誤時，迫不及待離開的楚清讓已經坐上了飛往A國的飛機。

霍大哥想著：隨緣吧，這大概就是命。

而這次是第三次。

隨著年齡的增長，霍大哥改變了當年那種替妹妹武斷下結論的想法，見妹妹真的是很喜歡楚清讓，他便決定對楚清讓全盤托出，祝他們幸福。哪裡想到……還沒等他回來，楚清讓就已經迫不及待的把事情結束了。

「……以上就是我想說的。上天給了你三次機會，你一次都沒抓住。而且這次又換我妹妹主動放手。所以，能請你以後不要再出現在她面前了嗎？」

楚清讓死死的握著自己的手，哪怕甚至已經握出了血也不在乎。他乾澀著嗓子問：「你為什麼還要告訴我這些？」

「因為想讓你過得不開心。」霍大哥輕描淡寫的表達了「知道你不開心我也就放心了」的想法，「雖然我不清楚你和以瑾之間發生了什麼，但既然能讓我妹妹主動放手，肯定就是你的不對，你讓她傷心了，我幫她找回來。」

不然他這個大哥要幹嘛呢？

這就是霍家兄妹。霍以璌能為了妹妹開心而不介意被楚清讓算計，霍以瑾也能為了她大哥而放棄楚清讓。

「我的話說完了，祝安好。」霍大哥禮貌的起身離開。

自始至終霍以璌都沒有表現得有多麼強勢，而這正是他能站在霍家頂點掌控集團這麼多年的原因——他是冰山臉，不是仇人臉，嚴肅認真與禮貌周到並不衝突，不是只有笑臉迎人才是唯一的交往態度。

徒留楚清讓垂頭坐在原地，神情不明。

顫抖、難過、追悔莫及？不！他已經顧不上管自己會如何了，在他的世界裡，「他」已經消失了，黑暗中只有霍以瑾還在閃閃發亮，他卻讓她失望了，一次又一次。

五歲的她，十六歲的她，以及再見面時二十五歲的她……

她說：「站起來啊，反抗啊，打回去啊，膽小鬼。」

她說：「不要走，我也很會喜歡、很喜歡你。」

她說：「我叫霍以瑾，我們以前見過嗎？」

她說：「你要去A國了？一帆風順。」

她說：「我的信任只有一次。」

她說：「再也不見。」

曾經楚清讓覺得「求不得」是這個世界上最痛苦的，現在他才知道，看著自己最珍重的人與自己漸行漸遠，而自己卻對此無能為力才是最痛苦的。明明他是那麼努力的想要去珍視她，但他還是失去了她。

他以為他沒有錯，堅持認為無論結果是什麼他都能接受。但他錯了，他後悔到恨不得在下一刻死去。

這還不是最糟糕的，最糟的是哪怕現在給他一架時光機讓他回去修正這個錯誤，他都不知道該從何處下手。小時候選擇霍以瑾而不是錢有錢？十六歲再相遇時認出霍以瑾就是他的女神？前不久在霍以瑾說她的信任只有一次時不要再騙她？

好像都對，又好像都不對。

※◆※◆※◆※◆※

驅車前往noble服飾的路上，特助先生對霍大哥說：「您確定您這麼說之後，楚清讓還願意放棄？」

霍大哥沒說話，只是看了一眼特助，等待他把他的話說完。

「您不瞭解楚清讓這個人。我不敢說瞭解，但也從側面知道了很多。還記得嗎？九年前就是我為您把調查楚清讓的報告送到了老太太手上的，老太太是位睿智的女士，她對一個人的評價總是不會錯，她對我說楚清讓是個執著的人。」

更準確的說法是，楚清讓是一個一無所有的亡命之徒，別讓他手上有什麼東西，一旦他擁有了，那他寧可是緊握得讓自己鮮血橫流也死都不會放手的，因為他只有那一件東西了。

霍大哥搖搖頭，「你之所以會這麼說，是因為你還是不瞭解我妹妹這個人。」

完美主義與之對應的詞就是固執。現在決定權是在他妹妹手上，只要她不鬆口，楚清讓再執著又能如何？而霍以瑾是個說到做到，絕不會回頭的人。

「叫司機快點。」以瑾被楚清讓那個混蛋因為不知名的原因傷害了一定很傷心，他要去安慰她，「她怎麼能在這種狀態下還去上班呢？」

——對，實在是太不負責任了，精神飽滿才能有明智的決策權。BY：特助先生。

「要是再生病了怎麼辦？」霍大哥搖搖頭。

「……」特助先生無奈的想：二小姐上次的體檢報告比我還健康，老闆您能不能把擔心放在真正有用的地方？

「把我下午的事情都推了，我要壓著她回家，監督她好好休息。」

「……」也不是用在這種地方啊渾蛋！

Noble服飾的大樓彷彿結了冰，霍以瑾的心情從員工小心翼翼的臉上就能看個分明——她不高興，很不高興，相當不高興，誰也不想在這個時候給自己找不痛快。霍大哥的心咯登了一下，加快了前往總裁辦公室的步伐。

辦公室裡，霍以瑾果然正和謝副總一起烏雲罩頂的相視而坐。

「妳沒事吧？」霍大哥心疼極了，他從小千嬌萬寵的寶貝妹妹，楚清讓簡直不能饒恕！不行，還是不能就這麼放過他！安慰完妹妹就去找他碴，嗯，就這麼愉快的決定了。

看著自家老闆的表情，熟悉他的特助先生已經一句話都說不出來了。

「什麼？」霍以瑾一臉匪夷所思的抬頭看向她哥，不是說一起吃午餐嗎？怎麼這麼早就來了？她關心的問：「總部又出事了？」

「跟工作沒關係。」霍大哥心裡稍安，妹妹還記得先問工作，並沒有傷心得厲害，「妳就別跟我裝了，我都知道了。不就是一個男人嘛，分了好，幫妳提前認清一個人，誰一生中能不遇到幾個渣？哥以後肯定幫妳找個更好、更聽話的。」

霍大哥和謝副總對於霍以瑾未來伴侶的標準有著驚人的一致——聽話。

「我沒難過啊。」霍以瑾莫名其妙極了，「準確的說我沒和誰分手。」

失憶？逃避現實？無論是哪種猜測，霍大哥整個人都不好了。

「我就沒和楚清讓在一起過，哪來的分手？」

「那妳和謝燮愁眉苦臉的幹什麼呢？」

「現實不是小說，大部分人遭受苦難後不會變成聖母白蓮花，只會進化成壞人霸王花。草根型的女主角不適合我，那我該找個什麼樣的呢？」霍以瑾真的感到很困擾。婚期已經近在眼前，她卻連備選新郎都沒想好，這可不像她一貫的作風。

被這也不行、那也不行拉著討論半天的謝副總表示：求拯救！

「……」特助先生側目霍以瑱：這就是您說的您比較瞭解您妹妹？

「我實在是想不明白妳這麼執著於要趕緊結婚的理由。」霍大哥困惑極了。他是說，他的妹妹實在不是恨不得嫁人的類型，也不會覺得什麼嫁給好丈夫和生個好兒子才是女人一生中最值得驕傲的兩件事。

事實上，曾經真的有親戚關係很遠的女性長輩，在霍以瑾全身心的投入到家族事業後，自以為很有優越感的當著霍以瑾的面這麼說過她，霍以瑾的回答是一句十分不客氣的：「我的驕傲永遠不會是我的父母、兄長、丈夫、孩子怎麼樣，我以他們為榮，卻不會覺得他們的成就即是我的驕傲，我不會像隻寵物似的依附他們而生。我們的人類祖先經歷上億萬年的辛苦進化，可不是為了讓我們在今天去當別人的寵物。」

女性從來都不是誰的飾品，霍以瑾不會攔著別人迫不及待還洋洋得意的去過附庸生活，但她也不會允許別人對她自立的方式指手畫腳！

所以霍大哥怎麼都不明白，這樣的霍以瑾會急著結婚。

「我希望有天送妳步入婚姻殿堂的理由是妳愛上了某個人，妳覺得妳很幸福，而不是妳覺得妳該結婚了，所以隨便找個男人湊合。」

婚姻是一件很神聖的事情，是兩個人愛情的見證，也許這麼想很理想化，卻也比物欲橫流來得好。

霍以瑾睜大眼睛，絲毫不遮掩驚訝之情，彷彿她聽到了什麼天方夜譚。

「怎麼了，妳這是什麼表情？」霍大哥暗自回憶反省，他應該沒說什麼奇怪的話……吧？

「我以為你對愛情這件事不感興趣。」你愛我啊我不愛你的這一套風花雪月和霍大哥的形象嚴重不符，「不要告訴我你也和言情小說裡的總裁那樣期待著談一場轟轟烈烈的戀愛，我肯定會第一時間揍你，直至揍醒你為止。」

言情小說裡說的冷峻多金、十項全能又深情專一的男主角……不就是她大哥這樣的嗎？以前她還沒覺得，現在這麼一對比，簡直恐怖至極！

「別鬧！」霍大哥無奈極了，「醒醒，我可不會隨隨便便就覺得『街邊一個各方面都不出色又笨手笨腳、只會吃，卻莫名其妙對我不假辭色』的女人很有趣，進而產生與之結婚的荒謬念頭。我不結婚只是因為沒有遇到合適的對象，不像妳，愛湊合。」

被嫌棄的霍以瑾想反駁，卻發現根本無從還口，她想結婚確實只是因為別人都結婚了，不甘落人後的她這才決定也跟著結婚。

「而且——」霍大哥好像突然說上了癮，他把這些天為了和妹妹培養一樣的興趣愛好而艱難看下去的言情小說讀後感，拿來與妹妹分享，「我雖然是一個跨國集團的決策者，卻已經三十好幾，對於二十五歲以下就必有一個世界前三名的公司的言情小說男主角人設來說太老了；也沒有什麼黑白兩道通吃的隱藏屬性；最重要的是上無父母刁難，下無私生子拖累，沒有未婚妻也沒有極品兄弟來分財產，更不說什麼子虛烏有的血海深仇了，唯一的家人是不會成為我婚姻障礙的妳，根本沒辦法和別人完成一本跌宕起伏的小說。」

「李菊福！」霍以瑾秒懂。

「嗯？」大哥一愣。

「有理有據使人信服。」霍以瑾很高興的為哥哥解釋。最近她迷上了社群網站，覺得這實在是個不錯的消息來源平臺，能看到即時新聞，又不會錯失時下流行，造成與時代的脫節，雖然大部分的網路用語還是不太能明白，但她已經能漸漸聽懂秘書們的私下吐槽了！

「恭喜。」霍大哥一向不太會干涉妹妹的個人愛好，只要不影響健康，他完全沒意見，「妳還沒交代妳為什麼這麼急著結婚。妳就這麼不想住在家裡陪我嗎？是我的原因嗎？還是房子的？老宅的裝潢確實沉悶了一點，但這個是可以商量的，重新裝修或者是乾脆換新房搬出去住，我都沒問題。」

一分鐘切換妹控形態的霍大哥就差扒著妹妹的一字裙說「我死也不要和妳分開」了。

「我沒嫌棄家裡的裝潢啊！我可是在那裡長大的。更不可能嫌棄你，只是朋友圈大家都這樣子……」霍以瑾為避免她哥哥繼續胡思亂想，趕忙說出實情。

霍大哥明白了霍以瑾的感覺，他安慰道：「別著急，又不是妳所有的同學都結婚生子了，只是朋友圈給了妳錯覺。妳這一屆普遍才二十五歲，沒結婚的大有人在。」

「還有誰？」霍以瑾表示不信。

「林樓，林氏能源的少東家妳知道吧？我去E國就是收到了林氏的邀請，也是林樓提醒了我楚天賜和 anti-chu 之間有問題，讓我提前有了準備。他高中之前在國內讀書，LV市人，聊起來才發現他和妳是高中同班同學，他問了我不少有關於妳的近況。你們是朋友嗎？」

……完全不是。霍以瑾的朋友只有謝燮一個，因為她覺得交友是需要長久堅持下去的，她非常不喜歡那種只見過一次面就可以很敷衍的互相稱「朋友」的行為，那簡直是侮辱了友情。她只會把和她認識的人稱之為「合作者」。

林樓正是霍以瑾讀高中時的合作者之一，那個時候她是班長，林樓是體育股長，他們和其他班級幹部一起合作管理著班上的秩序。

「那妳是怎麼和謝燮成為朋友的？」霍大哥為那段日子忙工作，沒來得及關心妹妹的交友情況而感到自責。

「我也一直在奇怪這個問題。」好像從有記憶開始，她就已經和謝燮一起上下學了，繼而進化成下課時間一起上廁所的交情——當然，進去時還是會男女分開；兩人大學又考上同一所、同一個科系，自然而然的就來往到了今天，「等等……」

霍以瑾終於想起來了，就在昨晚，她還從楚清讓的口中聽過林樓的名字，說林氏能源的少東家林樓欠他一個人情，所以幫他騙了楚天賜。那個時候她完全沒把林氏能源的少東家和她的高中同學聯想在一起。林樓為什麼要特意提醒她大哥？就因為她和他曾經是高中同學？

「楚清讓授意的。」在這一點上，霍大哥不打算騙霍以瑾，楚清讓做錯的歸做錯的，卻也沒必要隱瞞他曾經的善意。

霍以瑾直直的看向她大哥，問：「什麼時候？」

「兩個星期前。」那個時候第一次會議還沒有開始，時間上很充分，足夠霍大哥把後手準備好，「說真的，妳因為他利用我的事情氣他，我很感動。但如果只是因為這件事就和他分開，大可不必。楚清讓做事並沒有真的那麼不計後果，也許他對楚家很絕情，但那是事出有因，如果換作是我的話……」

「我只會比他做得更絕情。」霍以瑾的性格其實不太好，愛則欲其生，恨則欲其死，在復仇這點上她是完全贊同楚清讓，「他對楚家的仇恨和『我們在一起』這件事本身並不矛盾，我只是受不了他騙我。」

「那現在呢？聽到林家的事之後……」

「只是坐實了他又一次騙了我。還記得我們小時候討論過的祖母主演的一部電影裡的劇情到底合不合適嗎？就是一個有錢的男人假裝沒錢和一個女孩子交往到底算不算騙人。」

「妳始終覺得『有錢裝沒錢』和『沒錢裝有錢』的性質是一樣的，想不明白女主角為什麼會和男主角在一起。」

「是的，我覺得那簡直是對女主角的侮辱。要我是女主角，我會毫不猶豫的離開，再也不看男主角一眼。一開始我和楚清讓在一起，確實是因為他表現出來的對外模樣，但隨著接觸的加深，我想和他在一起的理由就不僅僅是他符合我對言情女主角的標準了。但他自始至終都在對我偽裝成另外一個人，無論好壞，他都不是他。換成是你，你會繼續嗎？」

霍以瑾生楚清讓的氣和她決定不再追求他是兩件事。

她氣他是因為他利用了她大哥。如今她哥告訴她，楚清讓其實不像他自己說的那麼狠，沒有真的傷害她哥的意圖，所以她不再生楚清讓的氣。

但她還是不會和楚清讓在一起，她不再追求他是因為他不斷的欺騙她，一次又一次，無論是洗白自己，還是抹黑自己，那都是欺騙。

※◆※◆※◆※◆※

與此同時，楚清讓也正在對阿羅分析說：「我終於明白我錯在哪裡了。我能信任她無論別人如何說我都相信我，卻還是做不到相信她無論我是什麼樣的人，她都會喜歡我。」

他在她面前演過好人，希望她能喜歡他；也在她面前演過壞人，希望她能討厭他。卻沒有嘗試過最簡單的——做好他自己。

喜不喜歡他本就是霍以瑾的事，他沒權利替她做決定。

「我不太明白。」阿羅覺得自己快被楚清讓的邏輯繞暈了。

楚清讓嘆了一口氣，在心裡默默為阿羅的智商掬一把同情淚，然後才道：「這就像是一場考試，條件和問題都寫在試卷上，有ABCD四個選項，無論哪個是正確的，那都是考生霍以瑾自己的事，她是個有能力為自己行為負責任的成年人，很清楚在我有個忘不掉的初戀的前提條件下，她會面臨什麼。我卻以為她承擔不起後果，盲目的覺得自己是為了她好，篡改了問題條件——也就是我自己本身的樣子，逼著她去選擇一個她未必想選的選項。」

……更不用說那個他逼著她選的答案還是錯的。

楚清讓垂頭省思，明明他也最討厭這種打著為了對方好的旗號卻幹著傷害對方感情的行為，為什麼變到自己身上時卻反而迷障了呢？

「多正常啊，我們只有在別人的事的面前才會表現得像個智者或馬後炮，一旦自己真遇到，就成傻子了。」阿羅聳肩道，「小學沒背過不識廬山真面目，只緣身在此山中嗎？」

名人名言再好再對，那也是別人的，只有自己親身經歷過，才能真正明白話中的道理。

「不要再糾結這種已經發生了又沒辦法改變的事情了，那毫無意義。」阿羅也不知道該如何安慰楚清讓，只能學著他從霍以瑾身上感受到的處事方式來讓楚清讓振作，「拿著這個經驗教訓去過更好的生活吧，不然你都對不起你遭受過的罪。」

楚清讓笑了，這話他記得，是霍以瑾加在《無與倫比的伊莎貝拉》劇本裡的一句臺詞，用來安慰替自己安排了一段十動然拒劇情的翁導。

「以前我就想和你說了，我知道兩個人——別問我是誰，我不會告訴你的——你只需要知道他們以前小時候都遭受過苦難，其中一個還有弒親的血海深仇，結果最後卻是其中一個不懂遏制終害人害己，另一個運用正確手段達成目標並抱得美人歸。我不打算說什麼『我早就告訴你了吧，復仇是柄雙刃劍』這種除了嘲諷再沒任何用處的話，我只問你，你想當我剛剛話裡的哪種人？」

現在回頭還不晚。

「……這是《哈利波特》故事裡的情節吧？主角哈利和反派佛地魔都是童年有障礙、心裡有陰影，一個選擇用愛拯救世界，一個選擇報復社會。最後反派佛地魔死了，主角哈利和紅髮美人金妮生兒育女，幸福一生。欺負我小時候家裡窮買不起童話書嗎？」

「不要妄圖用轉移話題來逃避問題，我太瞭解你了年輕人。」阿羅的神情是難得的嚴肅，「你知道我的意思。」

楚清讓垂頭：「你說得對……」

阿羅昂起下巴，心道：那當然，老子好歹是快退休的人了，經歷的事比你看過的電視劇都多，這種常見狗血梗的正確解決技巧怎麼可能有錯。

「……我確實該重整旗鼓，開始著手準備重新追求霍以瑾的事情了。」

——嗯？橋豆麻袋（注五），你說什麼？思考半天你就得出了這個結論？復仇計畫還沒有感情重要？你以為你活在小說裡嗎？

楚清讓挑眉看向阿羅，「難道你想告訴我的不是珍惜眼前人比沉浸在過去的仇恨裡更重要？」

「……雖然我確實是這個意思，但被你這麼直接說出來總覺得很不甘心呢。」準確的說是總覺得哪裡的邏輯不太對，「啊！差點被你繞進去了，你和霍以瑾都這樣了還怎麼在一起？醒醒吧年輕人，你們已經來不及了，你要是想執著於霍以瑾，那我還不如放手讓你去復仇呢，最起碼後者有實現的可能。」

「不！」果斷乾脆，擲地有聲。

霍大哥的特助說對了，對於霍以瑾，楚清讓是死也不會放手的。哪怕在心裡假設一下霍以瑾有可能屬於別人，他都會嫉妒到發狂。

因為、因為……他只剩下她了啊！在遇到霍以瑾的那年，他才真正有了生命。

注五：「橋豆麻袋」，日語「ちょっと待って」的音譯，意指等一下。

Q……對總裁的印象……？

第九印象

總裁對愛情還沒有開竅。

楚清讓對霍以瑾的感情在積攢了這麼多年又幾個月之後全面爆發，那甚至已經不再是「他喜歡她，他愛她，他想要她」這種聽起來很流於表面的膚淺話，而是一種深入骨髓、刻入靈魂深處的執念——哪怕是死，他也要死在霍以瑾的骨灰盒裡！

「你們之間已經來不及了——這句話裡有哪個字的意思是你沒聽懂的？」阿羅第一次意識到楚清讓的理解能力很成問題。

「都聽懂了。但你沒聽過那句話嗎？在你覺得已經來不及的時候，恰恰是彌補的最佳時機。難道只是因為錯事已經做下，就可以理直氣壯的不去道歉彌補嗎？那樣會不會太無恥了？」

「……」阿羅還是那句話，總覺得他話裡的邏輯壞掉了，卻又無法反駁。

「做不做是我的事，原諒不原諒是她的事。我不是霍以瑾，我不能替她決定該不該繼續討厭我，也不能替她決定該不該原諒我，我唯一能做的就是去祈求原諒，因為這樣會讓她感覺到開心，就算不開心，最起碼也能解點氣。」

「今天你對我愛搭不理，他日我讓你高攀不起」的心理一般人都會有，不一定每個人都會沾沾自喜，卻總會覺得出了一口惡氣。只要能讓霍以瑾稍微感覺到開心的事情，楚清讓都會毫不猶豫地去做。這是他應有的懲罰，不讓霍以瑾享受一下過程怎麼行呢？實在是太不應該了。

德國女詩人Kathinka Zitz說：我愛你，與你無關。所以我因此死去，也與你無關。

也就是說，愛一個人是一個人的事，愛情才是兩個人的事。哪怕霍以瑾已經決定轉身離去，楚清讓也不會停止他的愛，不會停止對她的渴求，不會停止盡他所能的對她好。

阿羅終於確定了——楚清讓就是個抖M！

「那你打算怎麼開始你的行動計畫？直接去道歉、補償？」

「你是白痴嗎？」楚清讓鄙視的看了一眼阿羅。

「……」不是你說這是你唯一能做的事情嘛！(╯‵□′)╯┴

「這確實是我唯一能對霍以瑾做的事，但她現在根本不會搭理我，我想道歉也沒機會，所以我首先需要做的，是準備一個能讓她願意坐下來心平氣和與我說話的身分，一個能再次走到她身邊而不會被保全趕走的身分。」

阿羅：「廣告代言？」

霍以瑾和楚清讓在之前已經敲定了那個阿羅心心念念的五年代言人合約，而以霍以瑾的性格，她肯定不會做出因私廢公的事。事實也證明了她確實沒有因為自己和楚清讓之間的私事就與白齊娛樂解約，使得自己的公司失去一個讓國際影帝賣力宣傳的機會。

「廣告拍攝又不需要去她的公司或者家裡拍攝。」根本沒機會見到。

「那《主守自盜》的投資商呢？」阿羅問。

「也沒誰規定投資商一定要去片場。」尤其還是一個不是主要投資人的、只是玩票性質的富二代。

「啊，想起來了！《無與倫比的伊莎貝拉》的發表會，她祖母逝世十周年的紀念獻禮，她要作為家屬上臺發言。」雖然現在電影還沒拍完，但總算是終於有一個霍以瑾肯定會和楚清讓出席在同一個場合的機會了。霍以瑾和楚清讓的交集真的實在是太小了。

「等到明年黃花菜都涼了。」十周年的意思就是肯定不會在還是第九年的今年上映。

「那還有什麼辦法？」阿羅苦惱抱頭，沒輒了，「我真的想不到了，抱歉啊，幫不到你。」

「我需要你幫了嗎？」楚清讓詫異，他早就想好了好嗎！

「……」

※◆※◆※◆※◆※

在楚清讓和阿羅為他新出場的身分做著準備的同時，霍以瑾和謝副總也在為霍以瑾尋找新的結婚對象而忙碌著。

以瑾．強迫症．霍小姐表示，絕對要按照計畫在預定的好日子如期舉行婚禮。

「我的婚紗已經快做好了。」

長達十八公尺的裙襬拖尾，全手工製作，繡技卓絕，由為霍以瑾的祖母和母親分別量身訂做過一套婚紗的著名設計師親自操刀設計，和長輩們的兩套婚紗交相輝映，只一眼看去就會感覺到三套婚紗是同一個系列，共同屬於一個家族，又不會失去個人風格。

在霍以瑾剛出生時，她的祖父和父親就已經為這套婚紗付了一筆凍結在國外私人銀行的天價，設計師和他的團隊隨時準備著完成這筆期待多年的世紀交易。而就在前不久，霍以瑾撥通了設計師的電話，選定了他每年都會為霍以瑾準備一版的設計中的一套。

妹控霍大哥見妹妹結婚的心意已決，在改變不了她想法的前提條件下只能從了。為避免妹妹情急胡來——之前他聽到謝副總建議霍以瑾考慮相親！相親！相親！——他親自出馬，為妹妹出謀劃策，友情贊助了霍以瑾最新的行動計畫。

「妳想了這麼多總裁和女主角有可能相遇的地點，怎麼能忘了最經典的場景呢？」

「哪裡？」霍以瑾一邊問，一邊在內心裡進行了短暫的自我反省，她看的言情小說還是不夠啊，竟然有這麼多想不到的地方，果然是活到老學到老。

這個真的不用學！霍大哥的嘴角有點抽搐，他在心裡想著，然後嘴上給出答案：「宴會。」

「——！」

霍以瑾和謝副總相視恍然，還真的是啊！他們之前怎麼就沒想到呢？這可比一對一的相親要有效率多了，基本上就是遍地撒網重點撈魚的節奏。而且只要理由找得妥當，還不會顯得過於刻意，不會讓人認為霍家的二小姐真的有多想快點將自己嫁掉。

「妳也說了，草根不適合妳，那還是從門當戶對的人裡面挑選吧。世家子弟中固然有不少紈褲，但也不可能都是沒有出息只會揮霍的大少爺。」

世家子弟這個群體總是兩級分化的嚴重，要嘛在奢侈的生活中墮落到極點，爛泥扶不上牆；要嘛憑藉祖輩給予的天然優勢——教育、人脈等贏在起跑線上的重要資源——向著更高的層次奮進。霍家兄妹就是後者，他們也打算再找個後者，強強聯合。

「就算我不愛他，我們婚後也不至於無話可說。」霍以瑾如是說。

大家在同一種環境下長大，價值觀多多少少會有交集，不會出現那種「女方穿高級訂製服，男方穿大眾品牌，後來男方存錢狠心買了一套高級西裝，卻既為難了自己又委屈了女方」的結果。

大方向定了，接下來就是考慮該找個什麼恰當理由舉辦宴會了。

「你生日怎麼樣?」霍以瑾充滿期待的看向謝副總。

「別鬧，我剛過生日才多久?妳一年過兩次生日啊!」

「是啊。」霍氏兄妹理所當然的一起點頭，國曆一個，農曆一個，從他們父親那輩就開始這麼過了。

「……」有錢也不是這麼個玩法!

中西結合療效的霍以瑾聳肩表示:「你不懂，這是我祖父母低調的秀恩愛方式，沒談過戀愛的人沒立場吐槽。」

霍以瑾的祖父和謝副總一樣比較堅持C國傳統，而她的祖母伊莎貝拉則是已經習慣了西式化生活的A國人，可以想見他們倆的婚後生活會有多少地方需要磨合，每一天他們都能把日子過得和甜鹹大戰似的，一邊拌嘴說「你這樣簡直異端」、「這種吃法怎麼能活下去」，一邊順順利利的把婚姻圓滿的維持了一輩子，哪怕是死亡也沒辦法把他們分開。

「說得好像妳談過戀愛似的!」謝副總表示不服，明明霍以瑾和他一樣，都是戀愛經驗為零的渣。

這個終極大招放在以往，霍以瑾保准就沒話了，但這次她有了反駁的理由——楚清讓。

「我談過好嗎?只是最後沒談成而已。」

「你們兩人都沒交往過，這也能算!?」

「怎麼不算?我們約會過嗎?我去過他家嗎?他去過我家嗎?有過告白嗎?有過很要好的時候嗎?有過出雙入對嗎?有過爭吵嗎?有過互相傷害嗎?都有!這完全符合一般人談戀愛的狀

態，只是少了應有的名分。」霍以瑾強詞奪理。

「照妳這種算法，那我們兩人還能算是談戀愛呢。」謝副總採用類比法打算讓霍以瑾妥協。

「我們兩人沒告白，也沒傷害過彼此。」霍以瑾冷靜指出謝副總找的不合理類比中的BUG。

——那是因為妳這個傢伙一朝被蛇咬、十年怕井繩，只肯吝嗇的給別人一次機會。深知妳這個特性，妳說我敢背著妳做什麼！？BY：內心咆哮中的謝副總。

就在謝副總準備找別的類比時，獨自一人坐在沙發上的霍大哥突然詭異的笑了起來，帶著一臉說不上來的奇怪幸福。

『妳哥這是精神分裂了還是被附身了？』謝副總用眼神問霍以瑾。

『我怎麼知道！』因為小時候一些零散的他們倆並不怎麼親密的記憶——雖然現在兩人好得跟一個人似的——霍以瑾有時候還是會覺得她大哥深不可測，那扇彷彿永遠都不會對她敞開的大哥臥室的門，給她留下了足夠深刻的印象。

霍大哥倒是很樂於為自家妹妹和她愚蠢的朋友解釋他為什麼這麼開心：「我和以瑾就完全符合那個談戀愛標準嘛……」

他們爭吵過、傷害過，又和好過了。

昔日上學的時候，霍氏兄妹總是如膠似漆的同進同出，有不少報紙雜誌都刊登過霍大哥手牽著手送妹妹去上小學的新聞照片，拍得就跟藝術照似的，全文內容在副標題上就被暴露了個淋漓盡致——霍家二小姐，最讓人想成為的女孩。

身為霍家前後兩代掌舵人的祖父和父親，國際知名影后的祖母，同樣出身世家的優雅的母親，以及大自己好多歲又只對自己溫柔的一母同胞的大哥……

只這樣的人設背景，就已經是人生贏家中的人生贏家了。

更不用說那個時候的霍以瑾已經瘦了下來，用一張賣萌蘿莉臉就可以征服世界了。

小孩子好像都是這樣，胖起來和瘦下來總是很容易，就像是氣球，能迅速被吹起，又能光速恢復原樣。

霍以瑾當時臉上雖然還帶著一點沒完全減下來的嬰兒肥，卻軟嘟嘟的像故意鼓起來的白包子，可愛到讓人特別想咬一口。再配上一雙會說話的大眼睛、自然垂落在肩上的捲髮，以及朝夕小學為每個學生量身剪裁的歐式校服，被穿著同款西裝式校服的霍大哥牽著手從加長轎車裡下來的那一刻，簡直就是從漫畫裡走出來的二次元人物，夢幻到不可思議。

「妳知道當時有多少人不斷的頻頻回頭看妳嗎？」霍大哥笑著回憶道。

中二期還沒完全過了的少年霍以瑱挺著胸，昂著脖子，矜持又略有些不那麼謙虛的驕傲，帶著妹妹從一眾人群中招搖過市，彷彿恨不得昭告天下——這是我妹妹，我的！

霍以瑾也漸漸回憶起了那一天。

大哥的手那麼的修長，帶著恰到好處的溫度，緊緊的握著她，讓她心中的不安根本沒空隙鑽出來為禍人間。

那是霍以瑾病好之後第一次出現在公共場合，即便她再怎麼想要變得堅強勇敢，心裡其實還是會忐忑不安，怕遇到過去那樣被人說著「她真的是霍家的女兒嗎？和她的祖父母、父母以及哥哥一點都不像呢」的指指點點。

母親說：「妳很漂亮啊，妳在媽媽心中是最漂亮的小公主。」

可是霍以瑾心裡很清楚，黑胖高壯的她和高䠷白皙的家人看上去根本就不是同一家工廠出產的，也許眉眼輪廓間還依稀能找到些影子，但她卻是拉寬加大版的，連不合格產品都不算，頂多是劣質仿冒的山寨貨。

父親說：「一個人的好壞不在於外表，而是內心的修養。」

霍以瑾卻一直不敢問：如果別人第一眼就討厭我的外表，又如何會願意嘗試看我的內心呢？

長大之後的霍以瑾終於明白了，美是為了愉悅自己，而不是愉悅他人。但那卻是年幼的她經歷過很多次、很多次的惡意和嘲諷，才慢慢感悟到的。

只有祖母會對她說：「這個世界就是這麼膚淺，人是視覺動物，妳沒辦法改變。所以如果妳不想別人戴著有色眼鏡看妳，那就努力讓自己好起來，不用再打類固醇，管住嘴，多運動。只有當妳付出了多餘別人百倍千倍的努力之後，妳才能對外表現出一副完全不用努力的游刃有餘。」

也只有大哥會摸著她的頭說：「不要怕，大哥會一直陪著妳。如果明天妳上學的時候大家取笑妳，那大哥就想辦法讓自己出醜，把所有的注意力都吸引到我身上，讓他們沒空注意到妳，好不好？」

當然了，第二天的開學日，霍大哥並不用故意扮醜。

霍以瑾的擔心完全是多餘的，她已經發生了翻天覆地的變化，不會再有人笑話她的痴肥傻大，也不會再有人對她議論紛紛，更不會當著她的面說一些只有他們自己才會以為是在開玩笑、實則充滿了惡意的話。

死死的握著大哥的手漸漸放了下來，霍以瑾一步步猶如新生嬰兒學走路般，蹣跚著融入了她的新班級。

但大哥卻還是遵守著他會陪著她一整天的約定，向學校請了假，也和小學的校長打過招呼，就這麼一直站在教室後窗看著妹妹，保證她想的話隨時都能回頭看到他，給予她最大的勇氣。

「我也聽以瑾說過，在她五歲之前你們的關係並不太親密，你是怎麼轉變成……」現在這種模樣的？太突兀了吧渾蛋！

「哪有啊，我從一開始就很喜歡以瑾，只是以前有一些誤會，煩請你不要挑撥我們兄妹的感情。」說完，霍大哥就起身以有工作為理由快速撤退了，心虛之情溢於言表。

「他根本就是個蠢貨吧。」謝副總堅信這才是謎一樣的霍大哥之真實面目，別人之所以總會覺得看不透他，完全是因為……有哪個正常人能看透一個端著冰山臉的蠢貨啊！(╯‵□′)╯︵

「身為一個蠢貨，你是以什麼樣的勇氣和自信用這個詞形容別人？」霍以瑾挑眉表示：我大哥只有我能欺負好嗎！

本來三人要準備討論宴會主題，但在霍大哥心虛離席之後，剩下的兩人只能天馬行空的亂想一通。舉辦宴會的理由真的很難找，畢竟最近沒什麼節日、紀念日，謝副總的生日又剛過不久，霍氏兄妹一個處女座、一個天蠍座，生日也離得遠。

沒有理由的舉辦宴會可以嗎？可以，世家中有錢有閒的派對動物比比皆是，但卻不適合以不好熱鬧聞名的霍氏兄妹。他們如果真這麼做了，那還不如直接告訴別人宴會有問題。

主動去參加別人舉辦的宴會也有類似的問題，年輕人比較多的宴會不是霍以瑾看不上的私人狂歡派對，就是長輩專門為子弟舉辦的社交晚宴，若霍以瑾特意出現，那還是直接就能破案的節奏了。

「宴到用時方恨少啊！」謝副總在旁邊毫不客氣的嘲笑道，「誰讓妳平時一到應酬交際就推給我，現在傻了吧？」

「對啊！」

「……嗯？」謝副總沒想到霍以瑾這次能這麼痛快就承認了。

「我們可以暗示別人，這是為你擇友而特意舉辦的晚會。」霍以瑾覺得她終於找到了方向。當然，宴會不可能真的像是言情小說裡寫的那樣，直說這是為了誰家的誰誰選擇未婚妻而舉辦的晚會——每年特意為新進入社交圈的名媛舉辦的社交晚會除外，性質不同——又不是皇帝選妃，但凡要點臉面的世家就不可能出現，讓自己的女兒去面臨像是挑菜被人挑挑選選的局面，即便有人赴宴，也肯定只是想要依附而來、徹底不要臉皮的小門小戶。

但世家子女也是人，肯定還是要面臨婚姻問題，除了大型的集體社交晚會，個人私下意向比較明確的相應宴會還是會一場接著一場的辦。

而這就是世家和普通人的區別了。他們舉辦相親宴，會特意選擇一個無關緊要的宴會主題，蓋上一層遮羞布，彼此心裡其實都很清楚這場宴會到底要幹什麼，只是嘴上說的卻是另外一套。

就像是古代大家族相看誰家的閨女，也總會藉著賞花宴之類的由頭，邀請各家嬌客。

等到了現代更是花樣百出，理由一抓一大把。只不過指向性太明顯，才沒有被霍以瑾在一開始就考慮到，但若是聲東擊西就不一樣了，讓人誤以為是為了謝副總，霍以瑾表示，多好的一個主意啊！

「呸！」被當作幌子的謝副總一點也不覺得這個主意好，他好不容易才擺脫了世家裡的鶯鶯燕燕，怎麼可能會讓自己再入火坑。

霍以瑾祈求的大眼睛重現江湖，忽閃忽閃的讓人真的很難豎起防禦工事。

「就算我願意，這事也成不了。還記得我們倆不是同一個性別嗎？除非妳打算搞基，又或者打算讓我搞基。」

「……」霍以瑾飲恨，「你怎麼就不是個女的呢？」

「我不是女的還真是對不起啊！」(╯`□´)╯┻

※◆※◆※◆※◆※

最終還是回國準備和霍氏談新能源合作的林氏能源少東家林樓，為霍以瑾陷入僵局的宴會計畫帶來了轉機。由霍大哥在電話裡狀似無意的帶起話題，霍家為歡迎林樓回國而決定舉行一個低調的小型宴會。

林家以前是C國著名的大世家之一，後來卻因為種種原因不得不從C國全線撤資，轉向了E國市場。

林樓剛出生不久，他爸爸就已經開始在廉價的拆賣國內資產，然後再用那些錢買下E國一個因經營不善而不得不宣告破產的老牌能源公司；等林樓上小學時，他爸爸已經透過那個重振旗鼓的能源公司賺了不少錢，又陸陸續續的購買了E國的一些電力、水力公司，將之整合在一起，成為如今林氏能源的雛形。

林樓作為林家一脈單傳的寶貝金孫，一直跟爺爺奶奶生活在國內，直至老人去世、他高中畢業，林樓才去E國和早已經完成全部資產轉移的父親團聚。

自此之後，林家再沒有人和國內各世家有什麼聯絡，基本上算是淡出了C國社交圈。

可惜誰也沒想到，當年可以說是狼狽不堪、只能被迫離開故土的林家，會在接下來的十年間成長為幾乎買下半個E國的龐然大物，當國內勢利眼的世家再次想起要和一手締造了能源帝國的林家打好關係時，林家已經看不上這些人了。

典型的昨日你對我愛搭不理，今日我讓你高攀不起。

無論是過去大廈將頹的林家，還是後來在E國涅槃重生的林氏能源，其實都和霍家沒什麼來往。這次要不是已經在林氏能源扎根了有些年頭的少東家林樓一力主張和霍氏國際合作，兩家的未來大概也還是會就這樣平行線下去，互相遙遙的知道對方的存在，卻不會有什麼交集。

當然，現在既然已經有了人為製造的交集點，同樣是某個領域佼佼者的兩家也不會介意彼此多走動走動，變得更加親密。多個能說得上話的同階層的朋友，總比多個強勁的敵人划算。

林樓會和霍家合作自然有他的打算，可他卻沒有回歸C國社交圈的意思。

但這點別的世家不知道。

所以，他們覺得當在國內已經沒什麼親戚的林樓再次回國、想要重新融入國內世家圈子時，由合作夥伴霍氏為其舉辦歡迎會宣告他的回歸，簡直是一件再理所當然不過的事情。

各個世家又因為過去的歷史而被林家晾了有些年頭，老一輩的家主們拉不下臉來歡迎林樓一個「小孩子」，但心裡又眼饞林家，所以肯定只能派家族內與林樓差不多大的優秀子弟來參加歡迎宴，打一場孩子之間的外交。霍以瑾想要趁機物色結婚對象的事也就成了。

根本不會讓人起疑，甚至連林樓本人都以為這只是霍家在表示禮貌和尊重，便很積極的和主要負責這次宴會的霍以瑾交換了聯絡方式，在網路上慢慢熟悉起了彼此這個老同學。

高中時，林樓和霍以瑾的交集其實挺多的，他不只是體育股長，還是學校籃球隊的隊長以及學生會體育部的部長，而霍以瑾是學生會的會長。

沒讓他們當年變得更加親密的理由是謝燮。

那個替謝燮偷偷報了三千公尺長跑的人正是林樓，謝燮當年毫不知情，還去找體育股長林樓伸冤，林樓便把此事推給了班長霍以瑾。

「你當年實在太壞了，一直藏在後面，至今謝燮都不知道就是你把他的名字報上去的。」霍以瑾透過傳訊軟體與林樓聊道。

林樓當年已經受到了教訓，並認識到了錯誤痛改前非，所以霍以瑾再提起這段往事就只剩下了對追憶青春年少做傻事時的玩笑心情。

「我當時就是個被爺爺奶奶寵壞的小混蛋，把母親的病逝和父親沒辦法陪在自己身邊的憤怒全部都發洩到了別人身上，現在想想真是沒臉見人。」

在高中階段，好像總會有那麼一個高個子的男生，成績很差，蹺課成性，從不肯好好的穿校服，嘴角上掛著似笑非笑的邪性，眼神裡透著濃濃的不良暴戾之氣，吊兒郎當的坐在班上的最後一排，和一群同樣肆意張揚的男生三五成群，卻只因為打得一手好籃球，就能被全校女生原諒他前面全部的缺點。

當年的林樓就是這樣男生，據說還是個什麼扛霸子，整天無照駕駛著一輛改裝過的亮黃色敞篷車，在南山半坡和他的狐朋狗友呼嘯而過。

林樓當時還有個「樓哥」的外號，幾乎無人不知，那甚至導致很長一段時間裡霍以瑾一直以為他就是姓樓。

「你當時很討厭我嗎？」霍以瑾現在能想起來的就只有林樓那一頭特意染成銀白色的頭髮，因為他很少有拿正臉對著她的時候，在學校裡、在回家的路上，甚至是在醫院偶遇。

「不，我當時只是……」林樓間隔了一段時間，才把一句話完整的話分為兩次打完，「覺得有點不好意思，因為謝燮的事。」

哈？霍以瑾看著螢幕愣了半天，竟然是這麼七拐八拐的奇妙心理嗎？曾經的不良少年其實是個會愧疚到連臉都不好意思看的人，總覺得這個設定……意外的很有趣呢。

「回國之後，我一定要找機會當面向謝燮道個歉，我當時實在是太嫉妒他了。」林樓的話再一次發了過來。

「嫉妒他？」

「同樣是從一個地方搬到另外一個新世界，他的父母始終陪在他的身邊不離不棄，而我卻……」卻夾在祖父母和父親的冷戰中，不斷壓抑著對內心深處的憤怒。

「你喜歡小動物嗎？」霍以瑾也不知道自己為什麼會突然問這個問題，但她就是情不自禁的想要腦補明明是一臉凶狠表情的少年，卻會在半路停車，哪怕自己冒雨也不想讓街邊的小奶貓被淋濕的劇情。

「喜歡，不過寵物緣不太好。」

「我也是啊！」霍以瑾覺得自己簡直是找到了知音。

由對絨毛生物的單相思，霍以瑾和林樓終於打開了話題，他們聊了很多，驚喜的發現彼此真的是有很多共同點，他們都認為家人是最重要的，喜歡聽古典樂，能喝紅酒卻不抽菸，平時會堅持跑步健身，閒時偶爾還會去嘗試極限運動。

最後在林樓即將回國的那天晚上，他們甚至相約了下週末一起去俱樂部裡玩室內攀岩。

※◆※◆※◆※◆※

等準備好新身分的楚清讓拿著林樓歡迎宴會的請柬邁入霍家時，看到的就是相談甚歡的霍以瑾和林樓。

曾經一頭白毛的叛逆少年，如今已經恢復了正常髮色，衣裝筆挺，沉默內斂。

與楚清讓令人驚豔的俊美、霍大哥上位者的霸道強勢以及謝副總長袖善舞的精明不同，林樓是完完全全的另外一種風格，他的長相未必會漂亮到讓這個看臉的世界都為之讓步，他的氣質也不是帶王八之氣加成，但他卻自有一種渾然天成的個人魅力，舉手投足間都讓人感覺心情愉快。

霍以瑾籌備的宴會很成功，不敢說多有新意，卻足夠穩妥舒心，沒有出現什麼不愉快的場面或者意外，整場宴會井井有條，主賓盡歡；但霍以瑾想要物色結婚人選的真正目的卻慘遭滑鐵盧，因為她漏算了其他世家的腦洞也挺大的。

他們倒是沒想到這場宴會是為霍以瑾找對象，卻是有志一同的把腦筋動到了找對象上，只不過他們派出的是女兒，希望釣到的是霍大哥、謝副總以及林少主。

其實各家收到請柬後回給霍家的回執上，這種意圖就已經初露端倪，他們選填的應邀人物無不是和霍大哥同年齡的男性會攜妻子和妹妹參加。

妹妹！

不管是親妹、表妹、堂妹、妻妹，甚至連姪女、外甥女都有，反正肯定是要讓自己的妻子帶上一個家族內部的未婚女性出席，打著的名頭還挺好，陪霍家唯一的年輕女性霍以瑾。

霍以瑾看著身邊一堆不斷拐彎抹角的向她打聽她哥、她死黨以及同學的世家小姐們，簡直悲傷逆流成河，就算她需要人陪，用得著這麼多嗎！？

最可怕的是這些世家小姐們也不知道是怎麼想的，一開始聊的時候還在討論宴會上三個最優秀多金的男人，但後面卻都紛紛轉移了話題，就好像前面的話題只是交差應付家裡，如今任務終於完成，她們可以開始真正的話題了。好比……

「霍小姐平時休息的時候都喜歡做些什麼？」

「皇家交響樂團是我家世代贊助的，留有每一場最中心位置的套票，最近他們在重現海頓的名作，我知道您十分喜歡他的《皇帝四重奏》，能有這個榮幸邀請您一起嗎？」

「妳和離姍的官司判下來了嗎？實在是太大快人心了，那個做作的女人我早就看她不順眼了，平時還不斷在社群網站上放話，煩都煩死了。我關注了妳的個人網站，但是發現妳幾乎很少發文啊，都沒辦法知道妳最近的動態。」

——總覺得這些小姐們的形態有點類似在社群網站留言「總裁大人我要給妳生猴子」的妹子們是怎麼回事！？BY：霍以瑾。

霍以瑾最後好不容易才藉著要和林樓談生意的正事理由，從女人堆裡殺出重圍，一臉心理嚴重創傷的表情向謝副總和林樓吐槽：「你們平時宴會上都是這種待遇？」時不時的小聲興奮尖叫，嘰嘰喳喳一刻不停的問題，以及差點讓人窒息的白花花一片。

林樓和謝副總相視聳肩，一左一右的搭上了霍以瑾的肩說：「以後宴會就全靠妳來吸引火力了兄弟。」

「找死！」霍以瑾怒瞪：那個告訴我女人就是天敵的人你出來，我保證不打死你！

趁著林樓去替霍以瑾拿蛋糕補充能量的空檔，謝副總問霍以瑾：「一個都沒看上？雖然宴會上來的人和我們一開始的想像有些不符，但也還是來了不少尚未結婚的世家公子，妳沒去和他們接觸一下？」

霍以瑾表示，這才是她今晚最大的失誤！她竟然把這些世家子弟和她大哥放在一起，這簡直是慘不忍睹的秒殺好嗎？

平時分開來看還好，如今擺成一排，不用比就已經對這些人沒有任何想法了好嗎！不是林樓過去有交情的那些至今還在醉生夢死的二世祖，就是雖然優秀但卻堅持女人就該是裝飾品的大男人主義，僅有的幾個還算看得順眼的好男人都已經早早結婚了，有的連孩子都有了。

不說她大哥，光是楚清讓就能甩掉這些沒經歷過風雨的大少爺們好幾條街了。

雖然楚清讓騙了她，但不可否認，算無遺策的楚清讓會給人一種梟雄的致命感，那種表面上溫潤如玉、實則心狠手辣的人設也是很吸引人的。最重要的是，他的顏無人可比！

「他們甚至都不如你。」霍以瑾最後對謝副總做出這樣的總結陳詞。

「呵呵。」謝副總表示：我就猜到妳會這麼說。

「什麼不如他？」林樓取來蛋糕重新加入話題，是霍以瑾最愛吃的口味。

「你怎麼知道我喜歡吃這個？」霍以瑾很驚訝。

「呃……」林少主頓時當機了，好不容易才重啟道：「以前上學的時候總是見妳在下課時間從口袋裡拿出來吃。」

「哦，這樣啊……我還記得你下課時間幾乎都是趴在桌子上睡覺呢。」霍以瑾表示她沒有問題了。

謝副總卻側目林樓，看到了林樓從一開始就已經紅透了的耳朵以及緊握的手。他好像發現了什麼很不得了的事情。

林樓，是啊！林樓！他怎麼就沒想到呢！當年無論林樓蹺不蹺課，他和霍以瑾上下學的時候，總會在校門口或者霍以瑾家附近的街角看到他那輛十分醒目的敞篷車！

「你們聊，我突然想起來我找妳大哥有點事。」謝副總及時找霍大哥彙報情況去了。

然後就是楚清讓進門時看到的場景了，霍以瑾與林樓獨處著，相談甚歡。

「其實也不只是聯姻，和我套過去交情的也不少，妳還記得高夏他們嗎？高子也是我們班同學，小夏是低一年級的，真沒想到這麼多年他們竟然一點都沒變。」依舊過得這麼紙醉金迷，表現得像個根本沒有長大的中二少年。

「你倒是變了很多。」

「如果我沒變，就不會在看到他們的時候明白過去的我有多幼稚。我朋友在我來之前提醒的真是太對了，要做好面對過去黑歷史的心理準備。」

「你朋友？」

「嗯，A國女神風投的CEO蘭瑟。我一直忘記問妳了，蘭瑟剛好在國內，所以這次的宴會我就順便邀請了他，妳哥不介意吧？」

霍以瑱和蘭瑟被捆綁對比已經有些年頭，就算一開始雙方沒什麼感覺，現在也肯定煩透了。

「完全不介意！」蘭瑟是她的偶像好嗎！天啊！辦個宴會竟然還有見偶像的特別福利，人生真的處處是驚喜，哪怕她找不到結婚對象也絕對值回票價了！

「他來了嗎？你的交友範圍可真廣，連忘年交都有。」

「……」林樓的表情一下子微妙了不少，很顯然他總會遇到這種情況，「蘭瑟因為一些原因不得不保持低調，大家對此眾說紛紜，什麼因為重病纏身或者年紀過而大不良於行啊、醜得根本不能見人之類的，我可以很負責任的對妳說這些統統都是假的。」

事實上，對方很年輕，很俊美，身體健康，骨骼強健，前不久還剛獲得了一個國際上的大獎，是萬千女性的夢中情人。

「好久不見。」楚清讓從如摩西分海般的人群中風度翩翩而來，對霍以瑾舉杯致意，神情專注的看著一襲金色魚尾晚禮服、中分捲髮的她，彷彿他的世界裡就只能裝得下她一人，在觥籌交錯的宴會大廳中，閃閃發亮。

「真是說曹操，曹操到……」原本林樓笑看著走過來的楚清讓，卻突然發覺對方一副和霍以瑾很熟的樣子，他有點驚訝的問：「你們認識？」

聽到林樓的說詞，霍以瑾愣了下。面對又多了一層新身分的楚清讓，她想憤怒，想冷笑，想咬牙切齒的責問：楚清讓你是洋蔥成精轉世嗎？身分一層又一層的！

但最終五味雜陳的心情，全部被強裝出來的面無表情壓了下去。她只是對林樓說：「我並不太認識蘭瑟這個身分，倒是對『楚清讓』還算熟知。」

「妳竟然還有知道的明星？」林樓更驚訝了。

「你這麼說很失禮的好嗎？我平時也是有休閒娛樂的人。」霍以瑾為自己抗爭。哪怕她確實是對演藝圈的明星所知甚少，但被別人冷不丁的這麼一說，不服輸的好勝心理就發作了，她不希望自己在別人眼中的形象是個很無趣的人。

林樓沒說話，只是對著霍以瑾伸出了一隻手。

「什麼意思？」霍以瑾挑眉，警惕的看著林樓。在網路上兩人已經聊得很放鬆了，於是現實中就基本上是無縫銜接了，相處的就好像相熟多年的好友一般自然，具體可參考她和謝副總的關係，相互吐槽早已是稀鬆平常的事。

「我就不為難妳了，只要五個名字就信妳，連楚清讓都可以一併算上。」林樓一臉「我真是大度啊」的欠揍表情。

「伊莎貝拉。」霍以瑾不假思索的報出了祖母的名字，然後是上次離婣事件裡被連累下水以及站出來力挺過她的明星們，一長串的名單她用她引以為傲的記憶力都記了下來，好方便日後在有可能遇到對方的時候開個方便之門，畢竟他們和她無親無故，在離婣的事情上本可以遵循演藝圈一貫遇事就安靜如雞的傳統只圍觀不說話，沒想到最後他們卻冒險的力挺她，「祁謙、祁避夏、裴越、陳煜、米蘭達……」

看著霍以瑾狡黠的笑容，林樓沒戳穿離婣事件他也有所瞭解，很清楚有哪些明星站出來為霍以瑾說過話，只是故作「怕了妳」的表情，攤手無奈笑道：「好了好了，算妳過關，行了吧？」

「什麼叫算我過關啊？本來就是。」

林樓勾脣一笑，正常人都看得出來他是故意在逗霍以瑾，「本來就是？我要是讓妳分別說一下這些人的代表作，不用多，一人一部，妳能說出幾個？」

「楚清讓不用說了吧？《新基督山伯爵》我還特意去看過呢；伊莎貝拉，《我最親愛的朋友》；祁謙，《時間重置》；祁避夏，也是《時間重置》，呃……」

霍以瑾的列數之旅就此結束，如果不是有謝副總這個祁謙粉總在她耳邊念叨說什麼祁謙和他爸祁避夏一起主演的《時間重置》有多棒，她有很大的可能會直接卡在祁謙那裡就說不下去了。

「這個故事教育了我們別沒事找事，一定要謹記喲~」林樓對霍以瑾眨了眨眼。

霍以瑾抿脣怒瞪。

「抱歉，介意借一步說話嗎？」在一邊聽了有一會兒的楚清讓終於出聲插話進來，看上去表現如常，只要忽略他攥得死緊的手。

霍以瑾將目光重新對準楚清讓，不置可否的點點頭，「我正好也有些話想和你說，去後面的花房吧，那裡沒有人。」

「好。」楚清讓對著霍以瑾時的笑容真誠了不少，即便霍以瑾並沒有給他什麼好臉色。

霍以瑾轉而對林樓說：「抱歉，先失陪一下。」

本來周身氣氛終於放鬆下來的楚清讓，心情再一次變得緊繃。他垂下頭，不讓任何人看到他的表情。

「沒關係，一會兒見。」林樓微笑著揮手送別霍以瑾和楚清讓，好似全然沒有發現這裡面的不對勁。

謝副總一直在時刻觀察著這邊的情況，在霍以瑾和楚清讓走後，他上前給了林樓一個恨鐵不成鋼的眼神，「你就讓她這麼走了？」

「你和霍總的事情談完了？」林樓反問。

「別用一個問題來回答另外一個問題。」謝副總很生氣，他身邊怎麼竟是這樣的人？真是太糟糕了！「你知道你剛剛幹了什麼嗎？」

「給我的兩個朋友留出談話的空間？」林樓一臉無辜。

「……以瑾和楚清讓有過一段情你知道嗎？」謝副總在心裡吐槽：就你這樣被賣了還幫人數錢的類型，要不是生在林家，肯定被人賣八百回了。

「知道啊。」林樓動作一點都不帶猶豫的點了點頭，「別看我這樣，我也是很關注國內娛樂八卦的。」

媒體對於霍以瑾潛規則了楚清讓的猜測，讓知道楚清讓另外一個身分的林樓捧腹笑了好久。

「那你還這麼放心他們兩人？」謝副總無語了。

「怎麼？他們兩人之間還能掐死一個不成？」林樓故意歪解著謝副總的話。

「……別鬧。」謝副總覺得，古往今來，在明知道一切的情況下，還把愛的人往情敵手上送的，林樓絕對是唯一的一個！這位的心比霍以瑾還大，「你明知道我不是這個意思。別說老同學我不照顧你，一線情報，以瑾和楚清讓這輩子也成不了，因為楚清讓騙了以瑾，以她的性格絕對不會再原諒他的。所以我看好你喲，同學，早點行動。」

「該是我的就是我的，跑也跑不了；不該是我的就不是我的，求也求不來。」喜歡一個人永遠不會是靠防範所有的情敵就能成事的，那是對對方的不信任，也是對自己本身魅力沒自信的一種表現。

最重要的是……

林樓看著霍以瑾搖曳而去的金色身姿怔怔出神，他本就有些過於白皙的面孔變得更白了。要是可以，早在高中的時候他就已經有所動作了。

後院的花房內，名花依舊鮮豔，楚清讓和霍以瑾卻再不復當時。

霍以瑾以為楚清讓肯定是有什麼要和她解釋，好比她大哥的事。而她也已經想好了對答，但最終她卻只得到了一個毫不猶豫向她道歉的楚清讓。

「我很抱歉，對我所做的一切。」

道歉就該拿出道歉的誠意來，錯了就是錯了，為自己的行為找理由詭辯什麼的，是楚清讓絕對不會對霍以瑾做的事。

好吧，本來楚清讓也準備了一大堆漂亮話為自己的行為進行解釋，就是霍以瑾很喜歡的言情小說裡的那一套，但在宴會開始之前的前一分鐘，他接到了楚父的電話。醫院裡的楚父醒了，第一件事就是致電楚清讓打感情牌，希望楚清讓能來看看他這個「可憐的被不孝養子欺騙了的老父親」，一面說著自己錯了，一面又不斷狡辯把過錯都推到別人身上……

——真是噁心透了！

楚清讓不希望霍以瑾有這樣的體驗，所以他只是道歉，表達了自己的後悔，就沒有再說多餘的話。

這正是霍以瑾欣賞的態度，好比在現實工作中，當她的下屬做錯了，她想聽到的肯定是對方俐落的認錯然後去修正，而不是聽對方說什麼「我不是故意的」、「我不小心沒注意到」、「都是誰誰誰的錯」之類的話，那在她看來無異於是在推卸責任。

當然，人犯錯肯定都是有理由的，不一定就全部都是一個人的錯。但如果你自己辯解，卻只會讓人覺得蒼白無力又諸多藉口。所以，霍以瑾表示……這些該是她來意識到並體諒的事。

「我已經聽我哥說過了。這正是我想對你說的，很抱歉那天誤會了你，如果我有什麼言辭不當的地方，請不要在意。」

「妳完全有理由這麼做！」楚清讓急了，他以為霍以瑾是在說反話，「也許妳這輩子都不會接受我的道歉，但我還是覺得……」

「你的道歉我接受了。」霍以瑾再一次打斷楚清讓，在得知他並沒有真的想要對她哥造成傷害時，她就已經不生他的氣了。

楚清讓並沒有因為霍以瑾的回答而欣喜，因為霍以瑾看他的眼神既冷漠而又生疏，就像是在看一個陌生人。他明白了她的意思，「我的道歉妳接受了，但妳卻不會原諒我，對吧？」

「是的。」霍以瑾點點頭，「如果你沒有別的事情了，那恕我失陪。」

說完這話霍以瑾就徑直離開了，徒留楚清讓怔怔的站在原地，不知所措。

他能明白不是所有的「對不起」都能得到一句「沒關係」，但霍以瑾冷淡的反應超乎了他全部的想像。她沒有生氣，也沒有憤怒，她甚至不在乎他，她只是很冷靜的分析說——我不生你的氣，只是我們沒辦法在一起。

在霍以瑾即將離開花房的時候，楚清讓追了上去，他看著霍以瑾，嘗試著進行了他第一次的告白，即便地點不對、時間不對、氣氛不對，與他期待了快二十年的場景簡直是雲泥之別。也是在那個時候，楚清讓才意識到霍以瑾當日問他能不能和她在一起時，到底用了多大的勇氣。

對別人坦露自己對對方的愛，真的不是一件容易的事情。不是說已經做好心理準備就真的能做到。

深吸一口氣，楚清讓終於艱難開口：「能給我一次重來的機會嗎？我知道我做錯了，但是我真的、真的很想和妳在一起……在妳轉身離開的那一刻我就後悔了，我知道是我活該，我犯了一輩子最大的錯誤……我愛妳，從我看見妳的第一眼起……我不會放棄的，哪怕妳拒絕我，我也是不會放棄的！」

楚清讓說了很多，霍以瑾面無表情的站在原地，安靜的聽他把話全部說完之後才道：「謝謝。你很優秀，無論是哪一面，你的告白讓我很榮幸，但還是請允許我鄭重的拒絕你，這不是報復，也不是回敬你之前的行為，只是無論如何我都不能和你在一起。」

「不能？不是不想？」楚清讓抓住了問題的關鍵。

「不能」和「不想」在某種意義上是完全不同的兩個概念。

不想，是霍以瑾主觀不願意；不能，就有趣得多了。

「不能。我小時候留下的心理問題。」

略帶強迫症的完美主義，屬於焦慮障礙的一種，心理醫生分析成因是她在小時候的成長過程中遭受過心理創傷，但具體是哪件事，一直還沒有定論，因為……

「我並不想治好。」

霍以瑾覺得她這個事事要求完美的狀態挺好，雖然會造成一些困擾，比如無法完成時間表上的計畫就會不舒服，但一般人誰不會在無法完成計畫時有些心理上的不舒坦呢？她只是比一般人的程度稍微加重了那麼一點，又不會影響到別人，影響的只有自己的生活，而且還是利大於弊的影響——損失了時間，耗費了多一些的精力，卻換得了她今天的成就，簡直不能更划算了好嗎？所以她絕對不治！

「當然，我不可能要求我身邊的親朋好友也必須是完美的，但我會要求自己主觀選擇朋友和戀人時，選擇一個能達到我設定標準的人。」

簡單來說就是霍以瑾不會強迫別人改變，只會強迫自己去重新尋找符合標準的人。但人是感情動物，不可能真的量化，所以霍以瑾最終把她的底線定在了「信任」上，她始終覺得「信任」才是一段感情能夠順利進行下去的基礎，這不一定是這個世界的真理，卻是她信奉了二十幾年的真理。

如果她給了楚清讓第二次機會，她肯定會忍不住的懷疑楚清讓、質疑楚清讓，稍有風吹草動就會問自己：「楚清讓是不是又騙了我？」哪怕別人都說沒事，她還是會第一時間覺得楚清讓有問題……

她真的很害怕，害怕自己變成無法全然相信身邊人的人。

「到時候連我自己都會變得不喜歡我自己。」

「可無論妳變成什麼樣我都會喜歡妳！」楚清讓毫不猶豫道。

現實不正是如此嗎？在他還不知道霍以瑾是他的女神前，他就再一次情不自禁的愛上了她，前不久他還在擔心自己變心了，幸而現實給了他回答：不是他變了，而是無論他的女神變成什麼樣子，哪怕變成了他也不敢認的模樣，他依舊會第一時間愛上她。

「謝謝。」霍以瑾聽不到楚清讓心裡的話，只能根據表面上的對話給出反應，被一個很優秀的人這麼喜歡也是對她本身的一種肯定，她雖然不會和他在一起，卻也不會惡語傷人，在對方並沒有造成她的困擾之前覺得對方很討厭什麼的。

「可如果妳有這個心理疾病，妳就永遠都不可能成為一個完美的人，這不是自相矛盾嗎？」

「我知道，這也是我心裡一直很矛盾的地方。」霍以瑾對這事的態度一直是想辦法轉移注意力，但凡被提起就會顯而易見的開始糾結一段日子，然後不斷用斷臂維納斯的理論來安慰自己。

「我認識個不錯的心理醫生……」

楚清讓剛提起個話頭，霍以瑾就出聲打斷了：「我想你誤會了，我對你解釋這些，不是為了給你期望，讓你以為只要我克服了我的強迫症，我就有可能再次接受你。我不想你繼續在我身上浪費時間。你我之間不是你的問題，是我的。」

楚清讓點點頭，「我知道。」

「我覺得你不知道。」霍以瑾皺眉，「我真的、真的、真的不會和你在一起。哪怕我們遇到言情小說裡很狗血的那種你為了救我而受了重傷——好比最近很流行的地震梗，或是失明啊、一輩子都不能動之類的事情，我也只會是感激你，給你錢，讓別人照顧你，卻不會和你在一起，你明白嗎？」

「我明白。」楚清讓繼續微笑。

——妳說的每一句話我都捍衛，但我卻不會因此而放棄。

「……你這個人怎麼就解釋不通呢？辦這場宴會其實就是為了替我尋找結婚對象，我一定會儘快結婚的，因為我一開始計畫好的時間表不能被破壞。」

「林樓。」

「嗯？」

「妳不是說要尋找結婚對象嗎？林樓就是個不錯的選擇。他和妳是同學，又同樣出身世家，連興趣愛好都差不多，能力優秀，性格良好，知恩圖報，這點我可以拿我自己作證。」只因為自己曾經幫過他，林樓就可以問都不問原因便幫他和 anti-chu 聯手欺騙楚氏，可以在如今得知他隱瞞了他是楚家二子的消息後，也沒有生他的氣。

……看來，古往今來把自己的戀人介紹給情敵的，並不是只有林樓一個人。

楚清讓還在對霍以瑾推薦著林樓：「最重要的是他的私生活很健康，沒有女朋友，卻也從不出去亂搞。如果妳是想在世家子弟中尋找結婚對象，我覺得他很適合妳。」

「我不明白，你讓我有點困惑。」一邊說著不會放棄，一邊又為她的新戀情出謀劃策。男人這種生物還真是難懂。

「請不要誤會，我沒有想要把妳當作一件物品什麼的讓給別人，又或者託付給別人的意思。我只是在給妳建議，我覺得林樓很適合妳，哪怕是習慣用最大的惡意去揣測這個世界的我，都覺得林樓沒什麼大問題。如果這就是妳想要的，哪怕我心裡再嫉妒，我也還是會願意為妳達成妳的心願，我希望妳能開心。」

「欲擒故縱？」霍以瑾此刻還在當機中，她無法理解楚清讓，只能盡可能的按照自己的邏輯去理解他，「不管你怎麼樣想，我可是認真的，你這麼說確實提醒了我林樓是個不錯的人選。」

「需要我把他的喜好和忌諱寫出來發 E-mail 給妳嗎？」

「如果你寫了，我一定會看。」霍以瑾接話接得很順，不用白不用嘛，「我這是最後一遍和你說，我真的不是在用林樓刺激你，我是認真的。」

「我也是。」

Q……對總裁的印象……？

一直到週末，霍以瑾都在防備著楚清讓要搞什麼小動作，但他並沒有。林樓喜好的總結也已經發到了霍以瑾的郵箱，十分詳盡，甚至還附帶了一份攀岩日的攻略參考意見，可行性極強。楚清讓好像是真的很用心的在幫霍以瑾追林樓。

「物以類聚，人以群分。」謝副總用這句話對霍以瑾解釋了現在這個詭異的情況，「妳本身就不太正常，所以會喜歡妳的人也正常不到哪裡去。」

「別忘了你還是我朋友呢。」

「是啊，我肩負著在妳的世界裡當唯一一個正常人的重大使命。」謝副總大言不慚道，「現在怎麼辦？妳還去嗎？」

「為什麼不？」不管楚清讓做什麼都不會影響到她。

霍以瑾和林樓的週末活動一切順利，沒有非要跟著林樓來的朋友楚清讓，也沒有碰巧在俱樂部遇到的客人楚清讓，更沒有恰在此時發生了什麼意外的楚清讓，讓已經做好「在約會途中必要打前任男友這個小怪獸」心理準備的霍以瑾十分不適應。

這太奇怪了，真的太奇怪了。

「怎麼了？妳今天看上去一直有點心神不寧的。」離開俱樂部之前，林樓對霍以瑾問道。

「該問這話的是我吧？你怎麼了？」霍以瑾看著眼前把自己裹得完全不遜於突然要在白天出門的吸血鬼的林樓。

林樓習以為常的壓了壓帽簷，擺了個上世紀五、六〇年代外國黑白電影裡男主角經常會擺的耍帥 POSE 道：「如果我跟妳說我好歹也是個名人，只能依靠這身行頭躲狗仔，妳信嗎？」

「如果我之前沒和楚清讓出去過的話，我就信。」說完這話霍以瑾就後悔了。她皺眉，想著自己今天可真奇怪，總是會提到楚清讓，明明最應該在意的前段時間都不會這樣。

現實裡，林樓還在為他的行頭找著理由：「其實我是血族，在陽光下行走我會被灼傷曬化……妳覺得這個理由行嗎？」

林樓過於蒼白的膚色讓不少人都對他說過：萬聖節的時候你很適合扮演德古拉伯爵。

「假設你的掩藏身分真的是血族，我一直有個問題希望你們能解答一下。月光其實也是陽光，那為什麼你們只有白天不能出門呢？」霍以瑾也在努力透過開玩笑的氣氛來揮去自己今天的反常。

「好吧，說實話，我並不想說理由。」

「OK。」霍以瑾毫無障礙的接受了，不深究，也不好奇。她受不了欺騙，卻不代表她會要求別人必須對她毫無保留，每個人多少都有不想說的小秘密，不是嗎？就像她黑大壯的過去，那絕對是她不會向任何人提起的黑歷史。所以不想說就不說，她會尊重對方的選擇，不再追問，所以為什麼一定要騙人呢？

「現在輪到妳了。」林樓最近在和霍以瑾玩一人一個問題的接龍遊戲，「妳今天各種不自覺的走神，妳在想什麼？我很無趣嗎？」

「呃，抱歉，我完全不是這個意思，如果造成了你的不快……」

「不不不，我沒有不快，只是不想讓緊皺的眉頭破壞女王陛下的美感。」林樓對著霍以瑾行了個標準的騎士禮，帶著紳士風度的微笑，「我願當您的利刃，為您披荊斬棘，屠盡人間一切不平之事。」

「別鬧。」霍以瑾笑了起來，盡可能的配合林樓表演，「我不缺寶劍，也不缺騎士。只是掐指一算，我發現我命裡缺了一個問題的答案。是這樣的，我最近在看言情小說，裡面總會有這麼一個經典橋段——女主角和總裁因為一些很現實的原因分手了，女主角卻很難真的做到放手，會不斷的出現在總裁的生命裡，好比在他家樓下啊、公司門口之類的製造存在感，並且會對總裁身邊新出現的人妒火中燒，暗中破壞，造成總裁一定的困擾……」

「妳把總裁和女主角的身分說反了吧？」林樓忍不住打斷霍以瑾，「一般不都是總裁得罪女主角，然後總裁後悔，等他幡然醒悟想要把女主角重新追回來的時候，才會發生以上妳說的劇情嗎？」

「你也看言情小說？」霍以瑾覺得她也許該重新定義一下言情小說讀者群了。又或者是她冤枉了謝燮？並不是只有富含少女心的男性才會看言情小說，大部分男人似乎也都會看，好比她哥、楚清讓，現在連林樓也……這些男人看言情小說是要幹嘛啊！

「稍微有過瞭解。事實上這種經典戲碼不僅限於小說，電影、電視劇裡更多。」

「好吧，身分不重要，重要的就是有這麼一件事，女主角前腳才跟總裁說了無論如何我都會一直愛著你，總裁則表示說我不可能接受妳，我要和別人約會了。在這種前提條件下，女主角一般不都是會想盡辦法搞破壞嗎？嫉妒成狂什麼的……但如果女主角沒這麼做，反而積極的幫總裁計畫追人，你覺得這正常嗎？」

「這個神展開我之前還真沒見過……」林樓的語氣裡也帶著很大的不確定性，「不過這也不是不可能，有很多原因能解釋。」

「好比？」

「妳聽過那個很經典的搶孩子的古代案子嗎？說兩個女人因為孩子對簿公堂，都說自己是孩子的親媽，縣官讓她們互相爭搶，誰搶到算誰的。孩子被拉扯得哇哇大哭，其中一個女人先放了手，縣官判定那個女人才是親媽，因為真正愛孩子的人不會忍心看到他哭，哪怕那意味著她必須放手，不得不失去他。」

「呃，就我所瞭解的這個『女主角』，他沒這麼……怎麼說好呢……柔軟？他是個城府很深的人，為達目的會不擇手段。」霍以瑾根本不信楚清讓真能從此洗心革面當聖人，那不是楚清讓的風格。

「那還有一種可能，就是對方在反其道而行之，以退為進。在明知道總裁現在還很煩『他』的情況下，『他』要是再跳出來阻止總裁發展新戀情，嫉妒來嫉妒去的，只會讓總裁對『他』反感，這對『他』的戀情毫無幫助。所以，逆向思考一下，如果『他』什麼都不做，一直提防『他』的總裁肯定會對『他』念念不忘，會忍不住的奇怪『他』為什麼要這麼做，對吧？」

「對！」

「這樣推斷的話，一切就能說得通了。『他』前面的申明立場，其實是一種很常見的心理暗示，是把總裁的注意力全部重新集中回『他』身上的手段，先對總裁施加一種無論如何我都不會放手的感覺，讓總裁很難相信『他』不會做什麼，之後再進行反常行為，讓做好心理準備的總裁落空，這樣『他』就可以坐等總裁不斷想起『他』了。」

「……」全中！

沒等霍以瑾對此表示感慨，林樓又道：「我想妳的『女主角』應該就坐在那邊的Jeep裡。」

「嗯？」霍以瑾一愣。

順著林樓的手看去，俱樂部門口對面那條街上的一輛Jeep的車窗搖了下來，手裡拿著高倍望遠鏡的「跟蹤者」楚清讓朝這邊招了招手。

林樓一邊朝楚清讓揮手回去，一邊對霍以瑾提議：「要不要來小小的報復他一下？」

「報復？」Why?

「他跟蹤妳，妳不生氣？」

「我確實該生氣的。」霍以瑾順著林樓的話說了下去，但……在見到被發現之後索性正大光明朝這邊招手的楚清讓時，她差點笑出聲，怎麼能有人笨成這樣，連跟蹤人都不會。她覺得她能明白楚清讓這麼做的原因，不是出於充滿惡意的監視或者是想要掌控她，他只是在想盡辦法遵守他和她的約定在不出現在她面前的情況下對她好。

「……這個因果關係妳是怎麼得出來的？」真是充滿想像力。BY：林樓。

「現實不是小說，哪裡來的那麼多總裁在遇到事情時，女主角剛好能神兵天降般的出現幫他解圍的巧合呢？」

女主角和總裁的關係絕對反了！林樓如是想。

「所以就只剩下了人為製造。」不是製造危險，而是悄悄跟著她，然後在她真的出意外時及時出手。

林樓恍然，他敢肯定楚清讓絕對不會這麼蠢，楚清讓只是知道霍以瑾會這麼蠢的誤以為，於是就順水推舟了。楚清讓是故意暴露自己的行蹤，把自己當幌子，讓他林樓親手把這個能重新開始增加好感值的事情送到霍以瑾面前。這感覺還真是相當不爽啊！所以林樓對霍以瑾說：「那能當是幫我一個忙嗎？」

「可以啊。」霍以瑾毫不猶豫道，「怎麼幫？」

林樓一把摟過霍以瑾，旋轉三十度，俯身欺上，很巧妙的用一個錯位讓旁人以為他們在接吻，然後小聲的在霍以瑾耳邊說：「這麼幫。」

「——！」溫熱清冽的男性氣息撲面而來，霍以瑾卻只下意識的想一個手肘拐過去，好擺脫這樣的箝制，這種周身充斥著一個陌生男性氣息的侵略感讓霍以瑾十分不舒服。

車裡的楚清讓把這一幕盡收眼底，他低頭冷笑，開始發簡訊給林樓。

「親上了你都不管？不對，這是什麼展開？他們才認識幾天啊？林樓這下手速度可比你快多了……也不對，林樓是你朋友吧？哪怕已經分手了，也不能就這樣和朋友的前任攪在一起啊！」副駕駛座上，被迫跟來一起當跟蹤者的阿羅各種吐槽著眼前奇怪的場景。

「假的。」楚清讓嘲諷極了，「也不看看我的職業是什麼。」

「專職自黑一萬年？」

「……我覺得我有必要換個經紀人了。」楚清讓威脅的看向阿羅。他的手機上則顯示了簡訊發送成功的圖示。

「CUT！借位假吻的時候要記得注意手部細節！太遜了！重來！」

「你多年練就的演技就是為了一秒鐘辨認這種事？」阿羅一頭黑線：你表演課的老師知道後肯定會哭的。

林樓口袋裡的手機震動的那一刻，他就知道自己還是沒瞞過楚清讓。

「怎麼了？」霍以瑾全程茫然中。

「他發現了。」林樓拿出手機看了看簡訊，果然如此，然後他把手機拿給了霍以瑾看，「他竟然還敢挑釁我，這種朋友是不能要了！」

「那你挑釁回去唄。」霍以瑾藉著林樓擋住自己的動作，用林樓的手機回簡訊給楚清讓。

「抱歉啊，第一次難免生疏，謝謝指導，下次爭取假戲真做。」

楚清讓看完簡訊的第一反應就是給了林樓一個燦爛微笑。

林樓也回了一個隱藏在變裝之下的微笑，用幾乎是從牙縫裡蹦出來的聲音對霍以瑾道：「他真的生氣了。」

「他表現生氣的方式還真是與眾不同呢。」霍以瑾道，「那他高興或者有別的情緒時，是什麼樣子？」

「同一個樣子。面帶微笑是常態，生氣的時候會笑得很燦爛，傷心的時候會笑得很漂亮，讓人根本看不出來他真正的情緒。至於他真正開心的時候……他很少有開心這種情緒，哪怕有……」林樓倒吸了一口涼氣，「也應該會像是大反派陰謀得逞的笑吧。」

霍以瑾皺眉，她和楚清讓相處時，楚清讓並沒有表現出這些反應的任何一種。

車裡，楚清讓正在為阿羅冷靜的解釋他這些天到底在幹什麼。

「你知道霍以瑾和我沒走到一起的真正原因是什麼嗎？」

「知道，你不斷找死。」阿羅不假思索的回答。

「……我是說霍以瑾那邊。」沒等阿羅繼續氣他，楚清讓已經給出了答案：「她其實對愛情根本還沒開竅。」

「霍以瑾只是因為別人都成家了，所以她覺得自己也必須有個老公了，就像是小時候小夥伴都有了三十六彩的彩色筆，她只有二十四彩，那麼只要家裡條件允許，她肯定會回去跟家長要一套四十八彩的，即便她連那些過於細分的顏色都叫不全，也不愛畫畫，卻完全不影響她想變得和別人一樣，甚至是超過別人。」

「所以你是二十四、三十六，還是四十八？說真的，我覺得林樓才是四十八。」

林樓的優秀，只要是長著眼睛的人都能看得出來。也許楚清讓在商業上的成就要比林樓強得多——一個白手起家，一個至今還在為爸爸工作——但相比起內心過於陰暗的楚清讓，林樓肯定是個比他好很多的選擇。

「我什麼色彩都不是，我是她的留聲機。」

「嗯？」阿羅一愣：不是在說彩色筆嘛，怎麼又多了個留聲機？不對！我們說的是霍以瑾和她的愛情觀！

「她欣賞不了美術，喜歡的是古典樂，哪怕四十八彩的彩色筆更好又怎麼樣？她根本就不愛畫畫。只是她現在還沒有意識到，所以我希望能透過林樓讓她明白。」

「你直說你認為她只有和你是天生一對不就完了？」阿羅不屑撇嘴，「扯一大堆幹嘛！」

「不是我以為，我們就是！」楚清讓對霍以瑾的感情不是「愛」這麼簡單一個字就能詮釋，她是他的唯一，他需要她，就像是魚需要水，人類需要氧氣，那是賴以生存的條件。他自信他也會成為霍以瑾的唯一，沒有人會比他對她更好、更理解她、給她真正想要的生活，「所以我是絕對不會放手的，死也不會！」

「優秀的人這麼多，林樓不行還有別人，她為什麼要自打臉的返回頭來選擇你？」

「我不知道。」楚清讓搖搖頭，終於說了心裡話，他表現的自信滿滿，但……還是那句話，一個人越是炫耀什麼，他越是缺乏什麼，「只能走一步看一步，反正再壞也不會比現在更壞了。」

「事實上，還是有比這更壞的結果，可能會讓本來不生你氣的她開始討厭你、恨你。」阿羅提醒道。

「那也比現在好！」楚清讓突然爆發，厲聲打斷了阿羅的話，自宴會之後他就一直在壓抑自己的情緒，「你明白嗎？我寧願她討厭我、恨我，也好過她禮貌生疏的就好像陌生人一樣對我。最起碼當她恨我的時候，她的眼睛裡還有我。」

他不想聽她禮貌的說「謝謝你的喜歡，我很榮幸」，那比她對他說「我恨你」都讓他痛苦。

楚清讓真的不知道該拿霍以瑾怎麼辦了，他無法放手，又不敢使出手段再逼迫她、欺騙她和他在一起，所以他就只能這麼硬著頭皮走下去，看不到未來，也看不到希望，只能悶頭一直走。

無論是霍以瑾有了男友，還是結婚了，甚至是生子了、老去了，他都不會從她的生命裡淡出，一輩子都是這樣他也認了。

「她需要我，我知道。」經過長時間窒息般的沉默，楚清讓重新歸於平靜，好似一潭死水，又好似那日宴會上的無堅不摧。

「當然、當然。」阿羅這時候只能順著楚清讓的話說下去，不是因為他怕楚清讓失控暴走，而是他怕楚清讓眼中那最後的一點光也消失。作為朋友，哪怕明知道這樣的情況不對勁，他也狠不下心去阻止。

「真的，我沒騙你。」楚清讓繼續道：「就拿今天的事來說，我早就知道林樓意識到我利用他之後，肯定會做一些什麼來報復我，最簡單的報復不外乎和霍以瑾親密接觸。而這樣的親密會讓霍以瑾明白，結婚不是生意合作，夫妻雙方難以避免的會有肢體接觸，一直與人保持距離的她根本受不了。但是她卻不介意和認識沒多久的我接觸，你知道這代表什麼嗎？」

「你是特別的。」阿羅小聲安慰。

「是的。對她來說，我一定是特別的。只是她還沒有反應過來，不過沒關係，我有的是耐心等她，一年不行兩年，兩年不行十年，十年不行五十年，我有一輩子的時間。」

霍以瑾未必真的這麼想，但楚清讓卻肯定需要這個想法才能支撐他繼續活下去。

「我現在比較忙，要報復楚家，這事肯定不能半途而廢，不過我會儘快的。你以前問我，復完仇之後一下子去失去目標的我該怎麼辦？現在我終於能回答你了，復完仇我才能把全部的精力都用在霍以瑾身上。她喜歡什麼我就給她什麼，我會滿足她的每一個願望。在此之前就先讓她在林樓身上浪費一下時間吧，反正……」

林樓也不可能和霍以瑾在一起，而林樓還能在這段日子裡起到擋住別的男人的作用，多好。

「林樓為什麼不可能和霍以瑾在一起？」熟悉楚清讓的阿羅如此接口道。

※◆※◆※◆※◆※

在吃晚飯的餐廳裡，林樓笑著對霍以瑾解釋：「因為我是個不婚主義者啊，我不會和任何女性結婚的，當然，男性更不可能。」

……不婚主義？這是什麼鬼？

「就是我不會和任何人結婚的鬼，獨身主義，單身貴族，不會和任何人組成家庭，不會有自己親生的孩子。我已經就此和我的父親達成了一致共識，他不贊同，卻也不會阻止我，他說他尊重我的決定。」雖然同時也表達了他的不理解。

霍以瑾這回是真的愣住了，「你沒開玩笑？林先生竟然也同意你這麼胡鬧？」

「不催婚」和「允許孩子這輩子都不結婚」可是完全不同的兩個概念。霍以瑾覺得這個答案比她胡亂猜的林樓也許是個同性戀還要不可思議。同性戀，最起碼代表著還會有一個人陪林樓走完這一生；但是獨身主義……人是群居動物，特別是人老了之後會感覺到分外的寂寞，這不是任何感情能夠隨便替代的。

「我沒開玩笑。我很清楚如果我不結婚未來會面臨什麼，並已經做好了相關的準備，心理上或者是別的方面，我會在中年的時候從林氏旁支過繼一個孩子作為林氏能源未來的繼承人。」如果能我能活到中年的話。林樓在心裡補充道。

霍以瑾沒說話，只是默默的看著林樓。很顯然，他這套說法並不能徹底說服她。

林樓雙手交叉，無奈笑道：「好吧，我再糾正兩點。一，有時候兩個人在一起未必會比一個人更好；二，寂寞的意思是沒人主動搭理你，孤獨卻是你不搭理別人，這是 loser 和藝術家最基本的區別，我個人覺得我屬於後者。」

「好吧，你是藝術家，你享受孤獨，but why？」

哪怕是女權如霍以瑾者，也沒有想過不結婚。這倒不是什麼競爭心作祟，而是她覺得這是身為一個人類來到這個人世間之後正常的人生軌跡。當然，不是說結婚就不正常了，只是霍以瑾的祖父母和父母的婚姻都十分美滿，她在這樣的家庭環境下長大，自然而然的便會希望能夠延續這種傳統。

當然，她和她的丈夫最好是她主外，丈夫主內。

「可以不說理由嗎？」不婚主義是個結果，所以肯定是有什麼原因才導致林樓決定不結婚，但他並不想對霍以瑾說。

「可以。但如果你有了愛的人怎麼辦？也不和她結婚嗎？」

——我根本不會讓她知道我愛她。

林樓在心裡回答著，然後嘴上用一個問題回答了這個問題：「難道妳現在想結婚就是因為妳找到了妳的戀人？」

「……呃，你都知道了？」

林樓聳肩，「沒人具體和我說過，不過從不同的人嘴裡我多少還是瞭解到了一些，東拼西湊的真相就出來了。妳想找個人結婚，卻無所謂和那個人是不是相愛。」

「我只是理解不了愛情這種過於感性的東西。所以我就想著，反正相愛的兩個人最完美的理想狀態就是婚後變成血濃於水的一家人，那我何不直接跳過中間環節，找個合得來的家人呢？」

愛情對於霍以瑾來說真的是一件匪夷所思的事情，是荷爾蒙、多巴胺作祟，她不理解那些化學元素是怎麼起作用的，她只能嘗試著用她能夠理解的親情來把這件事合理化。

「妳的意思好像就是在說……呃，打個不太恰當的比喻，所有人最後都會死，那我們還活著幹什麼呢？這麼辛苦的工作又是為了什麼？」

「為了實現自我價值，透過成就和滿足感來讓自己感到開心。」霍以瑾回答道。

——我不是要妳回答這個問題啊渾蛋！順便一說，這難道就是工作狂的終極形態——興趣就是工作？

林樓在吐槽的空檔突然福靈心至道：「愛情也是一樣的。妳知道工作是沒有捷徑可言的，為什麼會以為愛情就有呢？」

愛情最重要的其實是兩個人相愛的過程，無論是暗戀或相戀，平淡如常或驚心動魄，開心異常或痛徹心扉，那都是一個人不應該錯過的人生體驗，也許看起來很傻、很痛苦，卻絕對會成為在事後能笑著對子孫後輩講述出來的彌足珍貴的回憶。

聽著林樓的話，霍以瑾想起了她的祖母。

伊莎貝拉生前很喜歡對霍以瑾講她和丈夫相戀的故事，也會偷偷背著丈夫跟霍以瑾談一些她曾經無疾而終的愛情；當然，偶爾還會說一些她丈夫的前女友的故事。

「要是祖母能更早一點遇到祖父就好了。」年少的霍以瑾這麼感慨。

伊莎貝拉卻搖了搖頭，笑著道：「如果我早一點遇到他，我們就未必會在一起了。我很感謝我過去遇到的每一個人，也很感謝妳祖父遇到過的前女友們，要是沒有她們，就不會有如今會愛上彼此的我們。」

「愛情不應該是第一眼就知道就是他了，不會變了嗎？」

「是啊，愛情是一樣的，可人的內心是不一樣的。相愛容易，相處太難。是人就會犯錯，而人類則會在這樣的錯誤中不斷進步，學會寬容和理解，然後才會在下一段感情中注意不犯相同的錯誤，把兩人的愛情維持下去。」

「我不明白。」霍小瑾搖了搖頭，那太抽象了。

「妳長大之後就明白了。」伊莎貝拉笑著揉了揉霍以瑾的頭，給了她一個大人哄小孩時的萬能金句。

可惜，長大之後的霍以瑾依舊不明白，既然肯定是會相愛的，那為什麼早一點遇到就不會在一起了呢？

林樓注視著霍以瑾，在心裡道：就像是此時的妳遇到了此時的楚清讓。

不過他嘴上說的卻是：「妳不經歷，又怎麼會明白？道理聽得再多，那也是別人的。只有妳自己去嘗試了，才會變成妳的。只要不妨礙到別人又或者是傷害到別人，為什麼不去試試呢？我不建議妳，不，我不希望妳因為一些奇怪的理由而錯過體驗愛情這件本身會很美好的事情。」

「可是我並不知道什麼叫愛情。」

「妳知道什麼叫青春嗎？」

「嗯？」

「愛情和青春一樣，這是每個人都會遇到的特殊經歷，只可意會不可言傳。」

「一點參考意見也沒有？要是愛情來了我卻不知道，然後錯過了它，怎麼辦？」

「好吧，給妳一點我個人的參考意見。在我看來，愛情是為了我愛的人而讓我自己努力變成更加優秀的人，這是愛情裡最美好的部分，兩個人會為了彼此努力的變成更好的人，無論是外表上還是內心裡，因為對方，妳開始注意，開始反思，開始奮鬥。」

「我為了自己本身就已經很努力了。」

「愛情會讓妳更努力，妳會發現很多之前自己本不應該錯過卻錯過了的東西。」

「好吧，如果愛情真是這樣，我會很期待的。」霍以瑾喜歡一切能讓她變得更好的事情，好比她的強迫症。

「還有一個參考意見，就是妳隔壁桌的那對男女。」

霍以瑾和林樓的座位旁邊，有一對男女正在小聲爭吵，準確的說是男方在不斷嚴厲的責罵女方，女方只是一味的低著頭道歉，泫然欲泣，委曲求全。

「那是反面例子。」林樓總結道。

「他們為什麼吵架？」霍以瑾剛剛沒怎麼注意這邊發生的事。

「好像是女方帶的錢不夠吧。」林樓也沒怎麼仔細注意，只是他們來時因為女方一直在小心翼翼的為男方端茶遞水，像是伺候祖宗似的一直任勞任怨的伺候著男方，林樓才會多注意一下，因為在現在這個社會來說，還能有這樣的女性存在，實在是太誇張了。

「ＡＡ制結果女方帶的錢不夠？他先墊付一下，等女方回去再給他不就好了？」霍以瑾沒什麼「和男性出門就理所當然的應該由男方出錢」的心理，但也不覺得因為沒帶夠錢回去之後就能還的問題值得一個男人公開斥罵一個女人。

「不。」林樓搖搖頭，據他觀察來看，這對男女更極品，「是由女方付全部的錢。」

「騙人的吧？」雖然盯著別人看感覺很失禮，但霍以瑾還是忍不住看向了旁邊那對男女，女方一直在道歉，「他們真的是情侶而不是別的什麼？」

即便是別的關係，男方這樣咄咄逼人也已經顯得很過分了，他罵得真的很難聽，甚至開始對女方小幅度的動手，可以看得出來如果不是在這樣高級的餐廳，男方肯定會打得更厲害。周圍已經有不少人注意到了這邊的情況，頻頻皺眉，卻始終都在觀望。

「怎麼能這樣！」霍以瑾抽掉墊在腿上的餐巾，就準備站起來去阻止。

「妳幹什麼？」林樓抓住了霍以瑾的手腕。

「當然是去阻止他這麼對她。」霍以瑾理所當然道。

女方已經開始在哭了。

「這是別人的感情問題，妳隨便攪和，女方可不一定會感激妳，看她那副逆來順受的樣子，很顯然是對此習以為常，妳不管不顧的衝上去，說不定她到時候還會反過來責怪妳破壞他們的感情。」林樓對這樣的場景不是不生氣的，如果他看到男人這麼對霍以瑾，他肯定會站出來，不是因為他對霍以瑾有好感，而是他知道霍以瑾不會在最後反過來怪他幫忙。

但是，別人可就不一定了。

「所以，因為有可能發生的錯誤，就要放棄去做一件很顯然是正確的事情嗎？」霍以瑾覺得這是無論如何都不能容忍的，「我幫她，不是想要她的感激又或者回報，只是看不下去這樣過分的行為！」

霍以瑾說完，不等林樓再說就徑直走到了旁邊那桌。

「你好，打擾了。」霍以瑾幾步走到那對男女的餐桌邊，乾脆果斷的開口：「我碰巧不小心聽到了二位的談話，所以來問問這位先生，你的女伴沒帶夠錢，你不會幫她付嗎？你這種理所當然的覺得別人就應該為你付錢的心理是怎麼生成的？她是你的女友還是你的欠債人？」

「這是我們倆之間的事情，我教訓我女朋友與妳何干？」男方的態度囂張又惡劣，真的讓人很難想像他能這麼厚顏無恥又理直氣壯，「妳這個女人突然莫名其妙的出現是要幹什麼啊？」

「當然與我有關係，你們的聲音已經很大了，你沒注意到嗎？你們打擾到我了，也打擾到了在場的其他人。」

在霍以瑾挺身而出之後，周圍在圍觀的客人們也都開始紛紛點頭，聲援霍以瑾，表示他們確實是被打擾到了，這一對「女的哭，男的罵」，誰的用餐心情都不會好。

「請你離開。」霍以瑾厲聲道。

旁人雖然沒有出聲附和，卻也都用眼神或者點頭的動作表示了相同的意思。

「走就走！」男方見孤掌難鳴，乾脆就摔下餐巾徑直選擇了離開，完全不顧他明知道沒有帶夠錢、一直在哭泣的女友。

在男方離開餐廳之後，霍以瑾坐到了空出來的椅子上，掏出了黑色菱格手包裡的紙巾遞給女方，動作輕柔，但說話的聲音卻很生氣：「哭什麼哭，這種男人很值得妳為他哭嗎？妳是斯德哥爾摩症還是什麼？哭並不能解決眼下的問題！」

「我知道這裡很貴，我帶了信用卡，但還是不夠，他點的紅酒太貴了，我沒辦法。」女方抽抽噎噎、磕磕絆絆的才終於艱難的把話說完了。

「手機總有吧？打電話給妳的家人或者朋友，叫他們過來幫忙。」

「對對對……」女方的性格一看就是那種對誰都能言聽計從的類型，霍以瑾的語氣強硬，她就毫不猶豫的選擇了聽從，「我這就打電話，實在是太謝謝妳了，我得趕緊回去，必須趕在他睡之前向他道歉才行呢。」

「……」What the fuck!?

※◆※◆※◆※◆※

「總裁大人表情好讚！」

「23333 心疼我家總裁，真好奇她當時的心理活動？」

「看到這裡的時候，我以為總裁大人不是無奈的繼續安慰她，就是抽袖走人，沒想到……」

餐廳裡的真人秀節目播出後，霍以瑾的個人網站再一次迎來了漲粉高峰，哪怕裡頭只有孤零零那麼三篇文章——其中兩篇還是起訴書——依舊擋不住廣大妹子定點來留言，表達想要為她生猴子的激動心情。

節目？

是的，節目。

霍以瑾和林樓在餐廳裡遇到的那對無論如何都顯得不正常的男女，其實是一對演員，他們在做一檔LV市當地的真人類調查節目——《路見不平》。

節目的宗旨就是反映社會現實，聚焦當下的熱門話題，透過拍攝並播出當某些事情就發生在身邊時大家會有的真實反應，來達到讓觀眾反思的目的。節目不慍不火，已經做了有些年頭，不過節目的主要受眾群體還是有空閒能坐下來看節目的中老年婦女，跟電視上別的談話類節目沒什麼太大區別。

這一期他們節目的主題是——當你在公共場所（街頭、地下鐵站或餐廳裡）遇到一對男女爭吵時，你會上前幫忙嗎？

關注的焦點不是這對男女之間的感情對錯，而是在一方明顯是在欺負另外一方的時候，是否會有人上前幫忙。

因為就在前不久，網路上才爆出了一個聳人聽聞的拐賣手法：說有衣著打扮很正常，甚至是看上去穿著很高級的人口販子，在某次拐騙不成的中途強行擄人，但哪怕是在鬧區，圍觀群眾看到女方在掙扎也沒有人上前幫忙。

為什麼？

因為人口販子在之前已經套取了女方的有用資訊，好比年齡啊、姓名之類的，他在強硬虜人時會對路人謊稱說，被拐賣的女子是正和他鬧矛盾的女友或妻子，說什麼不認識他之類的話只是氣話，希望大家不要管，而旁邊也確實有人看到過他們之前一直在聊天。這樣一來，從小的教育就是不要管別人家事、不想惹麻煩的C國人便很少會提供幫助了。

幸而那則新聞裡的女方比較機智，想盡辦法快速跑到了離她不遠的派出所，找到了警察出面解決問題，這才沒有造成真正的傷害。只不過人口販子還是跑了。新聞只能表示，希望能夠提醒廣大市民注意。

真正差點被拐騙的女子在新聞裡聲淚俱下，當沒有路人願意幫她、也沒有人願意信她的時候，她真的很絕望，大腦一片空白，差一點就放棄了反抗，幸而在最後她回想起了自己剛剛才經過的派出所。

但由於這件事並沒有造成什麼很聳人聽聞的重大損失，所以也沒有太廣泛的關注和影響。於是，《路見不平》節目組這次才想到了這麼一個主題，安排一對年輕男女在公開場合爭吵，看是否有人提供幫助。他們覺得，但凡有人上前詢問，那麼無論這到底是吵架還是披著吵架外衣的拐騙，也就不會釀成什麼慘劇了。

節目組做這個節目最初的時候，其實並沒有安排霍以瑾遇到的這對男女這麼誇張的行為，只是普通口角，但根本沒有人上前幫忙。這不是說社會上就沒有好人了，只是這是一種C國傳統，他們以為這是別人的家事，不好插手。

如果換一種情況，好比店員和顧客吵起來，肯定會有人上前評理；但如果爭吵的是一對看上去像情侶又或者父女的組合，就很少會有人幫忙了。因為大家會害怕他們在不瞭解具體情況的時候貿然插入會好心辦壞事，又或者幫了忙卻反過來被責怪。

無奈之下，節目組只能一次次更換公共場所，讓圍觀群眾更清楚的知道發生了什麼事，並且安排吵架升級，甚至是這種一邊倒的只有一方在欺負另一方的情況。

最後，他們終於等到了霍以瑾。

可惜女演員沒有把握好演戲的度，演得太懦弱了。

霍以瑾在不知情的情況下就爆發了：「自己懦弱，那就別怨別人欺負妳！妳一次次毫無底線的退讓，這不會讓對方以為妳有多好，只會讓他以為得罪妳不需要付出代價，可以無謂的欺負妳、作踐妳！妳到底明不明白？」

事後節目組的編導在節目裡就這段情節的安排對觀眾進行了道歉，有點重點不明。不過看過的人卻表示這樣其實挺好的，一部影片反映了兩個現實問題：一個是站在路人的立場上遇事該不該幫忙，一個則是自己是否偶爾也會像那個女演員演的那樣，處處對別人妥協卻完全沒有好報。

等告知霍以瑾這是演戲之後，節目組還就這件事採訪了一下霍以瑾，問她為什麼會選擇站出來？在所有人都在觀望的時候，只有她真正起身付諸了行動，不怕被報復嗎？

「助人為快樂之本這種所有人都知道的大道理我就不說了，別的理由嘛，一是這家餐廳我知道是有監視器的，肯定拍下了事件的所有過程，可以讓我免於事後被誣陷、被誤會；二則是我不是一個人來的，我本人也學過一些防身手段，不怕激怒對方讓自己吃虧。」霍以瑾說的很誠懇也很現實，她不是一時腦熱就衝上來幫忙了，而是在保證了自己的安全之後才上前的，「幫助人很重要，幫助別人的時候注意不要沒幫助到別人反而把自己搭進去也同樣重要。」

這話其實是霍以瑾的祖母對她的教育。伊莎貝拉不反對霍以瑾幫助人，但她要霍以瑾在幫助別人的時候是頭腦清醒的，已經想好了自己的退路。

就像是當初的離婚事件，霍以瑾這邊能反應那麼迅速，也是因為她有一定的準備，雖然在準備的時候並不知道她一定會用到這些，但她還是準備了。

餐廳的小插曲就這樣過去了，霍以瑾並沒有刻意和別人提起，廣而告之，節目播出的時候她也沒看；觀眾也沒有認出那就是她，畢竟節目的受眾群體大部分是上了年紀的媽媽輩，她們甚至都不知道霍以瑾是誰；而小部分無意中看到節目的年輕人也不一定能聯想到那就是在網上照片很少流傳的霍大總裁霍以瑾。

反倒是過了很久之後，這期的節目影片才被挖出來。

起因是某間派出所把這期節目當作提醒廣大市民注意拐騙騙局的例子ＰＯ上社群網站，然後某位知名部落客注意到影片裡第一個站出來的女性長得很漂亮，單獨拿出來做了圖解，說這才是真正的女漢子，有擔當、有腦子、仗義執言，而不是嘴裡罵著髒話、抽菸喝酒不學好的那種自我標榜為女漢子的傻子。後來競相點讚的人裡突然有人說，怎麼這個漂亮的女漢子長得有點像霍以瑾，節目採訪的時候說的也是霍小姐……這才七拐八拐的對上了霍以瑾的身分。

霍以瑾不覺得這是什麼值得炫耀的事，但也不會覺得這有什麼好遮掩的，所以很長時間之後，當節目組的社群網站留言被灌爆了，節目組想辦法聯絡上她、徵求是否回應時，她無可無不可的答應了。

然後……

霍以瑾和林樓的名字登上了網路熱門搜尋。

發現了霍以瑾的身分，那離發現與她同行的男性友人是誰也就不遠了。林樓，林氏能源的少東家，年少有為，顏值爆表；雖然林樓的父親做的是國外的生意，但林樓可沒有改國籍。

他和霍家二小姐霍以瑾真是怎麼看怎麼登對！而且，週末私下裡兩個人一起去吃飯，這怎麼想怎麼覺得他們倆肯定有曖昧啊！最重要的是，這對看上去好養眼是不是？簡直是女王和騎士的經典愛情！國民ＣＰ！

楚清讓再一次暴走。

……不過，那都是很久以後的事情了，現在離國民ＣＰ事件還有一段時間，霍以瑾正在和她本來考慮當結婚對象、結果最後卻一秒鐘變「好姐妹」的新朋友林樓，一起出謀劃策尋找愛情中。

林樓對霍以瑾表示，奇幻冒險小說裡搶走公主的惡龍才是公主和勇者真正的媒人，而他正想當這麼一回惡龍。

《總裁大人の求愛攻略01》完

敬請期待《總裁大人の求愛攻略02》精采完結篇！

債主大人的
人魚餵養日常
The Daily Life of the Mermaid's Creditor
Novel 墨然回首
Illust 非光
那，你倆是怎麼交
只會三十六種借錢技巧的純潔人魚 X
擁有一百種整死魚辦法的腹黑二世子
LOVE LOVE的少女系物語
從哺乳動物
變成了脊椎魚類！
跨物種戀愛這麼重口味，真的可以嗎？！
兩集，全國各大書店、租書店、網路書店持續熱賣中！
典藏閣
華文聯合出版平台
www.book4u.com.tw
采舍國際
www.silkbook.com
不思議工作室_
立即搜尋
版權所有© Copyright 2015

飛小說系列143

總裁大人の求愛攻略01

出版者■典藏閣
作　者■霧十　　繪　者■久木
總編輯■歐綾纖　　企劃主編■PanPan
製作團隊■不思議工作室

郵撥帳號■50017206 采舍國際有限公司（郵撥購買，請另付一成郵資）
台灣出版中心■新北市中和區中山路2段366巷10號10樓
電　話■(02)2248-7896　　傳　真■(02)2248-7758
物流中心■新北市中和區中山路2段366巷10號3樓
電　話■(02)8245-8786　　傳　真■(02)8245-8718
ISBN■978-986-271-664-9
出版日期■2016年2月

全球華文國際市場總代理／采舍國際
地　址■新北市中和區中山路2段366巷10號3樓
電　話■(02)8245-8786　　傳　真■(02)8245-8718

新絲路網路書店
地　址■新北市中和區中山路2段366巷10號10樓
網　址■www.silkbook.com
電　話■(02)8245-9896
傳　真■(02)8245-8819

線上總代理：全球華文聯合出版平台
主題討論區：http://www.silkbook.com/bookclub　◎新絲路讀書會
紙本書平台：http://www.silkbook.com　◎新絲路網路書店
瀏覽電子書：http://www.book4u.com.tw　◎華文電子書中心
電子書下載：http://www.book4u.com.tw　◎電子書中心（Acrobat Reader）

☞**您在什麼地方購買本書？**☜

1. 便利商店（＿＿＿＿＿市／縣）：□7-11　□全家　□萊爾富　□其他＿＿＿＿＿＿＿

2. 網路書店：□新絲路　□博客來　□金石堂　□其他＿＿＿＿＿＿

3. 書店（＿＿＿＿＿市／縣）：□金石堂　□蛙蛙書店　□安利美特animate　□其他＿＿＿

姓名：＿＿＿＿＿＿地址：＿＿＿＿＿＿＿＿＿＿＿＿＿＿＿＿＿＿＿＿＿＿＿

聯絡電話：＿＿＿＿＿＿＿＿　電子郵箱：＿＿＿＿＿＿＿＿＿＿＿＿＿＿＿＿＿

您的性別：□男　□女　　您的生日：西元＿＿＿＿＿年＿＿＿＿＿月＿＿＿＿＿日

（請務必填妥基本資料，以利贈品寄送）

您的職業：□上班族　□學生　□服務業　□軍警公教　□資訊業　□娛樂相關產業

□自由業　□其他＿＿＿＿＿＿

您的學歷：□高中（含高中以下）　□專科、大學　□研究所以上

☞**購買前**☜

您從何處得知本書：□逛書店　□網路廣告（網站：＿＿＿＿＿＿＿＿）　□親友介紹

（可複選）　□出版書訊　□銷售人員推薦　□其他＿＿＿＿＿＿＿＿＿＿

本書吸引您的原因：□書名很好　□封面精美　□書腰文字　□封底文字　□欣賞作家

（可複選）　□喜歡畫家　□價格合理　□題材有趣　□廣告印象深刻

□其他＿＿＿＿＿＿＿＿＿＿

☞**購買後**☜

您滿意的部份：□書名　□封面　□故事內容　□版面編排　□價格　□贈品

（可複選）　□其他

不滿意的部份：□書名　□封面　□故事內容　□版面編排　□價格　□贈品

（可複選）　□其他

您對本書以及典藏閣的建議＿＿＿＿＿＿＿＿＿＿＿＿＿＿＿＿＿＿＿＿＿＿＿＿＿

＿＿＿＿＿＿＿＿＿＿＿＿＿＿＿＿＿＿＿＿＿＿＿＿＿＿＿＿＿＿＿＿＿＿＿＿

＿＿＿＿＿＿＿＿＿＿＿＿＿＿＿＿＿＿＿＿＿＿＿＿＿＿＿＿＿＿＿＿＿＿＿＿

✌未來您是否願意收到相關書訊？□是　□否

感謝您寶貴的意見

印刷品

請貼
3.5元
郵票

235 新北市中和區中山路二段366巷10號10樓

華文網出版集團　收

（典藏閣－不思議工作室）